獅子吃素的那一天

如何搞定強勢的人？

1 個故事．6 步驟．27 個心理成長訣竅
輕鬆理解並搞定性格強勢又難搞的人

Le jour où les lions mangeront
de la salade verte

RAPHAËLLE GIORDANO
拉斐爾．喬丹奴／著
黃奕菱／譯

推薦序

遇上霸氣十足的獅子，也無須害怕

路怡珍

光是這本書的書名一開始就吸引我了。

因爲採訪工作的關係，很長一段時間我都是在不同的城市，訪問不同的企業家、創業家或某個知識領域的意見領袖。這些出類拔萃的勝利組們，無論在商場上面曾經多驚濤駭浪，我做資料和功課的時候又多讀懂了他們霸道總裁的氣質，但到了訪談當下，幾乎清一色都能自在且溫柔地分享一個共通的轉變歷程：一個從霸氣十足的獅子，變成更溫暖的獅子的過程。別誤會，他們才智和膽量、商業嗅覺或是本能都還在，始終是頭光芒萬丈的獅子，但在需要的時候，卻能選擇表現地更創意、更柔軟、更充滿愛。

我對這個過程非常感興趣。

這本書一開始就用一個「難搞行爲」來形容擁有獅子特質的人，但很多時候事情都是一體兩面的：對細節有追求、更珍惜時間成本、注重溝通效率、甚或必要時能完全讓理性腦駕馭一言一行，這都是許多成功者的特質。只是落實在日常生活中，會不會親密伴侶需要多一點呵護？貼身助理需要多一些溝通？家人關係能不能耐心細緻地培養？這對每一個人來說都是漫長且需要不斷自我提醒的學習過程。

更重要的是，我們身邊如果有這種獅子特質的人，無論是強勢的朋友、情人、伴侶，我們該如何更好地與他們連結？進而發展出有意義的關係呢？

試試書中溫暖且實用的小練習

這本書透過說故事的方式，邀請我們陪著故事當中幾位主角，經歷一系列的成長課程。課程裡頭有談論到獅子特質的來源；對不同天性的人來說，最好的溝通模式是什麼（甚至連該說什麼話都條列出來）；因獅子個性的人而受傷時該怎麼辦？如何創造自己的底氣與情緒平衡？

我很喜歡在每一次的課程當中，身爲讀者的我可以實際加入幾個具體的練習。其中，我最喜歡的是「小丑練習」。在做這個練習的時候，每個人會戴上一個小鼻子，象徵著要發自內心表現出輕鬆面對、淡然自處的態度，來取代強烈的自我批評、緊繃或是害怕他人目光：和自己挑剔自己的嚴格目光做出切割。故事主角在經歷這個練習的時候，都看到了一個新的可能性。無論是強勢的獅子，或是溫馴的貓。

還有一個我很喜歡的是，如果你常常發現自己在情緒上處於弱勢，那麼可以想像有一個最睿智、最支持也最關愛你的私人心靈教練，賦予它一個形象。當備受委屈或心裡拿不定主意的時候，都能召喚這個心靈教練出現，積極地聆聽教練的指示（其實也就是聆聽自己的聲音）。

這本書充滿許多這些溫暖可愛，而且非常實用的小練習。

另外還有一個推薦這本書的原因，是因爲它交代了獅子強勢行爲的背後，其實有這種性格形成的脈絡，如果能夠把握幾個關鍵的人際關係技巧，那麼無論是不是跟強勢獅子溝通相處，都能夠更理解對方的出發點、動機和行爲背後的眞正需求。

我在看這一本書的時候，覺得自己分裂成兩個角色：一個是必須要長時間和這些優秀企業家相處、每步驟都要戰戰兢兢的內向小女生，學習如何滿足身邊大老闆的高標準；另一種是自我審查和思考，過程當中我自己是不是也有強勢的時刻？來源是什麼？我該如何更細緻地溝通，帶給身邊的人更多溫暖的連結？

人際關係的學習好像是走在一片迷霧森林，會出現很多拐彎、泥濘或是多條交叉路口讓人看不清方向，但好的心理學寓意作品，就會提供地圖，提供我們清晰的方位，讓我們能眞心地和生命中的每一個人坦承開放、眞誠溝通、互相理解、關愛彼此。我覺得那是人生當中最有意義的幸福。

（本文作者爲雙語新聞主播）

各界盛讚

我們每個人在生活中，或多或少都為了別人而活著，沒有一個人例外！如何維持人際和諧與內心舒服不壓抑，真是一輩子的功課。書裡的主人翁蘿蔓，透過輕鬆的生活點滴小故事，試著讓我們學會如何與那些強勢的獅子互動，甚至讓獅子們能學會用更尊重的方式來與你相處。感謝法國百萬暢銷作者喬丹奴的巨作，我真的很喜歡裡頭教我們的五大溝通技巧、三個溫和勸言提醒，還有三種抵制難搞行為的小方法！願更多的我們，都能在關係中找到舒服的方式，取得平衡的舒適關係。

——彭渤程（心理師）、黃孟寅（臺灣動物溝通關懷協會理事長）

喬丹奴不住在象牙塔中，她寫的故事講的正是如她一般的女人和家庭朋友，並在字裡行間傳達希望。她告訴我們：如果知道怎麼到達，幸福就在眼前。

——《Le Figaro》

藉由這本治療系小說，世界和平指日可待！

——《Le Parisien》

自尊心強的人有福了！如果確實有個你度假時必不可少的配件，那就是這本書！個人發展的資訊加上幽默的故事，正是拉斐爾．喬丹奴成功的祕訣。

——《L'express》

這本充滿幽默感又可實踐建議的小說，能為你我帶來更美好的世界！

——《Maxi》

目錄 CONTENS

作者序

讓強勢難搞的人，以你喜歡的方式對待你

和強勢難搞的人打交道是一種什麼樣的感覺？

有個女孩曾和我抱怨過自己讓人操心的父親：急躁、易怒、從不妥協！他永遠都要當主角，要是誰膽敢忽略他，他就會弄出各種噪音，把門和壁櫥弄得砰砰響，宣示他的存在感！他粗魯無禮，能把髒話罵出新花樣、清新脫俗，直到被罵的一方舉手投降！他有路怒症，經常因爲開車而跟別人起爭執！他永遠正確，從來不知道什麼是講道理，永遠要求別人無條件贊同自己，否則就大吼大叫，沒完沒了！他像封建時期的君王一般統治著家人……

沒錯，她有一個十分強勢難搞的父親。按我的說法，他的父親明顯屬於「難搞行爲人」。多年的經驗告訴我，強勢難搞的人對於尊重別人感受這件事，通常都比較陌生。他們傲慢、霸道、固執，以自我爲中心，經常傷害別人還不自知，甚至知道了也毫無悔意。

我把這類人稱爲「獅子」，他們是性格過分強勢難搞的人。無論他們有沒有眞正的權威、財富或智慧，都會拿出一副老大的態度來對待別人——不耐煩、妄下結論、橫加批評、不願傾聽、缺乏同理心和善意、總自以爲很重要、毫無幽默感。

這種人在我們身邊比比皆是，如言辭惡毒的丈夫、剛愎自用的主管、強硬的父母、素不相

識卻粗魯無禮的司機……當然，也會有一些素質比較高的「獅子」，通常表現得比較溫和，背後卻藏著不可忤逆的意志。他們會溫文儒雅地軟硬兼施，直到你完全遵從他們的意願行事。

基本上，在一個強勢難搞的人面前，無論你和他是什麼關係，你都會感覺自己像個奴才。不幸的是，在我們的人生中，總是難免得和這樣的人打交道。那麼，該如何才能讓強勢難搞的人用你喜歡的方式和你交流呢？

我研發了一套消除難搞行爲的系列心理課程，主要是爲了幫助人們認清強勢者的心理結構和內在動機，然後對症下藥，藉助實用的小技巧來改變交流方式。使他們從兇猛的「獅子」，變成懂得平等交流的「吃素的獅子」。經過多年實踐，課程越來越完善，效果非常好。

這次我把它寫進故事裡，就有了這本書。其初衷是想讓你也能輕鬆學會這套課程，從中受益。你可以看到主角——心理成長專家蘿蔓如何與一群強勢難搞的「獅子」相處、一步步走進他們的內心世界、觸碰其內心柔軟的部分，使他們慢慢學會吃素。

在西方文化裡，「獅子吃素」的典故，最早出自《以賽亞書》：「牛必與熊同食，牛犢必與小熊同臥，獅子必吃草與牛一樣。」

它描繪了完美新世界裡的一個美好畫面。我借用這個典故，是想告訴大家，改變一個強勢難搞的人是完全有可能的。一個人表現得越強勢，內心就越會有一塊非常柔軟的地方。只要方法得當，你一定能穿透堅硬的鎧甲，看見他內心的脆弱。對症下藥，適當地安撫這種脆弱，他們就一定會以你喜歡的方式對待你。

01 難搞的人無所不在

一滴鮮紅色的血落在砂質的競技場上，像傑克遜．波洛克奔放的滴畫作品般散開來。在這幅作品的正中間，一頭壯碩的黑斑公牛以盛勢凌人的氣場站在砂地上。鬥牛競技已然昇華成爲一種藝術，場邊擁擠的人潮狂熱地凝視著，對於受盡苦難的模樣產生病態性的癡迷。

這頭巨獸刮擦著腳下滾燙的砂礫，蹄子像惡魔的叉戟般耙抓在地，雄性動物的力量完整地爆發，邪惡的淫威也同時間流淌而出……在觀眾的躁動與激昂之中，身穿鬥牛士服裝的男人象徵著光明面，從陰影處緩緩現身，來到野獸面前。這是一場和自我的決鬥。男人手上的標槍威脅到雄性動物的自尊，征服的欲望從顫抖的鼻腔噴出。鬥牛士輕輕揮舞紅旗，對著野獸發出挑釁般令人眼花撩亂的光束。戰爭一觸即發。

剎那間，野獸猛然以驚人速度全力衝刺，這場無政府狀態的競技運動就此上演，就像畢卡索的巨作《格爾尼卡》，陰鬱戰慄。飛奔的公牛滾入飛揚的塵土中以躲避襲擊，兜了個圈，再度回到衝刺和跳躍的局面。兩顆巨大的睪丸搖擺晃動，同時既是雄性特徵的義務也是累贅……鬥牛士用力的嘶吼聲和野獸令人毛骨悚然的喘息交雜在一起。鬥牛士的嘴越張越大，足以成爲一個恐怖的黑洞，準備將一切都吸進致命的虛無之中。

蘿蔓從夢中驚醒。斗大的汗珠還掛在額頭上。這不是她第一次進入這個夢境。

「我一定是怯場。」她這樣對自己說，並伸了伸疼痛的四肢。夢魘總是在每次大型公開演講前來找她敘舊。手機鈴聲冰冷地響起，蘿蔓低沉埋怨了一聲，煩躁地滑開手機螢幕，終結酷刑折磨般的鈴響。

下午兩點半。沒有時間浪費了。蘿蔓跳下床，敏捷地抹去臉上的午睡痕跡，迅速將她那頭長長的棕色鬈髮盤成一個隨性的髮髻，隨手拾起一枝鉛筆插在上頭，走入淋浴間的時候還不小心跌了一跤。蓮蓬頭有幸能夠端詳這名三十來歲、因維持運動習慣而玲瓏有緻、曲線流暢的胴體。倘若是金屬可以擁有人類的意志，那它不免也要臉紅生鏽了。

接著，蘿蔓把自己裹進一條大浴巾，用拳頭擦拭鏡子，在朦朧的蒸氣中畫出一個圈。

今天很高興能和你們談談我非常喜歡，並且所有人都將受用的主題——關於日常生活中的「難罣行為」！

「難罣行爲」是蘿蔓發明的辭彙，取「難搞」的諧音，指涉每個人在日常生活中，不免都會遇到那些帶來損傷的有害行爲。在辦公室、家裡或任何一個地方都可能發生。例如駕駛或顧客毫不客氣地對你大小聲、上司公開指責你、伴侶不知輕重地做了某件事等……「難罣行爲」的例子可能有千百萬種！

我們可以在經常出現的案例當中，發現不同程度的難搞行爲共同點。像是某種程度的自我膨脹（以及與之相隨的自我中心主義）、天生的控制欲、偶爾就會失控的優越感，或是自然而然攬和進權力遊戲與鬥爭的傾向。

蘿蔓在提到難搞行爲時，經常提起那些超常犯的「無心之過」：少根筋的行徑、缺乏傾聽，以及各式各樣的小心眼。這種令人遺憾的小癖好容易無端引起敵意，更不用說可能讓人以怨報德，從此一發不可收拾；同樣經常出現的，還有容易陷入被批判爲不公平、不合理、不適當的「三不狀態」下；抑或像是克制不住自己對別人施加不必要的壓力，有時候甚至是強詞奪理……總而言之，難搞行爲適用於很多情況。

蘿蔓很早就知道，在能力所及範圍內爲別人減少難搞行爲是她的天職。爲此，她有三項可能的任務：幫助人們對抗難搞行爲、提高人們對自身難搞行爲的意識與思考再犯的可能性，最後再透過教導人們有效消除自己的難搞行爲來進行改變。這是從姿勢到心態完完全全的改頭換面，就是爲了消除難搞行爲帶給周遭人的傷害，發展出一個更加公正和諧的生活方式。

推廣這項行動的記者會就在今天。蘿蔓充滿信心。媒體都會在場，而記者會的結果對她的公司來說可能相當重要。

在鏡子前上妝的同時，蘿蔓一遍又一遍地練習演講稿，讓自己能更放心。她向來不喜歡大濃妝，便從專業化妝師那裡，學習如何在不濫用鮮豔顏色的情況下，讓自己的臉蛋看起來神采奕奕。

她的一雙碧綠色眼睛承襲自立陶宛的爸爸，蘿蔓認爲她母親把所有威尼斯人血液裡流淌的眞性情，都遺傳給了自己。這種文化衝突造就蘿蔓個性上無可救藥的二元對立：她既能以最浮誇的方式沉默寡言，也可以成爲一隻有話直說的社交蝴蝶，或者在溫柔又隨和的同時非常固執己見。然而，也不是所有人都能和這些矛盾譜出一首諧和的奏鳴曲，彼得．嘉登尼就壯烈犧牲了。他和蘿蔓的婚姻，短短不到兩年就告終。在這段關係當中，蘿蔓只獲得了冠夫姓，從此以後她就告別了情情愛愛的人生，寧願全心全意投入事業發展。

時間來到下午三點，正在打點衣著的蘿蔓感到一陣飢餓。她打開冰箱，裡頭空曠得堪比戈壁沙漠。雖然心裡有千百個不願意，但也不得不走一趟巷口的速食店，畢竟飢餓的胃可管不著口感。

蘿蔓一手拎著提包，一手忙著上鎖，好不容易才騰出手來接起從剛剛就一直響的手機：

「爸？對。呃，我現在沒辦法跟你講太久，等等見。會啦！我一定會準時……媒體已經到了？那你有辦法集合大家嗎？……好！太好了……嗯，那先這樣！我也愛你！」

電話另一頭是她父親，他們現在的關係親近多了……很難相信他曾經是難搞行爲最終極的例子。不過現在的他改變許多，並且陪伴在蘿蔓身邊，就像他也是公司的員工之一。蘿蔓很高興他能夠出席這場記者會，這給了她很大的心理支持。他處事相當客觀，過去這幾個月以來，蘿蔓一直依賴著他。事實上自從一年半前離婚後，他就變成蘿蔓的生活支柱，以絕佳的智慧幫助蘿蔓克服公開演說時的恐懼和怯場。想到這一點，正踏入速食店的蘿蔓鬆了一大口氣。而且很幸運的是，這個時間居然沒有大排長龍。

「不需要番茄醬，謝謝！麻煩再給我一瓶礦泉水。」

蘿蔓拿了根吸管，並把礦泉水瓶橫放在托盤上以防它倒落，再找了一個安靜的角落坐下。直到一群年輕男女們大張旗鼓地坐到她隔壁。

「到底爲什麼他們說話要這麼激動又油膩？跟他們桌上的漢堡簡直一個樣。特別是那些女孩，簡直就像是在實習難搞行爲一樣。」儘管環境實在有些令人難受，蘿蔓倒是挺自得其樂地自言自語。

「欸，不是！他媽的。迪蘭，講眞的啦，你這樣跟我講話是在屌什麼！」

看看這些女孩，簡直就是「難罣行爲人」的性別突變種，爲了融入周遭的環境而覺得自己有必要複製貼上男性的模樣，把自己變成男人婆。眞的好可惜！顯然有難搞行爲的人已經比比皆是，蘿蔓可有得忙了……然而，她還是毅然決然拋下那些女孩們離開速食店。這個節骨眼，她沒有時間擔任她們的救世主。

蘿蔓迅速跳上計程車。

「麻煩到綜合理工學院，謝謝！」

司機一語不發立刻啓程，穿梭在巴黎街道。這個城市以象徵陽具崇拜的艾菲爾鐵塔做爲中心，自豪地與協和廣場上的路克索方尖碑競爭。轉了幾個彎、經過幾個街區後，很快便抵達目的地。

「不用找了。」蘿蔓笑了笑，優雅地將黑褲下曲線優美的長腿伸出車外。父親已經在門口迎接她。大廳內滿滿的人潮，蘿蔓感覺到自己心跳加快。

一切準備就緒。講臺上的麥克風等待她的到來，完美的弧度好像已經準備好暢快沐浴在她的演說之中。蘿蔓腦中浮現這個生動的畫面，但她卻因怯場而覺得嗓子乾得像沙漠。吞口水！她提醒自己在演說正式開始前，用這個方式來舒壓。其實不是觀眾在看妳，而是妳在看他們！妳的怯場其實沒有想像那麼嚴重……蘿蔓反覆對自己說。接著，深呼吸一口氣，露出一個燦爛的笑容，準備開始了！

但她的第一個吐氣動作，卻發出尖銳刺耳的迴聲，被麥克風背叛了！前排一名男子笑了出來，做出戲謔的鬼臉：「哎呀，果然是女人和科技的搭配。」他爲自己的幽默感洋洋自得，同時對蘿蔓露出油膩的笑容和一個像是心靈相通的眼神——單方面的心靈相通。

蘿蔓默默地感謝這名男性，感謝他讓自己更加確信這份工作的規模和重要性。突然間，她充滿了勇氣。

02 雄獅的煩惱

克蕾替可絲美堤化妝品集團的總經理馬西．韋格先生工作，已經有五年了。和這位先生共事，得把二十四小時當四十八小時來用，不過克蕾對這樣的步調甘之如飴。身爲「私人助理」，她應該是老闆得力的助手，原則上卻更像是得力的三頭六臂，「濕婆」①就是她的小名。然而克蕾不在乎，甚至熱愛這種自己不可或缺的感覺。況且她也不是對全世界的人都這般傾盡全力，只要關於馬西，她赴湯蹈火也在所不辭。

克蕾正笑容滿面地邁步在公司的走廊上，迫不及待要爲她的老闆帶來好消息：就在剛剛，她收到一份極爲重要的協議書，那是經過一番奮戰之後，可絲美堤化妝品集團才終於拿下的市場。連續幾個禮拜以來，她都在留意馬西縱橫捭闔的布局手法，並且不禁再一次衷心佩服老闆洞悉客戶內心的能力，以及引誘和說服客戶時那種登峰造極的心理戰術。當她的老闆相中了某位潛在客戶後，便再也沒有什麼事能夠讓他分心。他會像頭凶猛的鬥牛犬一樣執著於獵物，並且狹帶著黑豹般難以抗拒的吸引力慢慢靠近。

克蕾回想起每個留下來陪伴他、給予支持的夜晚，以及自己和老闆之間超乎尋常的默契。也因爲這個理由，她能在一整天近乎歇斯底里的工作風暴之後，獨自一人享受辦公室空蕩蕩的閑靜滋味。既沒有丈夫、也沒有孩子的家，總是讓她在進門之後就想出去，不願把生活徒耗在幾面牆垣之間。如果可以，最好能夠和辦公室這位吸引她的男子離得越近越好。

馬西．韋格先生覺得値得犒賞他倆今日的工作時，可能還會提議晚上一起去喝一杯，在啜飲幾口來自波爾多一級酒莊釀產的紅酒後，慢慢卸下防備，短暫地拿下冰冷的面具，露出非常少人知道的眞實樣貌。克蕾這時才終於看見老闆放鬆的一面。想到這一點，正在穿越寬敞接待室的克蕾藏不住嘴角的笑意。

敬業的總機們馬上就注意到這位風姿綽約的女士，畢恭畢敬地向她問好致意。辦公室裡每個人都清楚克蕾在韋格先生身旁占有一席之地，這也讓她配享特殊待遇。兩位對克蕾滿腹欽羨的女員工走在她後面，從頭到腳仔仔細細地打量她的整體打扮，檢視衣著的細節：絲襪的接縫線無可挑剔地筆直、裙子上縫有精巧的設計師標籤，以及絲綢上衣襯托出她的落落大方。克蕾灰褐色的細髮綰成一個優雅的髮髻，兩條黑色眼線指引湛藍色眼波流向無限的深邃，豔紅色的朱唇飽滿玉潤。她看上去就像是希區考克電影裡的女主角，演繹好萊塢的黃金年代。她的美麗無庸置疑，柔順的秀髮和緊緻的肌膚，沒有跡象會洩漏出她已三十五歲的祕密。

接待室內的兩名男子坐在現代風格的沙發上等待著，上頭還有設計師的簽名，講究的做工就和房間內所有陳列物件一致。拜訪者在第一瞬間就嗅得出房內的美學設計，透露出高檔的氣息。

「已經有人接待您了嗎？」克蕾親切地詢問。

「是的，我們被通知在這裡等候。」其中一名男子的回答挾帶濃濃的英式口音。

「完美！」克蕾微笑道，「我去確認一下現在韋格先生人在哪裡。」

她往馬西的辦公室走去。激烈的對話聲刺破了門，把她僵在原地。很顯然的，現在不是打擾的好時機。她決定撤退回到自己的辦公室，那裡離馬西的辦公室僅有一牆之隔。

她闔上門，拉下百葉窗，將辦公室搗得嚴嚴實實，然後放心地將耳朵貼在牆上。老闆的語氣裡滿是不快，而另外一個聲音因責備而顯得相當沉重。克蕾認不出來是誰。

「你知道自己變成什麼樣子了嗎？」

「怎麼？我哪有變成什麼樣子？妳到底知不知道我要處理的都是些什麼事？妳知不知道我肩膀上的擔子有多沉重？」

「你、你、你，永遠都只考慮到你自己！什麼都以自己為中心！你有考慮過其他人嗎？」

趴在牆上的克蕾因為這個大膽的批評而打了個哆嗦。韋格先生對這種無理的行徑該做何反應呢？她腦海中浮現一個畫面：韋格先生蒼白的臉頰上，被這些字句狠狠地甩上一巴掌，留下紅印記。

「當然。比妳想得還要多。妳自己好好想想……」韋格先生的回覆比克蕾設想的還要冷靜。

「你知道我現在經歷些什麼嗎？你知道我有多難過嗎？」女子的音量更加刺耳了，「我需要你在我身邊啊！馬西，我打了十通電話給你。你呢？因為一點雞毛蒜皮的小事忙得不可開交，就連施捨我一通電話的時間都不肯？」

「茱莉，不管妳喜不喜歡，公司的營運都需要我，我不像妳這麼閒……」韋格先生的聲音聽起來很疲倦。

「哼，還眞是謝謝你提醒我無業遊民的身分！你以爲當模特兒這麼容易嗎？我沒能夠大紅大紫難道是我的錯？」女子嗚咽了起來。

「不管怎麼樣，茱莉，妳明明就知道，如果妳需要我幫忙找工作的話，只要開口……」

「你眞的很過分！馬西！你明明就知道我需要的不是一大堆工作……我需要的是受到肯定！是關心！是愛！你懂嗎？」

「這些難道妳現在都沒有嗎？妳不覺得自己有點小題大作了？」

「又來了！又是輕描淡寫帶過！你永遠都以暫時沒空當藉口！馬西，你總是不在我身邊！就算你人來了，也都是心不在焉……我眞的受不了了！」

「什麼意思？我心不在焉？」

「你想知道嗎？那你聽好了，上次我們一起吃晚餐，你爲了接超級重要的電話總共離席了三次！剩下的時間，你每三分鐘就要看一次手機。我非常確定我跟你說的話，你聽不到三分之一……」

此時克蕾辦公室的電話突然響起。雖然在這個關鍵時刻被打斷實在讓她非常惱怒，她還是趕緊接起電話，匆忙了事後迅速回到原位，繼續掌握這場爭執的後續發展。

「……馬西，你真的讓我非常失望。我不喜歡你變成這樣！我必須先跟你說，如果你不改的話，我們也就不用再見面了！」

「妳又馬上說重話……」

「對！我就是說重話！你的確很會講話，但現在我要的是你的行動。聽到了嗎？是你的行動！」

讓克蕾驚訝的是，馬西竟然不發一語！

女子再度提高音量：「這個給你，我特地幫你拿的，你一定要看！這是關於蘿蔓．嘉登尼的課程。你知道她吧？也應該聽過『難罣行為』吧？對於這些行為造成的負面影響，還有可能對其他人造成的傷害，她在這篇文章裡面都解釋得很好，你真的該仔細看一下，你……」

「茱莉，聽著，我真的沒有時間……」

「如果這麼重要的事你都沒有時間，我們也沒什麼好說的了。」

「茱莉！妳這麼講就真的錯了！」

「你自己好好想想。就這樣。」

克蕾聽見沉重的關門聲落在馬西的辦公室裡。

「我的天啊，要出大事了！」克蕾自言自語地說道。她了解馬西．韋格的為人，知道這樣的爭吵會讓他身陷惡劣的情緒之中。

她小心翼翼地繞回辦公桌前坐下來，試圖讓自己恢復平靜。當她把「特別的文件」收進抽屜時，她的手還在微微顫抖。這份協議書還是稍等一下，即便這是個好消息，但韋格先生現在肯定不想多說話。克蕾將這個敏感的抽屜上鎖，把小鑰匙放回祕密藏身處的筆筒裡，然後心不在焉地處理不斷湧入的電子郵件。但突如其來的對講機鈴聲，把她嚇得從座位上跳了起來。是他！

「在嗎？妳可以過來一下嗎？立刻！」生硬又尖銳的語氣聽起來像把鋒利的手術刀。

在這種情況之下，不能用跑的，要用飛的。

當她推開馬西的辦公室大門時，看見他已經又墜入文件海當中，顯然他決定立即轉移焦點。他緩緩抬頭，用鐵青的臉色望著克蕾。這頭雄獅臉上的皺紋讓他的表情變得生硬，而他冷峻嚴寒的目光還可能讓人凍傷。

即便如此，克蕾依然覺得他很迷人。深棕色的頭髮帶有光澤，恰到好處的長度讓它們熠熠發亮。克蕾早就動過一萬次的念頭，幻想自己的指尖從那絲綢般的髮絲流淌而過。他勻稱的臉龐、堅決的下巴線條，都因爲這時緊張的氛圍而僵硬。還有那雙燦若星辰的雙眼，閃耀著珠光般的深棕色，一望就能讓人動容。

「克蕾，桑蒂尼回覆了嗎？」

「啊，是的！但剛才我覺得這個時間點可能不太好……」

「沒這回事！現在把東西拿給我。」

克蕾毫無怨言地接下這個否定，但她的目光落到地上那揉成一團的紙球。

「妳還在東張西望什麼？趕快去工作啊！」

「呃……您需要我收拾地上這些東西嗎？」

馬西瞄了一眼地上的紙團。

「好，處理掉。謝謝。」

他的道謝聽起來漫不經心，但克蕾不放在心上。對於馬西來說，克蕾早該明白這是怎麼一回事。

克蕾俯身撿起皺巴巴的紙團，躡手躡腳離開辦公室，心想「現在必須讓他打起精神來才行……」

譯注①：印度三大主神之一，通常以四隻手的形象出現。

03 誰最難搞？

「爸！」蘿蔓緊緊擁抱她的父親，感覺自己終於放鬆下來。「你覺得怎麼樣？」

「妳太棒了！我眞爲妳感到驕傲！」

蘿蔓給了他大大的笑容。人潮緩慢地朝出口方向散去，還有些人停下來向她道賀。一位記者前來向蘿蔓致意：「我很想採訪您，請問您能很快撥出空檔接受訪問嗎？」

「那得看我父親的意思，」她燦爛地笑著，「現在是他負責我的工作行程！」

一旁的約翰．菲利普遞出公司名片後，問蘿蔓：「妳要不要去吃點東西？」

「要！太好了！我現在快餓死了……」

「那就去坎帕納咖啡廳！在奧賽美術館旁邊，走兩步路就到了。」

蘿蔓決定讓自己言聽計從。她非常欣慰終於能夠甩開冰箱空無一物的淒涼，而且她相信父親一定已經安排好大啖美食的餐廳。

一走進咖啡廳，蘿蔓馬上被裝潢吸引，一個曾經服役於奧賽火車站的壁鐘高懸在牆上，店內透著舒心宜人的光線。俏皮又不失高雅的裝潢爲晚餐帶來愉快的氣氛。

服務生姍姍來遲。但約翰卻保持著風度。蘿蔓想，父親也改變了許多……她看著歲月在他臉上留下的痕跡，早年那頭棕色且茂密的頭髮，現在變得灰白且稀疏，藍綠色的眼珠子旁更遍布著細紋。

從前的約翰·菲利普非常缺乏耐心、性情暴躁且咄咄逼人。那個時候，難搞行爲該有的特徵他一項也沒遺漏。在家裡他就是山大王，尤其是在家庭會議的時候。試想，一場理當人人平等的圓桌會議，如果硬是想坐上寶座，還能有什麼其他辦法呢？同時他也不曾在對話之間尋求討論或溝通，總認爲自己的話就是唯一的道理，儘管那都是些沒有道理的道理；或者把家裡搞得天翻地覆，藉由砸壞東西來強制彰顯自己的存在感，衣櫥門就時常成爲犧牲品；又或者用大吼大叫的聲音頻率來劃設領土範圍。喔！對！就像那些依然保留古老生物本能，以撒尿來標誌地盤的動物一樣。這種史前文化行爲的再現，實在讓蘿蔓懷疑文明的進步論。

他最讓人啞口無言的難搞行爲，就出現在開車的時候。腳都還沒踏進駕駛座，他的耐心指數就已經歸零。緊接著，引擎加速後帶來的快感更是讓他完全失去理智。

這位父親爲年幼的蘿蔓豐富了許多侮辱性的詞彙。直到一個無可彌補的遺憾發生，帶走了他的妻子、蘿蔓的媽媽——里朵，他身上的難搞行爲跡象也跟著在同一天消亡。約翰·菲利普不再是從前的那個人。過去動輒口出惡言的臭嘴，從此收斂許多，只剩下一丁點的耳語埋怨或反省。

失去此生唯一愛過的女人之後，他才開始踏上救贖之路，甚至踏進女兒工作計畫的一環。「難搞防治公司」成爲他生命的理由、他的懺悔和寬恕。蘿蔓知道父親將這項工作視爲彌補過錯的一種辦法。曾經硬若頑石的他，如今看來傷痕累累且敏感。生命帶給他的衝擊致使他變得脆弱不堪，無法再承受打擊。

過去，蘿蔓不覺得自己可以原諒他，也不覺得自己會愛他。童年時，蘿蔓和父親的關係非常淡薄，僅僅維持著最低限度的來往。他既從不涉入蘿蔓的任何事務，也對她萬分不在乎。直到憾事發生……不過從那之後，憑藉著自己的犧牲奉獻，他終於又重新獲得蘿蔓的心。對蘿蔓來說，人人都有資格犯錯，只要能明白痛改前非的必要性……

「怎麼樣，餐點好吃嗎？」父親溫柔地問。

又是一個他從沒說過的經典句子。過去他對別人的感受不屑一顧，但人生的劇變對他吹響了號角，以一拳重擊喚醒他，從此回復精神。回想起歷歷在目的過去，陷入沉思的蘿蔓漸漸模糊了視線，媽媽離開他們也已經……十八年了。那時的她才十四歲，爲了抓住自我放逐的父親，她被迫提早離開純眞的童年。

「我陪妳回家吧。」

約翰目送她進家門，直到看見蘿蔓的剪影出現在床簾帷幕之後才離去。

「爸爸呀……」蘿蔓嘆了口氣。

累癱的蘿蔓倒在沙發上，機械式地打開電視機來製造一點聲響，腦袋裡重新回想一遍白天的記者會，以及所有可能在未來參與課程的學員面孔。難搞的程度可是有等級區分的，有些人只是輕症，有些人卻是病入膏肓，這些她看得可多了……

下午記者會的畫面在她腦海中播放著，她想起自己站在麥克風前，對著臺下約一百二十位聽衆，各個都想深究這個有趣的計畫名稱。

「請問您有『難罣行爲』的具體例子嗎？」一個無可避免的問句。

「好比說不斷對你施加壓力的老闆、愛亂開你玩笑的伴侶（儘管玩笑其實並不惡毒，只是你太過敏感）、在朋友圈裡大受歡迎但你很討厭的人，或是老用刻板印象批評你的決定或行爲的父母……諸如此類的，千千百百種。」

「如果，我們出現您所描述的那種『難罣行爲』跡象，就代表我們不是好人嗎？」一位神色緊張的男士發問。

「並不是這樣。我們必須明白很重要的一點就是，這並非論斷一個人，而是僅針對行爲提出質疑，以及這樣的行爲對周遭的人所帶來的負面影響。這是不同的兩件事！」

「那麼『難罣行爲』有什麼樣的特徵呢？」一位女士發問。

「一些常有的特徵像是缺乏傾聽和同理心、不夠體貼、個性急躁、匆促間妄下評斷。還有一些典型的特色像是太過在乎自己、強烈的自我中心主義，或是幽默感比《驢皮記》裡那張驢皮還要來得小②。」

「不過，『難罣行爲』的稱呼是來自……？」

「罣丸！沒錯，正是如此。因爲難搞的行爲正是罣丸激素泛濫成災的結果！而且『難罣』本身就是一個非常男性的概念。即便這種行爲，時至今日也已經出現在女性身上，但各位男士們，你們仍然還是『難睪行爲』的核心。至於原因呢，則得歸咎數百年來的文化傳承和教育。你們自小就接受了權力、支配、暴力和沙文主義的餵養，要讓你們擺脫這種已經根深柢固的行爲，也不是彈指之間就能完成的事。但男人不該用拳頭來強迫別人聽見自己的聲音，不是嗎？或者說，無論在任何情況之下，男人都該知道如何才能正確地表達自己吧？」

說到這個部分的時候，蘿蔓喜歡稍作停歇，讓她的話語滲透進聽衆的思考當中，接著再繼續……

「然而，女士們，我們也得當心了！『難睪行爲』確實也已經找上女性，畢竟我們得在以雄性爲主要權力核心的地球上，和他們拼搏爭奪一席之地，只好逼自己也長出兩顆睪丸，接受越來越多睪丸激素。所以，在職場上放棄了女性柔軟的同理心而變得尖銳，換下細跟高跟鞋而改穿上陽剛氣概的球鞋來與之競爭……」蘿蔓知道她的說詞總是會讓聽衆感到不安，但是這場會議不就是要給觀衆一個刺激？最好還能讓他們開始採取行動。

回想到這裡，蘿蔓嫣然一笑，起身往廚房走去泡一杯熱茶。

這場會議最後在熱烈的掌聲中完美落幕，蘿蔓對自己的表現相當滿意，十來位參加者對她的課程計畫展現出濃厚的興趣。啊！夫復何求？

筆記型電腦在這個時候跳出一則剛收到的新訊息。是父親寄來的。

（二十三點二十四分）親愛的，今晚和妳一起共度的時光很棒，妳看起來好極了。是這樣的，我已經收到下一場消除難搞行為課程的學員名單，放在附件了，妳看一下。感覺組員都非常棒！但在這之前要好好休息！這很重要，妳今天肯定累壞了，就算是F1賽車手也沒辦法在精疲力竭的狀況下開車。隨信附上晚安前的親吻。老爸。

好極了！蘿蔓迫不急待想要看一眼學員的資料，卻又忍不住打了一個大哈欠，疲憊感削弱了她的動力。

還是明天再看好了。筋疲力盡的蘿蔓喃喃自語，決定聽從身體的指示和床的召喚。閱讀資料的事就等到明天吧。

譯注②：《驢皮記》是法國作家巴爾札克巨作《人間喜劇》的系列作品，發表於一八三一年。故事中的貴族青年瓦朗坦意外得到一張象徵主角生命的驢皮，可以實現主人的任何願望。只是願望一實現，驢皮也會立刻縮小，象徵主角生命消亡的過程。

04 量身打造的一堂課

早晨七點半。馬西將他典雅的黑色皮革公事包放在豪華皮革沙發椅的腳邊。正當他機械式地按下電腦開關時，又看見一個小驚喜出現在筆筒旁邊。連續十天以來，每天早晨都有一個以該死傳單摺成的小物件出現在他桌上。今天是小雞，昨天是青蛙，前天是天鵝……到底有完沒完啊？煩死了！當他一把抓起精緻的摺紙，揉成一團扔進垃圾桶時，他感覺到自己的內心在沸騰。

不用看也知道內容是什麼！他都已經快要會背了。總而言之就是蘿蔓．嘉登尼的方法多有效，消除難搞行爲的課程如何讓人擺脫專制、愛支配人、自我中心、自戀、激進、先入爲主、過河拆橋等特質。他甚至記得裡面幾句唬人的術語，像是「終結極端的行爲舉止，讓你成爲更好的人！」說得好像他眞的需要一個人來幫助自己展現出最好的一面！笑死人了。他想起蘿蔓．嘉登尼的照片，看起來太年輕了，根本沒辦法當別人的心靈導師。尤其是她照片上堅定和親切的神情，好像在下無聲的戰帖——你敢不敢來挑戰？

「至少克蕾會聽我說！」馬西忿忿不平地對自己說。但是如果連他的祕書都試圖說服他參加這項課程，那又該怎麼辦？更別說茱莉了，她一直發簡訊來騷擾……她們到底想怎樣？

馬西站起身來，在辦公室裡走來走去，像頭在籠子裡來回踱步的獅子。他不是很明白別人都怎麼批評他。當然，在溝通上，他有時確實比較刻薄和專制，但這不就是領導人的特質嗎？他也的確因爲工作忙得不可開交，而太過疏忽身邊的人。但是像營運一間公司這麼重要的事，能不隨時隨地都戰戰兢兢嗎？到底大家的腦袋裡都在想什麼？如果他像迪士尼系列裡的公主那樣溫柔且善良，能夠擔下這樣的重責大任嗎？管理公司當然需要外柔內剛，而他可是專家！

馬西不甘不願地從垃圾桶裡翻出那張皺巴巴的傳單，想和克蕾正面談談，讓她停止這些小伎倆。他的手指冰冷地按在室內電話的按鈕上，完全沒考慮到自己呼叫助理的時間這麼早。

「好的，我馬上來！」

馬西看見助理的腳步在辦公室大門前停頓了一會兒。她大概很害怕接下來要發生的事吧。她的確該害怕。馬西走上前，手上不斷揮動攤開來的宣傳單。

「克蕾，麻煩妳解釋清楚，這到底想表達什麼？」

面對馬西冰冷又直接的語氣，克蕾似乎相當畏懼。但她清了清嗓子，微微抬起下巴，藉由視覺提升的高度，彌補她和馬西之間身分地位的差距。

「韋格先生，您非常清楚我多麼欣賞您，以及欽佩您敬業的工作態度……」

確實有張很甜的嘴。雖然有點浮誇，但還是將馬西給融化了，打開他心裡的那扇門。很顯然地，他的助理直接侵門踏戶地走進來。

「我很仔細地研究了一下這項課程的資料……媒體都在大幅報導，這些方法似乎很新穎，跟您期待的一樣。」

馬西謹愼地抬起一邊的眉毛，露出一個讓人難以捉摸的神情，對克蕾即將說出的回答嚴陣以待。

「嗯……然後呢？」

從克蕾聲音裡流露出的蛛絲馬跡，顯示她知道自己麻煩大了，馬西不得不注意到她的胸腔起伏隨著加速的心跳更加劇烈。*原來我讓她這麼害怕嗎？*

「您知道有很多名人也參加這項課程嗎？」克蕾重新鼓起勇氣詢問她的老闆。

「哦！是嗎？」

眞是個惡魔！她實在很會說話，也知道什麼樣的說辭最能夠打動他的心……忽然之間，眼睛一亮的馬西鼓勵克蕾繼續說下去，她念出幾位商界和影劇圈大人物的名字，以及他們如何誇讚這課程對他們的職業生涯和私人生活帶來幫助。接著，她用堪比廣告節目配音裡的柔美語調，爲馬西朗誦課程的廣告詞：

「這是一項探索內心世界的計畫！大獲成功的計畫！目前最流行的……想像自己在幾週的專業課程培訓之後，成爲自制能力無懈可擊的人，並且終生受用……」

看著眼前的克蕾這麼努力，馬西．韋格不禁笑出聲來。

「說得眞好！好吧！所以，克蕾，妳到底爲什麼如此希望我參加這項課程？妳希望我做些什麼改變？」

克蕾瞪大雙眼，顯然很害怕向老闆說出眞話，不過馬西早就習慣她這個反應。

「別怕，克蕾，照實說吧……把妳的眞心話說出來！」馬西鼓勵她。

克蕾看著他。畢竟他的態度並沒有眞的像這番說詞般吸引人，這讓她很不放心……但她還是豁出去了！

「好吧……我猜您可能會變得沒有那麼……專制，或者能多傾聽別人的意見……變得比較溫和之類的……」

克蕾因爲自己魯莽的發言而面紅耳赤，畏縮了一下，但仍然馬上堅定地迎上馬西的目光。顯然她已經準備好要面對接下來的一切。不過這番話倒是讓馬西很高興，他非常欣賞有膽量的人！

「我知道了……謝謝妳，克蕾，我會考慮的。」

馬西中斷了和克蕾的眼神交會，坐回到辦公桌前，同時讓她明白這場對話暫時告一段落。離開辦公室前，馬西叫住了她。

「對了，克蕾。」

「是的，老闆？」

「別再放摺紙了，好嗎？」

克蕾微微一笑，這眞誠的笑容讓馬西也心軟，再次看了一眼那張已經攤開來、皺巴巴的宣傳單：

蘿蔓．嘉登尼的表情看起來好像在呼叫他的名字。「其實她也滿漂亮的……」馬西心裡想。他快速瀏覽了一下文章，弄清楚大致的概念，好像挺不錯的。但是這項課程似乎只能團體進行，但他實在難以想像自己隨便和路人甲一起參加。像他這種身分地位的人，絕不可能對陌生人暴露出自己的潛在弱點，更不用說雙方的社會地位差距懸殊……可是他想起那天和茱莉爭執的畫面，以及克蕾努力不懈的堅持，逼得他不得不檢視自己的行為。老實說，這項課程也已經讓他思考好一段時間。在他身處的領導人圈子裡，也有不少同業提供這類型的高級課程來提升管理技巧。

馬西陷入沉思，視線停留在宣傳單的底部，寫著難搞防治公司電話的地方。這是個什麼荒誕的公司名稱！不過……這間公司的成功和規模也不只是靠運氣。再說了，只是和他們聯繫也不須付出任何代價。或許這位蘿蔓．嘉登尼能夠提供個別輔導的課程？更重要的是，和這張美麗的臉蛋面對面會談，也不會是什麼令人不愉快的體驗……

05 最難搞的大人物

難搞防治公司的門鈴響起。幾個月前新聘請的年輕同事芳婷上前去開門，腳步聲在走廊上迴盪。

「天啊！已經有參加者到了嗎？」此時蘿蔓已經在廁所裡待了十五分鐘，試圖用化妝品遮蓋臉上緊張的痕跡。每次「消除難搞行爲」系列課程開始前，她總還是會怯場。也許是因爲她知道第一次的接觸是非常具有決定性的。對於被歸類爲難搞的人來說，第一印象非常重要，而這次的想法又會根深柢固地跟著他們。

蘿蔓第三次從馬桶上站起來，但隨即又坐下，巨大的壓力讓她非常依賴廁所。再度離開洗手間前，蘿蔓面對鏡子整理好衣著，最後一次查看報名表，確認自己已經牢記每位參加者的個人資料。這次最重要的任務，是她必須盡全力說服其中一位參加者留下來——那位時常上雜誌封面的商業名人，馬西．韋格先生，世界最大化妝品集團的總經理！

想到這裡，蘿蔓又再一次坐回到馬桶上，激動地反覆瀏覽手上關於馬西．韋格的檔案，文件上少到不能再少的內容讓她感到非常遺憾。

年齡：三十五歲。

婚姻狀況：未填寫。

背景資料：未填寫。

動機：未填寫。

期望：找出需要改善的問題，對症下藥，尋求最快速且可明顯看出成果的方法。

起初，蘿蔓非常不高興表格內有多處空白，不過她馬上就注意到字裡行間那種命令式且專斷的口吻，這並不讓她特別驚訝。個性苛刻又急躁的人，往往最期待能一夕之間有所改變，一旦情況不如預期，絕對會高聲闊調地表達意見，讓全世界都聽得見。

難搞特徵正是表現在這種時候：因爲過高的自尊心而理直氣壯地專制獨行，理所當然地掌握權力並依照自己的意思支配他人。孕育難搞行爲的兩大要素就是權勢和成就。這類人對於損人利己的事絲毫沒有惻隱之心，一旦設定了宏大的目標，便想要一步步往上爬，希望成就自己的雄心壯志，而把人的本分統統丟棄在一旁。甚至有時相當瞧不起與別人的交流、輕賤對他人的尊重。這些人錯就錯在沒把自己的才能投資在人際關係上，連最基本的同理心也丟得一丁點不剩，最後落得衆叛親離的下場……而馬西．韋格似乎也沒有逃離這個命運。

但最棘手的莫過於必須以溫和的方式讓他意識到這一切，才不會造成反效果。要正視自己不光榮的那一面，對任何人來說都不容易，更何況像馬西．韋格這樣的成功人士。

蘿蔓的目光再次落在這位成功男子的照片上，這讓她全身熱了起來，在她美麗的條紋長裙上擦了擦被汗浸濕的雙手。

長得還滿帥的。喔不，誠實一點吧妳……是非常帥！

她注視照片的模樣，像極了珠寶商用放大鏡檢視一塊稀有的寶石，試圖找出任何瑕疵，只不過她所檢視的是名貨眞價實的男人。

「眞是完美的男子。」她喃喃自語道。

馬西．韋格照片裡的眼神讓蘿蔓產生自己也正被他看著的錯覺。

「這可都是你的錯啊，我們這位詹姆士龐德！」她笑著說，感覺自己像在看著太過於壓抑情緒的痕跡、一張被困在鐵面具之下的臉龐、一個處處精打細算的人格，一切都處於控制的範圍內。

必須把所有這些枷鎖一一解開！

蘿蔓自知這位韋格先生大概不會讓她太好過。但沒關係，她勇於面對困難。蘿蔓看了鏡子最後一眼，確認那股堅韌的光芒是從自己眼睛散發出來的，才安心地打開廁所的門。

她準備好要認識新朋友了……

06 有同樣困擾的人

馬西．韋格戴著黑色手套的手緊張地輕輕拍著公事包。他坐在一輛捷豹XJ豪華轎車內，有色車窗大幅度過濾了光線，窗外是如同變了形且蒼白的景觀。幾片薄薄的壁板將所有人阻絕在車外，使車內的馬西遠離現實生活。

他看了一下手錶，這只要價超過一萬歐元的卡地亞計時錶，是他父親贈與他的三十歲生日禮物（奢侈禮物的優點就是可以用金額來彌補要價更昂貴的情感表達）。他決定試著參加其中一場蘿蔓．嘉登尼的團體工作坊。他本來是希望參加單獨課程，然而這位年輕女士還是很有說服力，讓馬西被她中肯建議給打動的同時，又很欽佩她委婉卻堅定的態度，所以決定給她一次機會。況且，要是他的參加能夠平息茱莉的責備，以及祕書克蕾的再三要求，那就都值得了。無論如何，在他原本就已經超越負荷的日程當中硬是塞入這個行程，已經讓馬西怒火中燒，他實在非常討厭浪費時間。

「狄米特里，還有多遠？」

司機鎮定地以平穩的聲調回覆：「已經不遠了，韋格先生不必擔心，您能準時赴約。」

但馬西唯一擔心的，是這項消除難搞行為的集體課程。說實話，這個點子讓他有些害怕、有些不知所措。再說一想到要在陌生人面前把自己攤開來，並且意識到自己有必要修正某些難搞行徑，他就覺得渾身不舒服。馬西很驚訝自己竟然會緊張。

他？緊張？這聽起來完全不對勁。他的字典裡可沒有「緊張」這兩個字，他可是每次高峰會議中最不緊張的那一個。況且，他不總是被教導「緊張是弱者的強項」嗎？

他的家裡從爸爸到兒子，個個都是強者。他小時候就被披上了一件鎧甲，情緒既無法穿透出去，別人的情緒也近不了身。是男人就該像蜥蜴一般冷血，並且要抬頭挺胸。萬一不幸地被割斷了尾巴，就要想方設法再生一條出來！他是這樣長大的，而且也不會改變，事實就是如此。他又重看了第一千遍昨天晚上難搞防治公司寄來的驗證註冊郵件：

我們很榮幸通知您，第一次的課程將於十月十八日下午六點開始，地點在我們的辦公室。歡迎您，並恭喜您加入我們的工作坊！

恭喜？他完全不覺得有什麼事值得恭喜，只認為這項課程實在太干擾他這架隨時準備一飛沖天的戰鬥機。他要處理的事應該是一連串的決策、資本評估、主要營運方向和人流管理……

馬西．韋格非常嚴肅地看待自己的角色，並且也隱約意識到自己有多了不起。日子久了，自視甚高的感覺在他身上蔓延開來，直到占據他整個人。自此，他便穿戴著嚴肅的外衣。隨著時間的流逝，他的臉甚至有點「肚皮狗化」般下垂，就像是特克斯．艾弗里動畫中那隻擬人化的肚皮狗③。他的笑容深鎖進櫃子裡，卻搞丟了鑰匙，以致他再也無法不受拘束地綻露笑顏。延展兩瓣嘴唇的長度，讓他覺得自己像在執行一項嚴峻的任務，因爲在他的世界裡，即使是笑容也必須有利可圖。

馬西拚命發著訊息，彷彿如此就可以不去面對即將到來的活動。眼看時間一分一秒接近，他感覺自己又開始有點遲疑起來。可惜爲時已晚，他們就快抵達目的地了。

「前面就到了，韋格先生。」司機說道。

「謝謝你，狄米特里。在那裡放我下車吧，我想走點路。」

「好的，韋格先生。您希望我什麼時候來接您呢？」

「這場會議大概需要兩個半小時。」

「好的，韋格先生。我到時候來接您。」

身穿深色西裝的男子俐落地打開車門，馬西急忙下車，深呼吸一口氣後，頭也不回地往三十七號的方向走去。另外兩個人也和他同時抵達建築物的門口。

他們也要去同一個地方嗎？馬西仔細地看了他們一眼，心想：「難搞的人從外表看得出來嗎？」

其中一名女士按下難搞防治公司的對講機。

看來是這麼一回事了，他們果然就是這個課程的其他參與者。

一位綁著高馬尾的年輕女子，帶著燦爛的笑容來接待他們三位，並帶領他們進入會議室。

這位女子合身短裙的長度落在膝蓋上方，讓馬西也忍不住讚賞其姣好的體態。會議室中已經有三名先抵達的參加者，在一片死寂的氣氛中面面相覷。

會議室內的座椅排成半圓弧形，每張椅子都有一個可方便做筆記的桌架，中央則有一張小桌子，上面放著一部音響，另外還有一個紙板版夾和一些筆。

眞是老套。馬西想知道蘿蔓．嘉登尼究竟能玩出什麼新把戲……

他決定先觀察情況。參加者們暗地裡互相打量，低調地清清喉嚨，但沒有人開口說話，房間內彌漫著緊張的氣氛。

看吧，還是有兩個女人。馬西觀察著並好奇地想。女人還能有多難搞呢？

一名身材乾瘦的男子緊張地坐在椅子上，看起來很焦躁；一名胖得可以塞滿整個電梯的男子，看起來像在打瞌睡，但在馬西眼裡，他是故意表現出睏倦的模樣；一名穿著連身裙的美麗棕髮女郎，交叉雙腿坐著並暗暗注意大家有沒有在看她；一名豐滿的黃髮女士，穿著高貴典雅，一副莊嚴呆板的態度似乎是要讓大家馬上清楚自己是在和誰打交道，而她的目光迷失在遙遠的盡頭，顯示她早就神遊到某處去。

漫長幾分鐘的等待時間讓馬西非常惱火，他最討厭別人讓他等。終於，走廊上傳來聲響，接著是一陣清脆爽朗的笑聲，讓馬西和在場所有人都摒住呼吸。

然後，蘿蔓．嘉登尼打開了門。

譯注③：美國動畫家特克斯・艾弗里於一九四三年爲米高梅公司創作的一部卡通《德魯比肚皮狗》（Droopy Dog）主角，是一隻行動緩慢且總是昏昏欲睡的巴吉度，以鬆垮的臉皮和低垂的大耳朵著名。

07 消除難搞行為系列課程

蘿蔓．嘉登尼以舞會皇后的姿態帶著微笑步入會議室，看起來從容、充滿自信。

「要不要我們乾脆站起來向她深深一鞠躬。」被這個進場畫面給震懾住的馬西，不禁低聲抱怨道。他仔細打量蘿蔓，並且標記出她的服裝品味，這在馬西的第一印象評斷裡至關重要。儘管她不是很高，但仍然是體態姣好、穠纖合度。只不過，讓馬西印象最深刻的，是從她碧綠雙眼中流露出的那股濃烈熱情。

蘿蔓走到中央小圓桌旁停了下來，會議室內的人全神貫注在她的雙唇上，等待她的發言。但她一言不發地輪流注視著每一位來賓。

嗯，這倒是個傑出的手法！馬西心想。

沉默像股電流通過在場所有人。緊接著，蘿蔓突然開始慢慢鼓掌，而且越拍越密集、力道越來越強。她示意大家也跟著一起鼓掌。馬西環顧身旁，見到參加者們先是膽怯地跟著小聲拍手，然後越拍越熱情，直到會議室內的掌聲響徹雲霄。而他自己則只是輕輕敲擊手指幾下。這段開場動作實在讓他感到尷尬萬分。直到會議室內再次回歸寧靜，蘿蔓才終於開始說話：

「大家好，我是蘿蔓．嘉登尼。非常感謝大家的熱情參與！首先，我得恭喜你們！是的，你們做得很好，這就是我們剛剛鼓掌的原因。我非常清楚用這樣的方式做為開始有多困難。相信我，勇於質疑自己並著手改變，是非常需要勇氣的！從現在開始，你們要為自己感到驕傲！」

才第一堂課就這麼說實在是太誇張了……馬西從其他人質疑的目光中清楚得知，他不是唯一這樣認為的人。他並不討厭自吹自擂，甚至也會鼓勵他的銷售團隊，用這個方法來說服愛挑剔而且什麼都看不順眼的顧客。但她的說詞有點太過頭了，幾乎像齣綜藝節目。

接著，蘿蔓也不免俗地要繞著圓桌讓大家自我介紹一番。然而有意思的是，她提議每人拿出口袋或皮包裡的一項物品做為代表，並說明自己的性格和這項物品的相似之處……

除了一隻智慧型手機，馬西什麼都沒帶，不過這剛好非常適合用來代表他。為什麼要把事情變得這麼複雜？其他人或多或少忙著尋找身邊可以代表自己的物品。

「好的，那現在我們可以開始了。」蘿蔓笑了笑，「我會把這個紅色泡泡球扔給你們其中一位，第一位接到球的人要說出自己的名字、來到這裡的原因，接著展示可以代表自己的物品。然後再把球傳給下一位，依此類推。大家都明白了嗎？」

難道她還期待大家帶著熱情，愚蠢地大聲疾呼「明白了」？

蘿蔓一個接著一個望著學員，決定把球交給那位向她露出燦爛微笑的棕髮女郎。她看來已經摩拳擦掌，準備好要投入遊戲。

「大家好，我是娜塔麗。我負責公司的內部行銷，不過我……我被……被解雇了……」

啊……她該怎麼向大家道出被解雇的原因？

「偶爾會遇到這種事……」她盡力掩飾自己的情感，「我會來到這裡，是因爲被解雇後有了機會去思考這一切……我覺得自己和別人相處時，會耍點小心機……而且我想知道……」

「謝謝妳，娜塔麗！那能夠代表妳的物品是什麼呢？」

棕髮女郎輕輕托起手中那團毛茸茸的粉紅色小球。

「還眞是好可愛呢！」馬西諷刺地說道。

「我超～喜歡這個鑰匙圈。」娜塔麗用撒嬌的聲調說道，「因爲它很引人注目，讓人不禁都想摸一把，不會被忽視……就像我一樣！」

馬西看著蘿蔓對這些訊息進行精神上的解讀。她謝謝娜塔麗的分享，並且再次歡迎她加入課程。娜塔麗看著其他學員，猶疑要把手上的球交給哪一位，最後隨意將球丟到高貴典雅女士的手上。出乎意料的是，這位渾身散發巴黎ＢＯＢＯ④氣息的女士隨即接下泡泡球，並且從容地大聲說出自己的名字：艾蜜莉。想來這位女士會來到這裡，可不是因爲缺乏自信……

「我來這裡是因爲……我兒子最近離家出走了……我想知道自己在這件事情上，到底該負什麼樣的責任。」

現場的氣氛頓時凝結。

哎呀！破壞氣氛大師……這位女士到底是怎麼回事，把這麼私人的事直接公開出來？眞是超級丟臉！馬西一點都不想聽她的家庭肥皂劇，也不想讓自己陷入演出感人戲碼的會議。

幸好這位女士並沒有再多說什麼，似乎是把話都藏在心底。而她所選的代表物件，是一大串鑰匙。艾蜜莉接著說：「我們家有一大塊地，這對我來說很重要，因爲我一直想要一幢大房子和莊園，可以接待整個大家族和其他親戚朋友。我是非常重視家鄉和傳統的人……這串鑰匙就象徵這一切，也象徵著我自己，像是一個地方的女主人。」

這下馬西完全明白他兒子要逃走的原因了，畢竟實在不難想像這麼一個「傳統法式大家庭」的氣氛可以有多沉重……

蘿蔓謝過這位領主夫人，而她則把泡泡球給了身材乾瘦的男子。他叫布魯諾，是間負責個人衛生和護理產品公司的經理，管理一個由八位女士組成的團隊。而且乍看之下，馬西還眞覺得這位布魯諾沒有任何包容心。果然，團隊內其中一位女士就向上級主管哭訴布魯諾的管理方法失當，主管機關只好柔性勸導他改善管理方法，並且讓他參加這項課程。而他選來代表自己的物品是手錶：謹慎守時、講求效率還具備多功能。

啊！要是這個世界都像這只手錶一樣，那該多好！布魯諾的發言讓馬西有感而發。

機器人布魯諾（馬西打算這樣稱呼他）沒有遵照蘿蔓的指示，將泡泡球丟給下一位參加者，而是站起身來將球遞給胖男子。果然是百分之百講求效率的人，完全不讓球有掉落地面的機會。胖男子名叫派迪，但馬西已經開始覺得不耐煩，沒有仔細聽他說話，只聽進一些零星片段的資訊：總之過了二十五年的婚姻生活之後被妻子「休夫」。然後就像在場的其他人一樣，想知道究竟是爲什麼？

你去照個鏡子，不就能馬上知道答案了嗎？馬西冷嘲熱諷地想著。而且這傢伙的代表物竟然是車鑰匙，果然是那種愛車勝過愛老婆的傢伙。馬西皺起眉頭，現在他知道這些人的小故事了，但是更不明白自己在這裡做什麼。這些人和事跟他一點關係都沒有，也不可能帶給他任何啓發，更不用說改善……一想到坐在這裡浪費時間，他不高興地沉著一張臉。

馬西沉浸在自己的鬱鬱寡歡之中，沒注意到剛被妻子甩掉的派迪把泡泡球丟給他，砸在他的額頭上。柔軟的泡泡球沒弄痛他的身體，倒是傷了他嬌嫩的自尊。現在他必須像個傻瓜一樣，蹲下來撿起地面上的泡泡球。馬西怒火中燒，卻只能表現出一副冷漠和傲慢的樣子。他看見蘿蔓的目光停留在自己的臉上，雙臂交叉在胸前，臉上的表情讓人捉摸不透。馬西收緊下巴，努力讓自己的表情看起來高深莫測，從嘴裡吐出幾句話來，但盡量不揭露自己的來歷。

「我在一間大型國際化妝品公司上班。」馬西支支吾吾地說道，「我來這裡是因爲……我似乎有點……失常。可能有時候……太過直接。」

大家都在等他繼續說下去，但馬西一臉大功告成，只說了句「就是這樣」，便結束了簡短的自我介紹。他才不要向這些認識不到一個小時，而且身分地位與他不在同一個層次上的人講述自己的人生。馬西展示能象徵他的智慧型手機，說自己就像這支手機，必須每天二十四小時保持暢通、必須和全世界打交道，畢竟這個世界並不等人！這也是他的座右銘。

蘿蔓對馬西表示感謝。他望著她碧綠色的眼睛，卻找不到絲毫欣賞的目光，讓他有點失望。他重新坐回椅子上，等待接下來的活動，覺得身體被壞情緒給占據。本以爲即將迎接自己的是「關於難搞行為所帶來的負面影響」這種長篇大論，沒想到蘿蔓卻要他們玩一個遊戲。

「難道這就是她打算讓我們做的事？」馬西瞥了一眼手錶，想起自己在這裡玩耍的同時，辦公桌上有著堆積如山的文件等待他批閱。

「大家準備好要一起解謎了嗎？」

難道我們可以說不要嗎？

「仔細聽好了。有位住在八樓的紳士，每天都會從八樓搭電梯到一樓去遛狗。回來的時候，他會停在五樓再往上爬三層樓回到家，只有在下雨天才會直接搭電梯回到八樓。這是為什麼呢？」

大家你看我、我看你，一臉茫然困惑——她去哪弄來這個蠢謎題的？會議室內安靜到可以聽見灰塵掉落的聲音。

「可能只是因為他想多運動？」剛被妻子甩的派迪第一個回答。

「隨便想也知道不是這樣吧！如果他真的想運動，可以從頭到尾都走樓梯呀！幹嘛只走三層樓？」機器人布魯諾立刻駁斥。

「而且他怎麼下雨天就不運動了呢？」全世界都該看一眼的三十歲美女娜塔麗也補充。

「嗯……就……下雨天嘛，總是特別狼狽，所以他連三層樓都不想爬吧！」

「不是這樣吧！」領主夫人艾蜜莉批評這個說法，「很明顯他只是去了五樓拜訪某人，不是嗎？下雨天他就想先回家換衣服鞋子，再去找他的鄰居啊？」

「不對！不對！要我說啊，他應該是去五樓，讓狗在討厭鄰居的門口地墊上撒尿了！至於下雨天，因為他和他的狗可能會留下腳印，所以才沒有去！」

馬西滿心不悅地獨自窩在一角。太誇張了，這個娜塔麗每句話都是「要我說啊……」，眞是讓人受不了……馬西幾百年前就聽過這個謎題了，他覺得是時候出面結束這一場胡言亂語了。

「各位，很抱歉，但事情都不是你們說的那樣。事實上，這男子是個侏儒，他的身高在電梯裡只能按到五樓。唯有下雨天，他才可以用雨傘按到八樓。」

五雙犀利的眼神落到馬西身上。

「你聽過這個謎題嗎？」蘿蔓問道。

「誰沒聽過呢？」馬西立刻反駁。

他看著眼前這位年輕女子，好奇她會不會不知所措？畢竟他戳破了她的謎題……但是她仍然保持鎮定且從容自若，充滿耐心。此時布魯諾急躁地想要蘿蔓揭曉謎底。

「沒問題。布魯諾，請稍等一會兒。」蘿蔓從抽屜中拿出一支錄音筆，按下播放。

「我建議大家重新聽一遍剛才的意見交換，然後我們從中找出難搞的跡象……」

接著蘿蔓開始播放剛剛的錄音，尖銳的對話毫不留情地再次重現。

「是不是少了傾聽，並且充滿尖酸刻薄的詞彙和偏見，更別提那些非語言溝通……」

「什麼溝通？」派迪疑惑地問道。

「非語言溝通！」馬西忍不住插嘴，滿臉不悅，好像這是小學生都知道的基本單字。「就是即便你嘴上不說，但你的所有手勢、臉部表情、肢體動作或語調，都會流露出你眞正的想法。」

馬西看著派迪陷入沉思。他之前說過自己是個上班族吧……看來他沒有在管理的培訓課程當中學到一些基本概念！這傢伙大概每兩分鐘就要發問一次，耽誤大家的時間。看吧！這就是把不同等級的人放在一起時會發生的事。馬西自顧自地生悶氣，同時也很欣慰。看來個別課程會更適合我……不過蘿蔓．嘉登尼會怎麼做呢？馬西覺得有點緊張，倒是蘿蔓以一種讓人放心的方式回答派迪：

「沒關係，派迪，你有發問的權利。」

「你說對嗎？」蘿蔓將臉轉向馬西，用堅定的眼神看著他，「馬西？」

「什麼權利？呃……嗯……」大老闆低聲埋怨。

蘿蔓接著向聽衆羅列被她戲稱爲《難搞行爲十大致命傷》的負面特質：驕傲、偏見、以自我爲中心、缺乏傾聽、優越感、渴望支配、具有攻擊性、沒耐心、不寬厚、缺乏同情心與博愛的精神。

「當然，值得慶幸的是，沒有人會眞的包攬全部十個缺點。我們未來要一起完成的工作，是讓你能夠反思自己的行爲，反問自己受到哪些缺點的影響。把這些特徵標示出來，就可以有效地採取改善行動……」

「聽起來我們的形象不是太好啊！」領主夫人艾蜜莉有點被這羅列的負面特質給激怒。

「不用擔心，艾蜜莉！我必須再次強調，這不是針對個人，而是某些特定行爲。只要稍微努力調整並且堅持下去，很快就會感受到它對你生活帶來的好處……」

說得動聽，但蘿蔓到目前爲止都還沒有給出任何具體的行動建議。馬西對於空有理論的方法向來嗤之以鼻……還是媒體又像往常一樣，爲了提升廣告效果而過度美化這個課程創新的一面？再說了，克蕾曾經用許多名人也上過這項課程的理由說服我……然而目前爲止，我在這群路人甲之中，是唯一一個有頭有臉的人物。馬西獨自反覆咀嚼內心的不快，同時看著蘿蔓走向會議室角落的一個櫥櫃。她打開櫃子的門並從裡面拿出一個裝滿東西的大袋子，抽出一個紙板材質的長方形物體。

「大家請看，這是一個相框。下次上課時，我希望你們每個人都找一張照片，眞人或虛構的都可以，而這個人對你們來說完全是難搞行爲的反面例子。然後把這張照片印出來放在這個相框當中，我們將會用這些照片來佈置這個會議室。如果你們覺得深受啓發，甚至也可以多帶幾張照片來！」

蘿蔓以溫柔的語調準備結束這次的聚會。

「今天非常謝謝大家的參與！踏出第一步總是最難的，而你們幾乎已經完成最困難的部分！我很了解這個改變自我的課程有多麼困難，所以希望你們在接下來的課程當中，能夠對自己好一點。如果往後你們每一位都能盡全力參與活動，將會發現自己已經在這條路上走得很遠！」

蘿蔓伸出一隻手指來按下桌上的音響。「最後我們就在音樂的陪伴之下散會吧……」此時響起的音樂，是法國音樂創作者喬治·巴桑的歌，《是個傻蛋》。

時間改變不了什麼
是個傻蛋，就是傻蛋
二十歲時是個傻蛋、當阿公時也是個傻蛋
是個傻蛋，就是傻蛋
老扣扣傻蛋和中二小傻蛋
你們都不要再吵啦
小傻蛋剛才淋的那場雨
也是老傻蛋從前捱過的那場雪啊

「當然啦，我選擇這首歌只是要讓大家笑笑，也提醒大家幽默感和自嘲是緩解難搞行為的靈丹妙藥！下週我們將把課程重點放在寬容和寬恕的主題上！」

「好極了。」馬西心想，這首歌讓他心煩意亂。喬治·巴桑的歌詞批哩啪啦地在空中作響，倒像是賞了幾個讓他清醒的耳光。其他學員正一一向蘿蔓道謝，魚貫地離開會議室。

馬西走上前和蘿蔓說話時，她正忙著收拾會議室，因而嚇了一大跳。

「能不能借我幾分鐘的時間？」馬西已經準備好說辭。

「好呀！怎麼了嗎，馬西？」

「是這樣的，我不太確定下一次的課程我仍然會出席。」

眼前這位年輕女子開始有點局促不安。

「這樣啊……」

「我承認這樣一個……參差不齊的團體，確實不是我所期待的！坦白和妳說吧，我不知道自己和某些人的故事到底有什麼關係。妳明白我的意思嗎？一位兒子離家出走的母親、一名被妻子拋棄的丈夫，還有其他什麼的……當然，我不是在批評他們！但我實在不知道和他們一起參與課程能夠對我有什麼幫助！」

蘿蔓挺起身子，正面直對著馬西。

「如果你現在放棄的話實在非常可惜！馬西，相信我，其他學員所提出的問題會對你有所幫助的，更何況這樣的學員安排也是進步過程的一部分……」

「可是我並不這麼覺得。」她還有什麼論點能夠提出來辯駁呢？馬西已經開始期待蘿蔓改變心意。

「首先，這樣的安排讓你必須要敞開心胸，並且得去關心和你截然不同的案例。在這裡，每個人都被安排在同樣的程度、同樣的位置。光是這一點，就能夠幫助你擺脫難搞行爲……像是以自我為中心和過於極端的優越感之類的……」

「但是在妳的廣告中，提到了VIP身分的課程學員……然而我卻是這個團體唯一的VIP。」

「你的身分在這樣的團體裡，算是很合適吧，對嗎？」

她難道看不出來我可沒心情開玩笑。

「認真說起來，我們確實有許多VIP學員，而他們也能完全融入在稍微不那麼VIP的學員團體當中。我建議你可以瀏覽一下他們在網路上的心得分享……如果你只想要待在像你一樣的團體裡，要怎麼才能有不同於以往的真實感受呢？你只會再次待在舒適圈裡……」

「嗯……好……我明白了……」，馬西態度軟了下來，謹慎地說，「謝謝妳的這些說明，我會再好好想想是不是要繼續參與課程。我們保持聯繫……」

「沒問題。」

她是故意裝出一派輕鬆的樣子嗎？

「不過盡快好嗎？」蘿蔓補充，「要是你決定放棄，我可以盡快把位置騰出來給其他人。」

馬西聽這話，像是被刺了一刀。其他人？他的位置是可以任意被其他人替代的嗎？放棄？他不得不承認蘿蔓確實很懂得這些操作。她一定知道如果要吸引像他這樣的人來參加課程，就必須讓他們覺得很有挑戰性。不管怎麼樣，馬西也裝出一副冷漠的模樣，還擊蘿蔓的撲克臉。

「好。那就這樣吧，祝妳有個愉快的夜晚，再見……」

馬西頭也不回地走遠。雖然意識到身後有雙眼睛注視著他，但仍然踩著堅定步伐向前走。他百分之百知道自己要的到底是什麼，或至少大部分的時候都知道……

譯注④：ＢＯＢＯ族，爲中產階級式的波希米亞人（Bourgeois Bohemian）縮寫。原指在巴黎特定地區，享受浪漫生活且思想開放、不在乎社會規範的富裕中產階級。

08 只為自己而活是種病

在回家的路上，馬西非常懊惱無法和任何人分享剛剛所經歷的一切。他和他的司機狄米特里之間只有主雇關係，沒什麼能說的。馬西只好獨自在腦海中一遍又一遍地播放在難搞防治公司裡的畫面，心裡五味雜陳。

首先，硬是和自己世界天差地別的一群人攪和在一起，讓他非常不高興。那些人的煩惱和他所生活的現實世界一點關係都沒有！再說了，到目前爲止，他覺得蘿蔓的方法根本浮華不實，沒什麼建設性，他實在懷疑這些方法到底有沒有效。

還有其他什麼特別的嗎？沒了。整件事就這樣。那爲何不能乾脆決定以後不再去參加課程？馬西惱火地嘆了一口氣。而且他也沒欠他們什麼，更不需要給這些人或這位蘿蔓一個交代。但是，他們在會議結束後的對話，著實在他的心裡劃了一刀。他不喜歡這種感覺。蘿蔓似乎是不相信他可以全程參與這項課程，該不會以爲他害怕被質問吧？

他？害怕？眞是荒謬！他非常想向蘿蔓證明，自己可不是那種會逃跑的傢伙。馬西的自尊心突然間覺醒！一定是這麼回事，他難道還不清楚她在耍什麼手段嗎……不要得意的太早了，要是他繼續參與難搞防治公司的課程，絕對會讓這年輕小妞嘗點苦頭，畢竟她也得證明自己夠格啊！

對蘿蔓進行資格考的計畫非常吸引這位大老闆。事實上，他也挺好奇蘿蔓究竟有什麼能耐。除此之外，他身爲內行者，必須承認蘿蔓的演說確實很有魅力……也許眞的值得忽略其他東西好繼續參與她的課程，然後看看結果會如何。

車子來到大樓門口，馬西決定爬上八樓的家，做點運動，同時也讓大腦休息一下。到了家門口，他火速插入鑰匙，踏進光線幽暗的大公寓。多寬敞宏偉的地方，屋內華美的裝潢和高質感的設計……卻一點都沒有居家的溫暖。馬西杵在原地，一股強大的空虛湧上，這是他第一次對這裡有這種奇怪的感覺。這本該是一間功能齊全的公寓住所，但現實生活裡卻從來都只像是個休息的中繼站。

屋內的設計還是馬西請最有名氣的設計師親自操刀，但是他本人卻沒有爲自己的公寓添加一絲一毫的想法。事實上，他從來沒有花任何心思在這件事上。爲了公司的營運，馬西徹底放棄了私人生活。

矮桌上的答錄機在閃爍，有一則來自茱莉的訊息：

打給我，我需要聽聽你的聲音。你已經開始參加難搞防治公司的課程了嗎？嗶。

馬西決定晚點再打給她。他是很愛茱莉沒錯，但是他實在很擔心這通電話又要耗掉好幾個小時。

還有一則訊息，是佛朗琪絲卡，那位卓越的市場總監。這位女士錯就錯在馬西非常討厭別人對他死纏爛打，這會讓他感覺像快窒息。看來必須重新整理一下關係，讓她好自爲之。「權力到底還是決定了性吸引力，」馬西想著，「自己的成功引來了無數女性的追求，而她們就像那些繞著燈火飛舞的花花蝴蝶。」

馬西走進客廳，心不在焉地撫摸點綴在室內一隅的美麗雕塑：裸身的女子。極受好評的一個作品，馬西一眼就相中她，還爲此花了不少的一筆錢。但現在他的雙手撫摸在這座冰冷的銅像上，想著收穫眾多賞識和名氣的男子，也只能這般孤獨。

馬西想起蘿蔓在今天的聚會中，引述了維克多·雨果的一段話：「只爲自己而活是種病，自私是自我的鏽蝕。」這種憤慨讓馬西難以忍受，他不喜歡這樣的自己。他每週工作超過八十個小時，時間都被用來處理海量的複雜業務，把自己的精力全葬在工作上，搞得他疲憊不堪，難道這是他的錯嗎？

「你生活的方式就是你的生活。」蘿蔓說過的每個字都在敲擊馬西的大腦。「你必須衡量自己對每件事的責任。」馬西回想起這些話，尖酸刻薄地在心裡回擊：她對他們的生活一無所知，可是卻要他們對自己的陰暗面感到愧疚？

馬西悄悄溜到飯廳前的大鏡子，看著映照在鏡子裡的臉龐：

你們會看見，當你們擺脫了深深刻印在人格特質裡的難搞行徑之後，將會散發出正面的能量！同樣地，當一個人找到內心的平靜，並且重新與生活的樂趣緊緊聯繫，也會閃耀著光芒！變得慷慨、富有創造力、懂得去愛……帶著開闊的心迎向這個世界。這就是當我們發揮出最好一面時會發生的事。

他的臉難道看起來不光彩奪目嗎？他的眼中難道沒有閃耀著光芒嗎？馬西忿忿不平地嘆了一口氣。這件事很重要嗎？重點在於，他知道自己並不缺乏魅力。那麼，他到底爲什麼需要另外再追求光芒四射呢？

馬西癱坐在奢華的沙發裡，兩隻腳跨在矮桌上，感受著眼前富麗堂皇的屋子和一大片落地玻璃窗外的美景，告訴自己，他確實是個富足的人。只不過，有一小部分的他仍然在揮舞旗幟，試圖引起自己的注意。

「你的人生真的充裕豐富嗎？」一個來自內心底層的聲音冷冷地說道。

馬西實在不想傷腦筋去處理這些關於存在的問題，便從沙發上跳了起來，決定爲自己喝一杯。他當然知道該怎麼享受生活。況且，再晚一些，他就會拿出自己的花名冊，上面可是密密麻麻記載了上百名美麗女子的電話，隨時準備好幫助他消除煩惱。如此一來，便能完美塡滿、充實中繼站大公寓內的空曠。

前提是，不太計較採取了什麼手段。

09 變換思想頻率

這幾天蘿蔓隨時都守在手機或電腦前等著訊息，卻什麼都沒有收到。難道馬西．韋格認為沒必要告知她是否繼續上課嗎？是不小心忘記了？還是他真的就是個沒禮貌的傢伙，而這是他行事草率的證據？雖然早就猜到可能不會太容易，但她還是覺得心有不滿，而且這股怒氣越來越強烈。然而，蘿蔓還是得掩飾內心的憤怒，才能在其他學員面前有好的表現。

現在，他們已經又正襟危坐地出現在會議室，準備開始第二次的課程。出乎意料之外的是，他們全都積極且熱情地參與「一點都不難搞的模範人物」遊戲，並按照蘿蔓的要求，帶來自己心目中的範本人物照片。蘿蔓微笑看著這些照片，有好幾張甘地、佛陀和耶穌的畫像，另外還有約翰．藍儂（他的音樂作品大多是傳達和平寓意）、美國民權領袖馬丁．路德．金恩博士、前南非總統納爾遜．曼德拉、德蕾莎修女、以及在聯合國兒童基金會為兒童權益發聲的奧黛麗．赫本。

「你們的點子實在太棒了！」她正在把這些照片裱框並掛在牆上。大家的盛情參與讓她重拾動力，暫時忘記馬西那令人不悅的缺席。

忽然間，傳來一陣敲門聲。正說著曹操呢……馬西便出現在門口。頓時會議室安靜了下來，每雙眼睛都盯著他。馬西並不覺得訝異，他掃視觀眾尋找蘿蔓的身影，接著向她露出燦爛的微笑，好像什麼都沒發生一樣。

這讓蘿蔓非常不高興。

怎麼辦？該怎麼反應？出言訓斥讓他難堪嗎？但這對他來說好像無關痛癢。還是當著大家的面對他道德勸說？但這樣肯定會讓他轉身就走。

蘿蔓嘆了口氣，示意他進入會議室。對於馬西無禮的行為和遲到，投鼠忌器的蘿蔓一句責備的話也沒能說出口。至少目前看來是這樣。

馬西朝著空位走去，脫下他華麗的黑色外套、掛在椅背上，接著向蘿蔓走去。儘管會議室內所有目光都投向他，馬西仍然一副堅定的模樣，將手上的小紙袋遞給蘿蔓。

「這是我所選的範本人物照片。我再次向我的遲到表示歉意，通常我是非常準時的，但剛才實在是被一個非常重要的工作給綁住……」

該怎麼回應他呢？

「沒關係，小事而已。」蘿蔓低聲說道，並打開小紙袋。她目瞪口呆地望著手上這張照片，感到不理解。「什麼……這是……」

蘿蔓從玻璃相框內抽出自己的照片時，馬西對她露出一個友善的笑容。

「我所選的範本人物就是妳，我的導師。這不會讓妳不愉快吧？」馬西露出一副揶揄的表情。

他是瞧不起她嗎？蘿蔓心裡浮出這麼一個疑問。最重要的是，她認爲馬西根本沒有認眞看待這項課程，只是用了一個詭計避開她出的作業。這太輕浮了，韋格先生！可能他習慣那些容易受寵若驚的美女，眞的不知道自己遇到誰……

「你太客氣了，馬西。我很驚訝你把我和德蕾莎修女擺在相同的地位，即便說在身高上，我可能略高於她。」

加油啊，蘿蔓！語氣再堅定一點！讓他知道妳可不是吃素的！

「不過，我注意到，你可能不是太認眞準備這項作業哦？」

「會嗎？妳的意思是？」馬西露出一個嘲諷的笑容，但蘿蔓並未因此被擊敗。

「我的意思是，下次你可以選教宗的照片、米歇爾．德魯克⑤的照片，或是你家祖母的照片，我都不在乎。但我強烈地要求你下次攜帶一張你覺得『一點都不難搞的模範人物』照片！」

所有笑容突然間消失無蹤。

「否則？」馬西帶著懷疑的神情大膽詢問。

在場每雙眼睛都緊緊盯著蘿蔓，深怕錯漏任何細節。蘿蔓知道接下來她的反應將會決定她個人的信譽。能不能成功帶起一個團隊，有時候成敗就只在一夕之間……

「否則您將被剔除在課程參與名單之外。」

大家像是在看一場法國網球公開賽一般，屏息等待看誰能先拿下一分。而蘿蔓看見馬西不高興地瞇起眼睛。勝負很明顯了。

「妳還眞是會做生意。」

「我只是堅守原則。」

「是的，長官！我明白了！」馬西最終決定以裝腔作勢的詼諧方式回應。

會議室內的學員們都笑了。

但妳不能笑！不可以就這樣放過他！

眼下看來，馬西．韋格把自己囚禁在堡壘內，而且大門無疑是從內部上鎖的！必須想辦法讓他自己找到開啓大門的鑰匙，而且要盡快，趕在他決定放棄之前。這眞是出師不利……

望著馬西走回他的座位，蘿蔓也不得不注意到他步履的優雅和舉手投足之間隨性的魅力。蘿蔓好不容易才又重新讓課程回到軌道上，半個小時之後，會議室的牆上已經排滿這些一點都不難搞的模範人物照片。她期待這個小型臨時展覽能夠刺激學員產生新想法，並感謝在座各位的熱情參與，鼓舞團隊的士氣。

「你們要了解，自己有能力日復一日地在生活周遭落實眞、善、美。」蘿蔓輕聲說。她喜歡偶爾用一些類似口號的精神喊話……然而，她看到布魯諾的眉頭一皺。

「我很抱歉，蘿蔓，但坦白說，妳說的這些對我來說實在沒有用。我不覺得自己有顆好的撒馬利亞靈魂⑥。」

「我明白，布魯諾。你當然有權利表達自己的情緒。我說的『眞善美』只是個比喻，也是有前提的。無論如何，重點都不是要將每個人變成皮埃爾神父⑦。這就好像我們在盆栽裡插上筆直的木枝，是爲了讓植物能向上生長。而我說的眞善美，就好比這根木枝，是爲了提供你們一些啓發，來調整你們的行爲模式。這樣你能明白嗎？」

布魯諾一字不漏地抄寫著筆記，打算稍後再重新閱讀，並分析蘿蔓所說的是否值得相信。目前暫且就先相信。

「那麼，上次我們說到難搞行爲十大致命傷。今天我們要討論的，是究竟哪些特質會對你們的行爲造成實質上的傷害？這也是我希望你們在自我觀察時要思考的問題。在什麼情況下會出現這些難搞行爲的特徵？導火線是什麼？把這些觀察記錄下來，是一件頗有趣的事，這也是爲什麼我爲你們每個人都準備了精美的小筆記本，我把它稱爲『難搞行爲紀錄本』。」

參加者拿起桌上精緻的小本子，黑色封面上印有金色的字體：【難搞行爲紀錄本】。蘿蔓爲了這筆記本的設計和生產傷透腦筋，她希望在場的人能夠感受到她的用心。

「這眞的是太美了。」娜塔麗發自內心稱讚。

蘿蔓在心底暗自感謝這位年輕貌美的公司內部行銷負責人。要知道，難搞的人口中能說出讚美的話是非常罕見的……只是娜塔麗接著又說：

「不過，要我說啊，有沒有可能其實是別人的難搞行爲施加在我身上，才讓我也不得不變得難搞。拿我自己當例子好了……我之前的工作……」

然後就是一連串長篇大論，鉅細靡遺報告各種工作上的瑣事。她表示自己有多麼積極主動參與、爲團隊帶來了多少想法和無限的能量……最終卻都被駁回！她不明白！自己不是團隊中的掌上明珠嗎？永遠都是那麼全力以赴、蓄勢待發……然而，有那麼一次同仁不太客氣也不太公平地對待她，自此之後什麼親切和盛情就都結束了，娜塔麗伸出她的爪子，凡事都以牙還牙、有冤報冤。

這位妙齡女子顯然沒有意識到她自戀的傾向有多惱人，也沒意識到她爲了幫自己的行爲開脫而使用的伎倆，惹怒了在場所有人，比如提高說話的音頻和聲量，或是以譁眾取寵的方式強迫聽眾將注意力放在自己身上……

蘿蔓望著她的雙眼，可惜娜塔麗尖銳和刻薄的眼神背叛了她自己，不小心洩漏這位妙齡女子易怒的本質。

「妳說得對，娜塔麗。難搞的人就是難搞，可是，妳唯一能改變的只有自己，只有妳改變了自己的難搞行爲，才有可能改善和他人之間的關係。」

「妳能不能說得再具體一點呢？」布魯諾提出要求。他從剛剛就對冗長的《娜塔麗故事》相當不耐煩。

「那我們就以娜塔麗爲例吧！娜塔麗，妳得明白在一段關係中做出謙讓是非常重要的。試著多傾聽並和對方交換意見，畢竟彰顯自己的價值所在，並不意味著態度非得咄咄逼人。如此一來，對方的態度也會有所轉變。這樣妳能明白嗎？」

娜塔麗深深地嘆了一口氣。「那到底該怎麼做呢？」

「繼續來上課，相信我。」

「那麼，具體來說妳究竟要我們怎麼做？」馬西不耐煩地跺著腳。

蘿蔓迎向馬西的目光，微微有些顫抖，他溫柔的眼神當中沒有一絲寬容。她感受到這個問句背後，承載著不允許得到失望答案的重量。蘿蔓感受到自己的呼吸因為壓力而變得急促，她輕輕把手放在胸前，讓自己放鬆下來，並深吸一口氣，對馬西投以一個微笑。這個笑容是她特別爲這種情況下準備的，非常能夠瞬間讓對手卸下心防。

「你說得對，馬西，不如就讓我們立刻開始進行一個能夠調整行爲模式的小活動。這是一個改變自己內心頻率的練習。這就像我們在選擇廣播電臺的頻道一樣，如果你們選擇的是散發和平、仁慈和寬容的頻率，那麼也會在內心建立起相對應的頻道。而你會發現，內心頻率所傳送的訊息，碰巧會改變你們的人際關係。假設你對人總是具有侵略性，就會收到同樣的回報；不過如果你能付出大愛，那麼他人也會同樣對你敞開胸懷……僅僅只是種瓜得瓜、種什麼因得什麼果的道理。」

蘿蔓的話讓在場的學員若有所思。

「首先，我要向你們證明內心所散發出的訊息有多麼具有決定性……跟我來吧！我帶你們去看一個驚人的東西……」

蘿蔓覺得自己已經成功和學員建立對話。大夥跟著她穿越走廊，來到一間「禪房」的門口，右側的指示燈亮著綠色。蘿蔓轉身向大家解釋：

「如果指示燈是紅色的，代表房間正在使用中，任何情況下均不得進入！不過現在我們可以進去……」

大門開啓後，印入眼簾的是一個布滿巧思、引人入勝的房間。正前方的牆面是層層疊疊鑲嵌的岩礦造景，潺潺流水由上而下，兩旁柔和的聚光燈一明一暗地交替。房間一側的牆上則整齊掛著一系列的編號照片。

「這些都是輸出到三層複合鋁板的照片。」馬西相當專業地做出評斷。

蘿蔓被這出其不備的專業知識嚇了一跳，好不容易才克制住自己出言稱讚。

馬西對自己的猜測非常有把握，他仔細查看這些光彩奪目的水分子結晶體照片，顯然是以專業的微距鏡頭所拍攝。陳列的照片展示出豐富的圖形樣貌，以及每個圖案當中複雜多變的稜角。

「至少他很懂得欣賞。」蘿蔓心想。

照片下方都寫上了單詞或短句，像是「愛和感激」「歡愉」或是「我能做到」等。

另一側的牆則裝上圓形的半透明管，排列得整齊有序，像個一整面牆的館藏，加上新奇的設計風格讓人看得目不暇給。管子裡裝滿著水，上面標誌著黑色文字：「和平」「同情心」「快樂」和「致謝」。

作品全都以背光的方式呈現，輕輕在觀看者的視覺上留下痕跡，同時也緩和觀看者的心靈。蘿蔓感受到大家正因這個小展覽而十分困惑。

「你們目前所在的房間就是『禪房』。大家可能想知道這些究竟代表著什麼意義？聽完我的解釋之後，你們就會明白了！」

「最好能是很不錯的解釋。」布魯諾說道。

蘿蔓假裝自己沒聽到。

「這個房間的設計，是受到江本勝先生的研究成果所啓發。」

在場沒有人聽過江本勝，連馬西都沒聽過。蘿蔓繼續說道：

「江本勝是日本橫濱大學傑出的替代醫學教授，他和自己的團隊成功開發了一種透過攝影來觀察水分子結晶體的方法。現在你們在牆上看到的這些照片，都是江本勝教授作品的複製品。他表示，振動能夠改變水分子的結構，除此之外，水分子對於詞彙、影像、音樂，甚至是思想所散發出來的能量非常敏感！」

「太荒謬了！」娜塔麗的聲音迴盪在禪房內。

大家不耐煩地窸窸窣窣小聲交談。蘿蔓繼續說道：

「首先，在江本勝先生的研究之前，愛因斯坦和愛迪生都已經強調，大腦所散發的頻率會影響周圍的物質。你們很快就會明白我的意思。

「先仔細觀察在你們兩旁的水分子結晶照片，這些都是暴露在正面詞彙當中結晶成的精緻圖案。稍後我會向你們展示在江本勝教授研究當中的反例，也就是暴露在負面詞彙或想法之中的水分子結晶。這些字彙像是『恨』『我做不到』『絕望』『厭倦』或是『愚蠢』。你們會發現，結晶體的形狀變得不完整，也歪七扭八，相當醜陋。這眞的很令人驚艷……」

「這和人類有什麼關係？和妳剛剛說的內心頻率又有什麼聯繫呢？」布魯諾插嘴道。他實在太想盡早理解。而且，顯然他那笛卡兒式理性主義的思考模式完全消化不了這種理論。

「關係非常明顯。我們都知道地球上有七〇％的面積是被水覆蓋的，而一個成年人的身體也有七〇％是由水所組成。所以我們可以知道，我們所發出的振動頻率，將會改變細胞的結構……接下來的事就不用我多說了吧？這就是爲什麼江本勝教授的研究是個極好的開端，讓我們對自己所說出口的字彙、散發出的頻率，甚至是思想等都有所意識。每天提醒自己使用正面的詞彙，讓自己懷抱眞正的寧靜和仁慈。這不單會讓你從內而外得到改造，也同時能夠改變生活周遭的人……」

「那這位江本勝教授又是怎麼拍攝這些水分子照片的呢？」

「問得好，艾蜜莉。他讓水暴露在字詞或是聲音當中，接著把水滴放在培養皿內，冷凍在攝氏零下二十五度之中。」在此同時，蘿蔓注意到馬西對她的解說似乎心不在焉，自顧自地滑起手機來。這個舉動惹惱了蘿蔓，但她還是繼續往下說。

「三小時後，我們就可以在攝氏零下五度的實驗室內，用顯微鏡觀察水分子結晶體，並在融化前快速拍攝照片。很神奇吧……你說是不是？馬西？」

馬西嚇了一大跳，急忙附和地點點頭，同時把手機塞進口袋，感到有些尷尬。

「那……那最後這些成果到底是做什麼用的？」他拋出了一個問題試圖緩解氣氛。

「我們的『禪房』顧名思義是個提供課程學員使用的地方。你們可以在裡面好好放鬆身心，找到心靈平靜和靜心所帶來的好處。爲了能夠不被外界打擾，你們可以按下按鈕，這樣外面就會亮起紅燈。」

「哇！好實用的設備！這麼低調的方式眞的讓人很想趕快使用！」

馬西的言下之意讓一群人哄堂大笑，除了蘿蔓。她很生氣自己找不到更高妙的應答來反駁。有時候，她遇到的麻煩比預想得多。她心煩意亂地離開房間，心裡想著，這時候她身體裡的水分子結晶大概是一團混亂吧……

譯注⑤：米歇爾・杜魯克（Michel Drucker；1942-）法國知名視聽動畫師及電視臺製作人，同時也是法國視聽總局（Le Paysage Audiovisuel Français, PAF）的重要人物。

譯注⑥：「好撒馬利亞人」，基督宗教文化中常見的一個比喻，用以表示好心人或見義勇爲者。

譯注⑦：皮埃爾神父（Abbé Pierre，1912-2007），原名亨利・格魯埃（Henri Grouès），法國天主教神父，一生致力救助貧困人群，是家喻户曉的法國慈善家。

10 自私的難搞行為

幾天後，蘿蔓很驚訝地在課程開始之前，就在公司碰見提早抵達的艾蜜莉。從她那雙泛紅的眼睛和垂到臉頰的黑眼圈，蘿蔓猜想情況大概不樂觀。

「艾蜜莉，妳還好嗎？需不需要聊一聊？」

「蘿蔓……能不能稍微和妳聊一下，如果妳有空的話……」

「來吧！我們去安靜的房間談談。」

彷彿有千斤重的悲傷壓在背上，艾蜜莉駝著身軀跟蘿蔓走向長廊。

「坐吧。」蘿蔓輕聲說道，小心翼翼引導艾蜜莉傾吐心事。在她女強人的面具之下，是張不知所措的面容。蘿蔓看見她的雙唇微微顫抖，凝結在眼眶的淚珠隨時都要滑落。

「不久前我接到了監察員丹尼斯．伯納德的電話，他們找到我的兒子湯瑪斯了……」

「這是個好消息呀！」蘿蔓驚呼道，她不明白爲什麼艾蜜莉沉著一張臉。

「他叔叔收留他，而且隱瞞這個消息兩個月……兩個月耶！妳懂嗎！」

「嗯，我了解……不過現在妳知道他在哪裡，事情也就好解決了！」

艾蜜莉頓時激動了起來。

「沒什麼好解決的！妳不明白！他斷然拒絕回家！甚至……甚至不和我說話！」艾蜜莉快哭出來了。

「哭出來吧，如果這樣能讓妳比較好過的話……」

「哭也沒有辦法讓我兒子回家！」

「但至少能先讓妳心裡舒服一些。」蘿蔓把手搭在艾蜜莉的肩膀上給予支持。

在蘿蔓的柔聲鼓勵之下，艾蜜莉總算允許自己掉下眼淚。

「都是我的錯！我一直在替他的未來做打算！強迫他走上和我一樣的道路、強迫他成爲傑出的學者，我從來沒有正視過他傲人的天分……」

「他的傲人天分是什麼？」

「爲什麼是個笑話？」

「看來妳不知道我們是一個怎麼樣的家族……」

「他想成爲……廚師！妳知道這在我們家族裡會是多大的笑話嗎？」

「如果這個工作眞的是湯瑪斯的夢想，我相信時間久了，大家都會明白的……」

「我不知道……我很懷疑……」

「現在就開始懷疑實在太早了。」蘿蔓溫柔地露出微笑。

「但在收到這個東西之後，妳要我怎麼樣才能夠不懷疑呢！」

艾蜜莉將手裡緊緊攢著的一張紙丟到蘿蔓手中。蘿蔓讀起內容，是湯瑪斯寫的信：

媽：

我是不會回家的。我再也受不了妳一直試圖主導我的人生，強迫我接受一些不屬於自己的東西。每個人都是不同的個體，到底為什麼非得讓我跟妳一模一樣呢？妳什麼時候才能不再控制一切，特別是控制我？妳沒有辦法操控我成為一個什麼樣的人，也沒有辦法強迫我快樂！到此為止吧！我要掌握自己的人生！我不要再讓妳那個自私的資產階級大家族扼殺我的人生！我不會再回去當你的木偶，我也從來不想當被妳操縱的木偶！我要我的自由！妳放心吧，我在這裡過得很好，我擁有想要的一切。我不會回家的……希望妳能夠理解。不過就算妳無法理解，也不能改變我的心意。就這樣。再見。

湯瑪斯

蘿蔓抬起頭來，看著艾蜜莉蒼白的臉，終於明白她的痛苦之處。

「爲什麼要這樣對我？我難道不都是爲了他好嗎……」

這就是自私的難搞行爲問題所在了。有這樣毛病的人，往往以善意做爲藉口，好對他人採取行動。像是濫用自己的影響力，在對方身上施加自認爲最有價值的觀點。而要怎麼證明自己眞的是爲了對方好呢？他們聲稱一切都是爲了對方的利益著想，眞心誠意並竭盡全力使對方能滿足他們單方面的期待。即便最後對方已經遍體鱗傷，他們始終不會意識到這些對別人好的方式誠然造成對方更大的傷害……

艾蜜莉就是一個血淋淋的例子。她兒子的信撕碎了她的心。

「冷靜一點，艾蜜莉。湯瑪斯顯然是在說氣話，妳也應該可以聽得出來，這些傷人的話背後滿是他的悲傷。當一個人來到情緒的極端而說不出話，也可能只剩下使用具有侵略性的方式和別人溝通……」

「那……妳說我們會變成怎樣？」

「首先，讓彼此都冷靜一段時間，讓自己可以平心靜氣地繼續跟隨我們的課程，慢慢地妳就會明白現在所發生的一切。相信我，一切都會好起來的。」

蘿蔓覺得艾蜜莉聽進自己安慰的話，漸漸恢復平靜，目光中透出一絲決心。身爲一位母親，她一定要努力重新獲得兒子的信任。而現在，蘿蔓只希望這項課程的內容不會充滿障礙……

11 重新思考自己的位置

蘿蔓迅速停好車、記下車位號碼，從後車廂取出一個裝滿東西的後背包之後，便邁步往停車場出口走去。

這次課程她和學員們約在位於巴黎十九區的科學與工業城，一個她特別喜愛的地點，尤其是它所背負的使命：無論您來自何方，都歡迎來挖掘這裡的科學與科技文化。蘿蔓相當滿意自己為大家安排這樣的課程。她瞧見學員們已經徘徊在大門口。

全部都到齊了嗎？她一一掃過每張臉孔。還好。蘿蔓的心揪了一下。他也來了……蘿蔓不由自主地將背包抓在胸前，彷彿這樣做能夠撐起更多勇氣。

「大家好！」蘿蔓愉快地說，掩蓋住自己不言而喻的怯場。「你們都好嗎？準備好要迎接嶄新的課程了嗎？」

「這次我們要去哪裡？」布魯諾顯得不太放心。

「是個驚喜！跟我來吧！」

「大概是去夢幻極樂園吧！」馬西冷不防補上一句聽起來像是嘲諷的話，但也像在調情。是她在做夢，還是他真的是在取悅她？這種國中生程度的招數可以用在別人身上，但對蘿蔓可是一點用處都沒有，她已經免疫了……或幾乎是免疫了。

在嫁給彼得．嘉登尼之前，蘿蔓是個不折不扣的大磁鐵，專門吸引難搞的大男人主義者！方圓百里內的這款男子，都難逃她的吸引力。她太了解這些男人的套路，再熟悉不過……但這就是她最大的矛盾。她畢生致力幫助別人擺脫難搞行為，卻又總是栽在難搞的大男人手裡，或許她就是喜歡這些人放蕩不羈的性格吧。

她也曾經要自己不再深究這個問題，因此選擇嫁給像彼得．嘉登尼這樣沒有任何難搞傾向、溫柔、友善又有耐心的男人。但是不久之後，卻發覺自己在這段關係當中漸漸枯萎，開始覺得無趣。內心的感覺總是最誠實……儘管彼得完全是好男人的代表，和他相處卻讓蘿蔓再也沒有一點悸動。離開他這個決定至今仍然使蘿蔓後悔，也不斷質問自己是不是錯過了一段完美的婚姻關係。

不過，為什麼當她走在馬西身邊時，這些念頭會排山倒海而來？

蘿蔓朝馬西的方向偷瞄了一眼，馬上就有了答案：吸引力法則是不會輕易改變的。馬西打從一開始就三不五時地激怒她，照道理她應該要閃避這個人、躲得遠遠的，可是蘿蔓卻總感覺到一股難以抗拒的吸引力。

她自己也不知道該怎麼解釋這個矛盾，彷彿有某種不可擋的力量將她推向戰事的前線……說不定是為了能夠反敗為勝？但這場戰爭是為了什麼呢？蘿蔓覺得自己有必要聆聽自己腦海中響起的警報聲。這將是一場危險的戰事，必須更小心謹慎地保持距離，否則的話……她太清楚對難搞的大男人動心會有什麼樣的下場……一想到這裡，蘿蔓敏感的神經立刻戒愼恐懼了起來。若要繼續擔任馬西的心靈輔導師，就必須以全副武裝的姿態，爲自己的內心穿上鎧甲、架著盾牌，以嚴格把持與對方的距離做爲代價。當然，也不能再爲了避免尷尬的情況發生，選擇逃避正面衝突。

「所以，那些不難搞的模範人物照片呢？你應該有準備好，對嗎？」

「對，不過目前不在我手邊。這次出訪的課程應該不適合交這項作業吧？」

這個人總是可以找到理由。

蘿蔓再也藏不住滿腔怒火，馬西沒道理可以享有其他學員沒有的特權。蘿蔓以自己的名譽擔保，勢必會讓他履行承諾。該低頭的是馬西，她絕不退讓。因此蘿蔓發出最後通牒。

「馬西，我很認眞地跟你說，下次你一定要把作業帶來給我，不然……」

「不然就得離開！我知道了。」他露出笑容，是個讓人難以再繼續對他生氣的迷人微笑。怎樣的人才能讓你在氣急敗壞的同時又觸動你的心呢？爲了讓馬西服從於她，蘿蔓感受到非常大的壓力。顯然，她不得不壓抑自己的不情願並忽略這些挑釁，暫時只能束手無策地讓馬西以自己的方法參與課程。這些小動作本來只是馬西個人人生成長過程中的麻煩事，現在卻變成蘿蔓的工作難題。但她不會失敗的！蘿蔓走在馬西身邊時不斷想著這些事。

學員們彼此之間慢慢建立起聯繫。出乎意料的是，即便社會地位落差懸殊，上流社會的貴族艾蜜莉倒是和小公務員派迪走得很近。同樣遭遇親人爲逃離他們的行爲而離開的窘境，如此相似的悲傷經歷使得兩人同病相憐。艾蜜莉和派迪低聲向彼此傾吐，用模糊的語調訴說那些令人難以啓齒的告解，艾蜜莉對兒子的懺悔，派迪對妻子的歉疚……

反觀布魯諾，待在總是滔滔不絕抱怨的娜塔麗身邊，他顯得十分爲難。從職場上的辦公室小劇場，到私人生活中所受的委屈，娜塔麗的苦水就好像湧泉般無止盡地噴發出來。布魯諾看似很勉強地在忍受這場對話，而娜塔麗的抱怨更讓他想起，他一整年來待在全是女性的團隊工作經歷。女人是不是沒有停止抱怨的一天？布魯諾的臉皺成一團。

蘿蔓暗中觀察學員們，留意自己可以爲他們的待人處事帶來什麼樣心靈上的進步和轉變……整群人來到天文館的二樓。

「現在要幹嘛？」布魯諾不禁碎念，他心情糟透了。

「現在，我們要看一場關於宇宙奧祕的電影。結束之後，則要參加一場相關主題的研討會。來吧！請進！大家各自找位子坐下……」

放映廳內已經坐滿了人，只剩下特地預留給這個團隊的一整排空位。蘿蔓走到幕後向熟識的放映員和主持放映會的科學家打聲招呼，等她再回來時只剩下一個空位，不偏不倚正巧就在馬西身旁。

蘿蔓在將她的大背包放置在腳邊時，笨拙地把馬西的外套和圍巾弄到地上。馬西俯身幫忙撿起東西，蘿蔓這時突然變得緊張又害羞。

「不好意思……」蘿蔓結結巴巴地說。

「沒關係。」

在馬西撿拾掉落物品時，輕輕碰到蘿蔓的手。蘿蔓像是觸電般地瑟縮了一下，但她不覺得一件外套會有這樣的電擊效果……她故作鎮定地回到座位上，躲在天文館的黑暗保護之中，小心翼翼地和扶手椅保持一光年的距離。

放映開始了，宇宙慢慢地呈現在他們眼前。拱形投影幕好像在施展高超的魔法，儘管蘿蔓已經看過無數次，但同樣的畫面每次都還是讓她眼花撩亂。置身於這些奇幻場景時，讓她又重新找回孩童時期的年輕靈魂，眼裡閃爍著小女孩獨有的光芒。

電影的旁白解釋，我們所存在的星系可能有一千億到兩千億顆恆星，而宇宙的大小則很可能有大約一千億個星系……很驚人吧！在浩瀚的宇宙之下，人類顯得多渺小呀……這正是蘿蔓希望他的學員們能夠體悟到的，讓他們重新思考自己在這個宇宙裡的位置。然而，這些迷人的三百六十度全景影像能帶來她預期的效果嗎？

在整場放映過程中，馬西不時悄悄瞄往蘿蔓方向的眼神讓她如坐針氈。當室內的燈光再度亮起來時，蘿蔓終於鬆了一口氣。觀眾紛紛起身，伸展僵硬的四肢，散漫地穿戴衣帽圍巾，往出口方向擠去，同時熱絡地交換心得感想。看得出來大夥兒非常享受這趟銀河遨遊之旅。蘿蔓交代稍後舉行研討會的位置，並提議大家在此之前先去喝杯咖啡，二十分鐘後再回來。

這次沒有人提出異議。

12 我在宇宙中的世界

馬西和大家一起到了地下一樓的咖啡廳，他非常需要來杯咖啡。老實說，他對放映內容一點興趣都沒有，倒是坐在蘿蔓身邊讓他非常高興。他感覺到蘿蔓有點……坐立難安，就連他自己也有點無法專注在影片上。方才室內的燈暗下來之後，一個接著一個的行星巡禮與蘿蔓的細白雙腿比起來顯得枯燥乏味。此外，比起關心自己位於浩瀚宇宙的位置（況且思考這個問題也不會推翻存在主義的理論），他發現自己更容易分心去猜測蘿蔓裙子底下的底褲款式。畢竟對於一個專業場合來說，她的裙子確實是有點太短了。當他們兩人的手碰在一起時，馬西確實感到有點迷惑，他是眞的存心惹惱她，還是實際上正用行動對她調情？馬西心裡也沒有答案。總之，無論如何，這一切都讓他想要繼續參與這項課程。

咖啡廳吧臺前的可憐女服務員被這群人洶湧的點餐訂單逼得喘不過氣。再看看這群和馬西同樣有難搞傾向問題的人：大嗓門、行爲粗魯，突然間又讓他打消繼續參與課程的念頭。

他不以爲然地瞅了一眼一口氣點三個巧克力麵包的派迪，他圓渾的肚子觸犯了馬西最討厭的脆弱意志和紀律鬆散。怎麼會有人可以放縱自己的身材變成這副模樣？馬西想著，這個課程肯定解決不了他的問題。

「看起來胃口很不錯嘛……」終於，他還是忍不住丟出一句酸溜溜的話。

派迪聳聳肩，丟回給他一個「不甘你事」的表情。

「老子就是要吃飽。我又沒有要當雜誌裡面的漂亮小姐。你咧，你的造型師哪裡去了？」

「我的什麼？」

「造型師啊！跟著你到處去拍雜誌的，不是嗎？」派迪冷笑一聲。

「你在開玩笑吧。」

這傢伙沒救了。

「那你怎麼樣？肚子懷著一個寶寶到處跑是不是很辛苦？」

派迪在嘴裡哼了一聲，惡狠狠地在馬西的背上拍了一掌。

「你這小子很有幽默感喔！」接著派迪便走開了，嘴裡塞著一大個巧克力麵包。

「這是什麼完美的打招呼方式？」馬西低聲咕噥。現在輪到他點餐了。「一杯雙倍濃縮的咖啡，謝謝。」

年輕的女服務員看起來剛到職沒多久，站在櫃檯後面彷彿承受比平常大十倍的壓力，而馬西的出現則讓她的壓力增高到第十一倍。

「麻煩不要精糖。再給我兩小包的甜菊糖。咖啡要美式咖啡。謝謝。」馬西自然而然地下著命令，「還有，妳忘了給我小湯匙……」

無獨有偶地，其他學員也下了幾乎同樣嚴苛的指令。正如馬西所預料的，女服務員面對這批純度非常高的難搞人士完全喪失應付的能力，不僅弄錯大部分的餐點要求，而且每個動作都比平常花上雙倍時間完成。

「動作太慢了吧。」布魯諾低聲抱怨，趾高氣昂地往馬西的方向靠過去，「你應該很懂這個吧？都當上總經理，你應該也注意到了，對吧？女人哪，工作的時候面對一點小壓力就無法承受，做不了事，不是嗎？然後跑來跟你說她不幹了，不然就是哭哭啼啼，讓你不知道該怎麼辦，不知道是要安慰她，還是訓斥她。你說，到頭來倒楣的是誰？還不是老闆……你們團隊中的女人也都這樣嗎？」

馬西愣在原地。他對女人的看法還真的是非常……友善。該怎麼回覆他呢？

「呃……不會吧。我們公司比較不會這樣……不過我理解你的意思啦……哎呀！你的咖啡好了！」馬西想要在事情變得越來越棘手之前盡早結束這場對話。到底爲什麼跑來找我取暖？這又不關我的事……

「走吧……得快點，我們要遲到了……」

這句話把馬西嚇了一跳。他非常討厭別人用這種語調和他說話，但顯然領主夫人艾蜜莉已經自詡爲糾察隊，而且擅自決定擔任集合大家的童子軍領隊。在她的催促和監督之下，一夥人只好加快腳步回到會議室。

蘿蔓讓會議室的大門保持敞開。顯然她趁剛剛的休息時間安靜地準備好這個研討會。娜塔麗代表大家遞給蘿蔓茶水和可頌麵包，蘿蔓開心地笑了笑。

當馬西正要坐下時，派迪故意從他面前拿走一張椅子，露出一副「沒人說不能拿吧」的表情，允許自己就這麼拿走這張椅子。看來他們倆注定是合不來的。

想到還得抽空應付大肚腩派迪，讓馬西嘆了一口氣，決定坐到會議室的另一個角落，並觀察起桌子上的東西：小木棒、各種大小的保麗龍球、塑膠管、毛氈筆……馬西想起第一堂課的益智遊戲，簡直讓他們回到小學時期。這個點子太好了，原來今天是來做這些手工勞作，把他們統統送回去念幼稚園……眞棒！

在所有學員疑惑的目光之下，蘿蔓開始發言：

「今天我帶大家來這個地方觀賞這部具有代表性的影片，是爲了讓大家標誌出我們在宇宙中的位置，但最終目的還是要回到個人的自我成長。這種身歷其境的方式，我個人覺得很有幫助。怎麼說呢，當我們不小心沾染上難搞的人格特質，便往往以自我爲中心，認爲整個世界都繞著自己打轉。剛剛我們在天文館看到的影片就是要讓大家記住自己的渺小。在浩瀚的宇宙中，我們只是一粒微小的塵埃……就連我們身處的地球，相比之下也只不過是一顆迷你的星星而已！這樣的想法能夠幫助我們保持謙虛，大家說是不是呢？」

大家在一片沉默當中慢慢消化蘿蔓的這番話。

「難道她想讓大家現在立刻對她表現出伏首稱臣的模樣，來理解什麼叫做謙卑嗎？她最好是做得到。」馬西以挖苦的心態暗自揣測。

突然，有人敲了門。

「請進。」

「嘉登尼女士，這是您索取的地球儀。」

「太好了，謝謝您！」

員工把物品放到桌子上，沒多說話就悄然離開。蘿蔓用潔白的雙手轉動了地球儀，然後模仿放射線發射的逼逼聲。當然，這只是爲了吸引大家的注意力。

「看看這個世界！每個人的世界都和身邊的人不一樣。我們都知道每人各自有看待世界的角度。然而，一味地認爲自己的觀點最好，就會和其他人產生溝通和理解上的矛盾。爲了能夠擴大觀看世界的視野，我們必須改變觀點。只要不把自己放在世界的中心，便能改變觀看的位置……但在此之前還有一件重要的事情，那就是要讓你們意識到自己所存在的世界！這就是現在我們要做的事。我把這個練習稱爲『我在宇宙中的世界』。」

蘿蔓靠近陳列在桌上的物件，一一解釋用法：

「首先，我邀請大家用這些保麗龍球排列出一個模型來象徵你的世界。例如放置在中心最大的球代表你，因爲在目前的情況下，你還處於世界的中心。接著，把象徵其他人的保麗龍球想像成其他行星，根據他們在你生活中的重要性，或近或遠、或大或小逐一排進你的世界體系之中，就好像一個太陽系。同時也請大家在保麗龍球上標示這些人的名字，再按照你的意思，用這些小木棒把行星們連接起來。我們有一個小時的時間給各位創造自己的宇宙。開始吧！」

學員們走向桌子去挑選自己想要的物件，每人臉上都寫滿了困惑。馬西甚至沒有試圖掩藏他對這項練習的懷疑態度。大家看著手上這些保麗龍球，排過來又放過去，仍然不確定該怎麼進行。

這時，角落忽然傳來噗哧聲。派迪用兩顆圓球和一根木棒做了一個低級的圖案。看來他那圓滾滾肚腩的大小完全沒和他的腦袋瓜成正比。

「拜託大家專心一點好嗎？這個練習並不簡單，而且需要各位自我檢討。我建議大家可以先在紙上畫出草稿。」

蘿蔓將白紙和鉛筆發給每位學員。好不容易大家終於都安靜下來，專心執行這項練習。

馬西玩弄著手上的圓球。他現在只願意胡思亂想，一點集中精神的心思都沒有。他抬頭看著蘿蔓正優雅地抿了一口咖啡，並輕輕咬了一口可頌。當她發現馬西正在注視自己時，趕緊小心翼翼地擦掉嘴角的碎屑，微微地皺著眉頭，把剩下的可頌放回紙巾上。這一切都被馬西看在眼裡。

接著，蘿蔓便開始走向每位學員，耐心解釋這項練習並不像看起來那樣單純無害，而是可能很快就會掀開每個人生活網絡中一些失序、矛盾或失衡的關係，甚至不排除會引起某種程度的反感。

然而馬西對於練習倒是無動於衷，只是驚訝地看著其他學員竟然輕易掉進情緒的漩渦。在陌生人面前表現出脆弱的一面都不害臊嗎？好比領主夫人艾蜜莉，她把象徵兒子湯瑪斯的球綁在自己的行星旁邊，近到幾乎連空氣都快要擠不進去。艾蜜莉大概已經意識到自己曾經不顧一切代價控制湯瑪斯……她抬起盈滿淚水的雙眼望著蘿蔓尋求安慰。

看起來好可悲。馬西刻薄地評論。

「妳做得很好，艾蜜莉。」蘿蔓鼓勵她，「別忘了把現在的情緒記錄下來，妳可以做到的，繼續加油！」

嘴太甜了吧，馬西心想，我們現在是在一幢糖果屋裡嗎？

蘿蔓接著來到派迪旁邊，他的宇宙模型和艾蜜莉幾乎是如出一徹，只是他把妻子的行星放到宇宙的中心，代表兩個小孩的行星則是位在距離中心又遠又小的地方。派迪意識到妻子對他而言無以倫比的重要性，這讓他相當激動。

「派迪懂得什麼叫情緒嗎？」馬西立刻就想到一個待會兒可以調侃這名男子的問題：「到底他對自己深愛的人有多糟糕呢？」不過這個問題似乎沒有剛剛的事來得有趣。

蘿蔓這時站到機器人布魯諾身後，看著他只有一球獨大的宇宙模型。一個代表他的巨大球體位於中心點，而距離中心非常遙遠的邊陲地帶，則散落著十幾顆連名字都沒有的小球體，很明顯是用來象徵他工作團隊中的女性們，而布魯諾甚至覺得連寫上她們名字的必要都沒有。

「布魯諾，你沒有爲小球標記名字嗎？」

布魯諾聳了聳肩。

「沒有必要吧，都是一些辦公室的同事而已……不能算是我生活中重要的人。」

「那你的家人呢？比如你的父母呢？」

「都死了。」

好冷酷的回答。馬西留意聽著他們的對話，比起想破頭去思考自己的宇宙模型，其他人的對話內容更加吸引他。

「那朋友呢？」

「我沒有時間交朋友。」

「那麼，所以眞的一個人都沒有嗎？」蘿蔓仍然不放棄。

接下來的幾分鐘漫長得像是過了一世紀。終於，有一顆新的行星出現在這片星空。布魯諾解釋道，愛絲翠是他的阿姨，不過他們已經好久沒有見面了。布魯諾小的時候，他母親偶爾會消失很長一段時間。這段時間都是愛絲翠阿姨照顧著他，並且常常爲他烘烤蛋糕和餅乾，儘管這完全不是她的責任。

「我不曉得怎麼會忽略她，」布魯諾用低沉的嗓音坦誠地說道，「她總是對我這麼好。」

太感人了。馬西半開玩笑地想著，只是這次他也眞的有點被感動到了。

「這位愛絲翠阿姨就像是喚起你回憶的瑪德蓮小蛋糕⑧，讓你找回童年幸福和無憂無慮的味道。一段帶著幸福印記的回憶。太棒了！布魯諾！好好把握這個練習的機會，一切都會變好的！」蘿蔓鼓勵他。

布魯諾的表情開始發生變化，變得越來越祥和、溫柔……就算馬西心裡仍存有疑慮，也不得不承認蘿蔓確實做得很好，並且熱切地想知道她會如何與下一位學員互動。

娜塔麗的宇宙模型和布魯諾的非常類似，一個獨占中心的巨大行星和散落在周圍的匿名小行星。娜塔麗用生澀的嗓音粗略地解釋，她承認在自己的宇宙裡，只願意安排非常稀少的位置給別人，畢竟她未婚、沒有小孩、和原生家庭保持著一定的距離、同事們的事她也不太關心。那些指責她自我中心的朋友都一一離開她，因爲她老是想引起別人注意的行爲，讓身邊的朋友都喘不過氣來，沒有辦法再待在她身邊。至於她的感情生活更是一場災難。雖然說憑藉著姣好的外貌和身材，娜塔麗的確有本事讓人一見傾心，但她的性格太過於剛烈，甚至具有攻擊性，再加上她極端的行事手腕，最終都把對方嚇跑了……她最常受到的批評就是：自認爲是世界的中心。長期下來，她的身邊便總是空空蕩蕩。

儘管馬西覺得娜塔麗的現況就是她自己行事毫無分寸的下場，但也沒來由地覺得相當熟悉，只是到目前爲止他還沒有想過要以娜塔麗的例子做爲前車之鑑。對於娜塔麗來說，這次的練習就像在她的心上狠狠地抽了一鞭子，她突然間明白所有事情的癥結點。那些用來代表行星的保麗龍球彷彿全被塞進喉嚨，讓她哽咽地說不出話來……蘿蔓將手輕輕搭在娜塔麗的肩上溫柔地安慰她。

「現在該輪到我了，蘿蔓也會這樣溫柔地對我嗎？」馬西低頭看看自己手上那些不算是有努力過的成果，實在對這個答案沒抱太大的希望。

蘿蔓看著馬西的宇宙模型，摸不著頭緒。

「這個……是……什麼呢？一整串的行星？」

馬西散漫地把好幾顆保麗龍球串在同一根木棍上，用堅決的語氣不懷好意地回答。

「我沒什麼想法。」

馬西非常確定蘿蔓現在一定氣壞了，而且正在努力用自己的專業知識掩蓋憤怒的情緒，以免忍不住對他大聲咆哮。不過他倒是覺得壓抑憤怒情緒的蘿蔓看起來很迷人，雖然說她嚴厲的語調讓馬西也緊張了起來。

「如果這就是你的成果，那我眞的是非常驚訝。」她的語氣流露出許多的憤怒和失望。

「哦？那我應該覺得這是一種稱讚嗎？」他低聲回嘴。

馬西確實喜歡和蘿蔓玩這種攻防戰。看著蘿蔓把雙手插在腰上，明顯是準備要訓斥他一番，但最後卻又作罷。她微微扭腰，擺出一個很女性化的姿勢，輕柔地瞇起眼睛，準備進行另一種形式的攻擊。

我的天哪，馬西心想，她是眞的打算跟我開戰了吧？

「好可惜唷！我以為你一定會讓我驚豔的……」接著蘿蔓將身子微微前傾靠近馬西，低聲說道，「在我的課程當中，那些沒辦法好好進入練習的人通常都是失敗者。很神奇吧？不過……我沒有想過你也會是失敗者！」

搞什麼！馬西沒想到她竟然敢這樣和他說話。是下定決心要戰到底了吧？就算馬西並不害怕接下戰帖，但蘿蔓直接戳中痛處的行徑還是讓他很不痛快。

「就這樣吧，我讓你繼續完成囉！」蘿蔓意興闌珊地走開。

馬西看著她的眼睛，被別人嫌棄的感覺非常不好受。

其他人則拿出手機，拍下自己這次練習的作品。

「恭喜大家！我知道要了解自己世界的模樣、意識到自己的位置，同時意識到自己為別人安排的位置，全都不是一件簡單的事，但這個練習是認識自己的第一步，很值得一試！現在，我們要更進一步地來做『換位思考』的練習……」

該死，這又是什麼新的把戲？馬西不安地想著。

「換什麼練習？」派迪粗魯地詢問，他最痛恨和不知道的事打交道。

「『換位思考』！很簡單，我要請你們撥出一天，嘗試揣摩周遭人的心思，試著去理解對方的觀點、去思考對方可能因為你過度難搞的行徑而承受著什麼樣的壓力！這會幫助你們在自我認識的過程中有更全面的想法……」

會議室陷入一陣尷尬的沉默。馬西裝作一副沒注意聽的樣子，繼續排列他的保麗龍球。直到蘿蔓出言提醒他，他這才終於抬起頭來。

「那麼，誰願意試試看呢？」

學員們彼此你看著我、我看著你，這項練習肯定不會太舒適，因此似乎沒人願意成為首位犧牲者。蘿蔓用眼神示意他們動起來。終於，領主夫人艾蜜莉成為第一位勇者。為了要向她的兒子證明自己願意付出，她已經做好一切準備。其他學員們也都在經歷過一番掙扎之後，表示願意放手一博……除了馬西和布魯諾之外。

兩位男士仍然不願意鬆口。蘿蔓凝視著他們，無疑是希望他們能盡快改變心意，但機器人布魯諾依舊以頑固和堅決的態度拒絕參加，甚至直勾勾地瞪著蘿蔓。再下去肯定要掀起一場驚濤駭浪的爭執了……

蘿蔓只好把目光放到馬西身上。她才輕輕眨了幾眼，馬西便知道自己再也無法堅定拒絕。她到底施展了什麼樣的魔法，才能讓馬西的手像是一隻竹簍裡的蛇一樣，隨著舞蛇人吹奏的音樂緩緩地舉起來？是什麼樣的人才有辦法讓這位成功的企業家，願意進行這個愚蠢至極的角色扮演遊戲？總之，無論如何，蘿蔓絕對成功挑戰了他男性的自尊。他不想讓她覺得自己是個逃避問題的膽小鬼，或是有其他諸如此類的想法……

然而，蘿蔓嘴角縫隙流淌出一抹象徵滿足的笑意，讓馬西很不是滋味，他覺得自己不再能主導一切，而他非常討厭這樣的感覺。蘿蔓花了一個小時和學員們解釋如何進行這項活動。她將內建有麥克風的微型錄像機一個個陳列在桌上，這畫面看上去像是間諜團隊即將要出任務。

這些鬼點子都是從哪裡來的？B級片嗎？

「爲了能夠深入分析這次的經驗，我建議大家用這些特地準備的道具，拍攝你們一整天的活動，這樣未來我們也能更好掌握內容。」

很明顯地，大家看上去一點都不放心。

「我們要和誰進行『換位思考』呢？」娜塔麗問道。

「可以和你們身邊的人。或者，當然也可以和你們在這裡的同伴一起參與這場遊戲……我們可以再討論。」

其他學員們都高談闊論起他們的擔憂，除了娜塔麗，仍然表現出一副從容自在的模樣在自吹自擂。

「要我說啊，我超愛這種遊戲的！而且我超會演戲……」

「我我我小姐妳是不是腦袋有問題！」馬西差點就脫口說出這句話。其他人也朝著她惡狠狠地瞪了一眼，讓娜塔麗不得不意識到自己又把謙虛拋在腦後……接著大家開始像海嘯般把所有的擔憂和疑慮都丟向蘿蔓。

「大家不用太過擔心！就這麼一次，試著不去掌控一切，跟著感覺走就對了。只不過別忘記要多留意自己的生活和感受。」

研討會終於告一段落。學員們收拾物品魚貫離開會議室，盡量讓自己不要表現出太過焦慮的樣子，一一向蘿蔓道別。除了布魯諾。他完全不看蘿蔓，就從她面前走過去，散發出強烈不友善的氣場。跟在布魯諾身後的馬西驚訝地發現蘿蔓竟然嘆了一口氣。和這些壞脾氣的人打交道肯定讓她吃了不少苦頭。說到這點，馬西的工作有大半的時間都在和這些難搞的人打仗，他自認爲已經是這方面的專家。應該是她要向我學點東西才對。這個想法讓馬西相當得意。此時蘿蔓正專注在自我反省當中，被走近的馬西嚇了一跳。

「馬、馬西……還好嗎？活動練習有幫助到你吧？」

「算是有吧……」

「那你的宇宙模型呢？完成了嗎？」

「有在進行。」

「要不要我們花五分鐘一起看一下？」

「很可惜，我現在有點趕時間……」

蘿蔓看起來有點失落。不過，馬西還是不想表現出一副熱烈積極的模樣。

「好吧，那我們很快再見囉！我們會盡快聯繫你關於『換位思考』練習的細節。」

「好的！下次見！」

馬西在轉身前，向她拋出一個意味深長的眼神，期待更多事情能夠發生。然而這份心思卻直接掉進深海裡，顯然蘿蔓完全沒接收到馬西所發出的致命迷人電波……

他的司機已經在等他。馬西迅速坐上後座，鬆了一口氣。狄米特里載著他回辦公室處理一些緊急的業務。

又一次，這位成功的企業家在蘿蔓．嘉登尼的課程之中並沒有保持想像中的冷靜。起初，他以爲這位漂亮小姐只是個吸引人的尤物，也會像其他美麗的女子們一樣，對他展開熱烈的追求……不過現在，顯然他從蘿蔓身上感受到了其他東西，但一時之間也說不上來是什麼。

她挑釁這些「受到難搞咒語詛咒」學員的方式是循循善誘的啓發，溫柔又堅定，而且是發自內心的善良意志。這點著實令人欽佩，她眞的是堅強的女性。其他學員們的自我保護盔甲很快就被攻破，而馬西驚訝地發現，在這次宇宙模型的練習當中，他們幾乎快要落下淚來。

但她絕對不可能讓我也卸下盔甲的。馬西心想，他從小就在這樣的環境裡成長。韋格家族的成員沒有善良的權利。他馬上想到了自己的父親，一直鼓勵著馬西必須變得強大且堅定。父親是那種認爲「殘酷的歷練」比「溫柔的鼓勵」更有效果的人，仁慈不存在於他的字典，健全的施壓系統和懲罰制度就是一切，而他兒子馬西的卓越成就則驗證了這套理論。

想到這裡，馬西心中一陣酸楚。有多少次他覺得自己深受父親的荼毒？或者他也已經早就被感染成爲那副德性？就在這個時候，馬西的沉思被一則新訊息給打斷：是茱莉。他又忘記回覆她的訊息了。馬西再次感受到罪惡感的襲擊。

馬西你在哪裡？你真的讓我很難過……但我需要你。快打給我！茱莉。

馬西可以體會她的傷心，但同時也受不了茱莉沒辦法好好照顧自己。她難道不知道他每天得應付多少工作嗎？況且他最受不了藏在字裡行間的那種責備。我不可能眞的扛起所有事啊！他覺得自己快要被壓垮，眞的想要暫停一下，就算是那麼一下子也好，讓別人來照顧他，不需要強迫自己假裝是個値得依靠的人……馬西深深地嘆了一口氣。

「先生，您還好嗎？」他的司機憂心地問。

「沒事，狄米特里，謝謝你。」

不管怎樣，都不能在他的司機面前表現出軟弱的一面。馬西決定動手回覆茱莉的訊息。只是不知道該說些什麼才好。

親愛的，接下來幾天我會很忙。不過我保證很快就會找時間和妳約會。我知道妳會體諒我的，而且妳還有這麼多好朋友可以陪妳……加油！下次我帶妳去吃一間超棒的餐廳。說到做到！

正當馬西要按下發送鍵時，手機響了起來，他的助理克蕾帶來一則壞消息：英國市場反應不如預期，客戶對於最後一筆訂單很不滿意，必須盡快處理這件事。

「我馬上到。」馬西果斷地掛上電話，準備迎接即將到來的一場激烈談判，接著下意識地將手機放進西裝外套的口袋……

譯注⑧：此譬喻出自法國作家馬賽爾·普魯斯特的作品《追憶似水年華》。文中的主人公馬賽爾憑藉著一塊瑪德蓮蛋糕而找回童年的美好記憶。

13 解開心結

蘿蔓慶幸自己總算回到家。下午的行程把她累得筋疲力盡，她太過於投入在消除難搞行爲系列課程的計畫裡。父親總念她太過把這件事放在心上，看來他說得很有道理。今晚她爲自己準備了一些讓人心情愉快的零食點心做爲獎勵，打算舒適地癱在沙發上，享受美好的休息時間。

身爲難搞防治公司的創辦人，蘿蔓對於目前學員們的進步相當滿意，大部分的人身上都可以看到最初步的正面效果，除了馬西和布魯諾。蘿蔓咬了一口塗著苦橙果醬的吐司，想起馬西。在他身旁，蘿蔓總是手足無措。要到什麼時候他才能認眞對待這項課程呢？他在練習過程中隨隨便便的態度讓蘿蔓很不是滋味。

直到所有人都離開以後，蘿蔓才仔細查看馬西的創作。讓她最不明白的是，爲什麼馬西要把最大的保麗龍球切成兩半放在宇宙的中心呢？而且兩個半圓球還用一根木棍相連著，卻保持著一定的距離。眞的是好奇怪的模型……她非常想知道這究竟意味著什麼，同時也有點對於自己無法理解馬西的創作而感到沮喪……

蘿蔓心裡很清楚，若是太強求一件事，到頭來可能只是徒勞無功，畢竟解鈴還須繫鈴人。

雖說如此，蘿蔓還是決定不惜代價解開馬西的心結。或許有些人會批評她這種做法太過固執，但她清楚知道自己離固執還差得遠了。況且比起這些批評，更讓她在意的是，萬一最後馬西·韋格仍然無法達到她預期的標準，她自己一定會非常懊惱。能說是她的自尊心作祟嗎？或許是吧，但也不全然是出於這個原因。

蘿蔓在馬西身上看到一道裂痕，而她就是阻止不了自己深入挖掘的欲望，揭開這位永遠不讓自己失控的成功企業家，其冰冷面具之下的眞實模樣。她一定要成功解開馬西的心結，否則她就不叫蘿蔓·嘉登尼！如此激昂的職業挑戰，或許可以幫助她忽略另外一個事實：馬西帶給蘿蔓的致命吸引力。

也許蘿蔓就是注定會被難搞的大男人主義性格玩弄於手掌心。有鑑於此，她必須和馬西保持安全距離，僅維持最基本的專業互動和關係。況且自從她離婚之後，這幾個月以來好不容易重新找回生活的平衡點和寧靜，她實在不願意讓任何人再來打擾。天知道像馬西·韋格這樣的男子，又可能在她心裡掀起什麼樣的風浪……何止是掀起風浪，他活生生就是危險的代名詞，多半會在無意間就打開潘朵拉的盒子，釋放出所有的罪惡。

光是想到這裡就已經讓蘿蔓覺得不安心。她啜一口熱茶，立即做出了一個鬼臉，原來她根本忘記撕開茶包的外包裝，只好起身走去廚房再添一些熱開水。

這時布魯諾的身影忽然出現在她的思緒裡。他離開科學城會議室的當下，看起來很不愉快。蘿蔓不允許自己就這麼放任緊張的關係不管，更無法忍受任何一位學員出現明顯不滿的情緒。看來她只能打通電話來擺脫這個局面了。蘿蔓實在不喜歡對質的時刻，但也只得鼓起勇氣拿起手機，四聲響鈴之後，布魯諾接起電話。

恐怕連冰山雪地都比布魯諾的語氣來得溫暖。蘿蔓誠摯邀請布魯諾敞開心胸談談他對課程不滿意的地方，她懇切的態度大概讓布魯諾動搖了，他決定藉此機會乾脆全都說個明白，一吐心中怨氣。

「像這樣假惺惺地利用別人，我眞的沒辦法接受啦！這樣別人會怎麼看我？因爲妳的關係讓我現在像是一顆洩氣的皮球，但妳最好知道，要我揣摩一位同事過一天，根本就不可能。我不想讓別人覺得我不可靠！而且要是在過程當中出了什麼差錯，那以後我的女性工作夥伴們就不會再服從我了。經理就應該擺出經理的樣子讓人尊重！就是這樣！沒什麼好說的！」

蘿蔓把話筒稍微拿離耳朵一些，以減緩布魯諾在另一頭大吼大叫所造成的傷害。她不怪他，布魯諾當然不知道該如何合理地表現憤怒情緒，或者不帶侵略性地表達自己，然而只是爲了發洩情緒的大發脾氣，誠然解決不了問題，而且只會讓衝突加劇。

爲了保持鎭定，並且不讓自己被布魯諾來勢洶湧的負面情緒給淹沒，蘿蔓深深吸了一口氣，停頓兩秒鐘重新整理好她冷靜且深具啓發性的形象：她想像自己平躺於綁在大樹下的吊床上，微微地晃盪，太陽光穿過茂盛的枝葉灑落在她身上，青綠色的光束溫暖滋潤大地，在她的周圍排列成萬花筒般璀璨的幾何圖形，一陣陣清風徐來，白雲滑過澄澈的藍天……

「妳聽得見嗎？蘿蔓？」布魯諾的吼叫將她拉回現實。

「可以，可以，我聽得見……」

早先她就和布魯諾的主管談了一會兒。布魯諾很受到主管的賞識，不僅工作表現非凡，辦事態度嚴謹、努力，把工作時數都拋在腦後……可是再看看職場上的這些耳語，顯然他需要學習如何更圓滿地和同事相處……管理階層不想再收到相關投訴，因此資助布魯諾參與這項課程計畫。

對蘿蔓而言，布魯諾的問題倒也相當清楚。無家室要照顧的他，可以全心全意地投入事業。而且他一時之間也沒有意識到，或許並非所有人都願意過著像他這樣的日子。在此之前，他從未認眞站在女性同事的立場，去了解家庭生活帶給她們的包袱，舉凡接送小孩上下學、看醫生等諸如此類的事，一件件都是在和時間賽跑……蘿蔓打聽到的例子是：偶爾她們必須早些離開辦公室，布魯諾往往在她們離開前語中帶刺地挖苦兩句：「都不知道妳有這麼多假可以請呢！」

蘿蔓眞誠地希望布魯諾能夠意識到，每個人做爲獨立的個體，在生理和心理結構上當然有所不同。每個人都有自己獨特迷人的特質，然而在壓力的襲擊之下，也同樣可能出現比較平庸的負面表現。就以布魯諾爲例：平時的他個性嚴謹、有條不紊，做起事來講究方法又很有效率，但在壓力的摧殘之下，性格也可能變得暴躁尖銳，執行工作時太過專制或過分苛求……

布魯諾太過於執著批評同事們的工作態度，沒有想過自己的行爲舉止也必然會引起她們的反彈……而將他們的嫌隙又拉得更開的另一個原因，是布魯諾一點也不欣賞那些可能會爲團隊帶來更多豐富創造力的多元性格差異。在他濫用完美主義以及過分看重工作結果的情形之下，大部分的時間都被他用來吹毛求疵，沒有對團隊表現出一絲信任，更沒有給過任何鼓勵……是個不折不扣的關係殺手！團隊當然因此變得毫無生機。但該怎麼讓他明白「妥善表達一件事」和「事件本身」是一樣重要的，除此之外，考慮到女性細膩的心思也很關鍵。

布魯諾一定要參加「換位思考」的練習，才能夠意識到這一切！

「布魯諾，我知道對你來說，勝任經理的職務是非常重要的一件事。你的主管們非常欣賞你的領導，也對你職業生涯賦予重望……」

「謝謝。」

「不過你應該也同意，過去幾個月來，你和你的團隊工作起來並不順利，對嗎？」

「對……」

「那你想不想和組員們工作得更流暢、更和諧呢？」

「當然想啊……」

「那你願意相信我嗎？」

「嗯……還不至於到不願意。但我沒辦法接受『換位思考』的練習！」

「如果說讓你到另一間公司去進行這項練習呢？」

「什麼意思？」

「我的意思是，到另外一個你誰也不認識的女性工作團隊裡，當一天的實習生。」

「……我不知道……或許也不是不行……不過要看……」

「我先讓你冷靜地想一下，然後我們明天再來討論？」

「好。」

「那麼，晚安囉，布魯諾。」

「蘿蔓……」

「怎麼了？」

「呃……不好意思，我剛剛有點失禮。」

「別擔心，布魯諾，我習慣了！不過你很快就會發現，如果換另外一種表達方式，你會有更多收穫……」

「我感受到了……謝謝妳蘿蔓，我們明天再談。」

蘿蔓掛上電話，爲這段結局還算順利的談話鬆了好大一口氣。雖然她心滿意足，但也感覺自己已經被掏空。她決定去洗個熱水澡以祛除身上的壓力，好好放鬆自己疲憊的身軀。

今晚，她要在門把掛上「請勿打擾」的牌子，好好地睡上一覺。

14 換位思考練習

馬西今天一早就來到公司，昨夜的失眠讓他現在心情非常糟糕。

他整晚輾轉難眠，思緒都繞著「換位思考練習」打轉。他一點都不看好自己和助理克蕾角色互換這件事，並且預感不會有什麼好事發生。電梯門在他的辦公室樓層打開，馬西迅速走進自己的辦公室，無精打采地把手提包扔在一邊，癱坐在他舒適豪華的扶手椅上，再不假思索地按下電腦開關。突然這時有人敲了門。是克蕾，她還是一如往常早早就來到公司。

「早安，韋格先生。」

「早安，克蕾。」

「韋格先生，您在這裡做什麼呢？」

馬西看著克蕾，一頭霧水。

「這是什麼意思，我在這裡做什麼，看不出來嗎？我要開始工作了呀。」

「但是，您今天的位子不在這裡，韋格先生……」

「什麼我的位子不在……妳在說什麼……」

克蕾微笑看著他，用手指了指旁邊克蕾的辦公室。

啊！對了，該死的遊戲。笑吧！克蕾，給我等著……

馬西遲疑了片刻，還是決定開始這項練習。反正就打發她這麼一次，便可以讓她回去繼續做她的助理。話雖如此，畢竟他也還是高高在上的總經理，身爲大人物的自尊心讓他現在很不好受。他拖著沉重的身子站起來，撤退到隔壁的辦公室，讓克蕾可以待在自己的辦公室，想做什麼就做什麼，一副樂在其中的樣子。

克蕾叫住走到門口的馬西。

「馬西，你忘記這個了。」

她將蘿蔓寄來的大禮——配有嵌入式麥克風的相機——遞到馬西手上，讓他可以永恆地記錄被詛咒的這一天。馬西心不甘情不願地拿走相機後離開辦公室。一確認好自己已經離開克蕾的視線範圍之後，馬上把相機丟進抽屜。還叫他留下紀錄？這輩子別想。

他坐上克蕾的椅子，又小又不舒服，接著打開電腦。好吧！說不定在這裡他還是可以處理一些線上的文件，這個想法讓馬西放心了一些。就在他正要敲擊第一下鍵盤的時候，一陣刺耳的鈴響忽然傳來，嚇得他差點從位子上跳起來。搞什麼！差點被嚇出心臟病！這次又是什麼東西？桌上的黑色對講機傳來克蕾毫不客氣的聲音。

「馬西，幫我泡杯咖啡來好嗎？謝謝，盡快！」

什麼？這人是不是已經進入超現實的幻想世界？要不要誰去捏她一下，叫她清醒點。馬西相當震驚，但最糟糕的是，他竟然不知道該按哪一個鍵才可以回覆，叫她自己去泡那杯該死的咖啡……

克蕾的聲音再度響起，態度變得更加蠻橫。

「馬西，按橘色鍵可以回答我。我還在等你的咖啡，謝謝。」

好。現在，方案一，直接開除她；方案二，暫時把自尊心鎖在保險箱裡，忍耐著完成今天的任務，明天再來秋後算賬……方案二勝出。馬西按下橘色鍵。

「馬、上、來、克、蕾。」馬西加重語氣念出每個字，就像在和對方宣戰。

對講機再度響起。

「是梅希爾小姐。」

她竟敢！還阻止我直呼她的名字，是吃了豹子膽嗎？「換位思考」到底都是些什麼活動內容，克蕾是不是有點太過積極參與了？

「咖啡好了嗎？再幫我多拿一個可頌過來，謝謝。」

不近人情的命令句尖銳地差點刺傷馬西的耳朵，他覺得自己被冒犯了！馬西氣得半死，他難道是奴才嗎？而且要去哪裡找該死的咖啡和可頌？馬西離開辦公室來到接待櫃檯。

「嗯……不好意思。妳知道哪裡有賣咖啡和可頌嗎？」

女接待員們驚訝地看著他，宛如馬西一秒前搭著太空船降落地球到她們眼前，不過接待員們為了不讓自己的老闆陷入困境，還是很友善地為他指點方向。不久之前，她們都接獲馬西即將執行這項奇怪任務的消息。

「是的，韋格先生，您可以在設有投幣咖啡機的茶水間內找到咖啡。至於可頌的話，您可能要外出到轉角的麵包店，您應該知道在哪裡吧？」

當然是不知道。他怎麼可能會知道麵包店的位置，不都有人會替他跑這一趟嗎？他什麼時候需要離開這幢建築物，去到那個遠得要命的麵包店……

馬西決定先去找可頌。他在心裡盤算著先後順序，若要咖啡送到時還維持熱度的話，先找到麵包似乎比較合理。馬西走上街去開始尋找這間傳說中的麵包店。轉角的麵包店是吧？很好。可是問題是，哪條街的轉角？迷路的馬西決定問問路人。

好浪費時間啊……馬西花了好大的力氣才找到這間蓋在迷宮深處的麵包店，小小的店面，門口竟然大排長龍。這個國家的人都不用工作嗎？這些人幹嘛都要在這個時間填飽肚子？馬西感覺自己在隊伍裡等待了一個世紀才終於輪到自己。

「一個可頌，謝謝。」

「總共是〇．九歐。」店員不溫不火地回答。

馬西將他略帶重量的鑽石級黑卡夾在食指和中指之間，無精打采地遞給店員。店員睜大眼睛盯著卡片，不耐煩地說：

「十歐元以上才接受刷卡喔。」

在跟我開玩笑嗎！這些小店面難道都還活在石器時代？

馬西再度因這個意料之外的阻撓而生起氣來，只好開始挖掘他的錢包以找尋另一種付款方式。在此同時，整條排隊的隊伍全都在等這位總經理，身後的人紛紛開始對他投以不耐煩的銳利目光。好不容易，又花了一番功夫才在錢包深處翻出一張五十歐的紙鈔。

這一次，店員再也按耐不住不耐煩的情緒。

「您沒有零錢嗎？」

馬西的臉難看得和羅伯斯比爾⑨被送上斷頭臺那天一樣，並且以不接受討論的語氣回嘴：

「我沒有零錢。有什麼問題嗎？」

店員聳了聳肩，以一副「算了，不跟你計較」的態度收下紙鈔，找給馬西一張二十元紙鈔、兩張十元紙鈔、一張五元紙鈔、四十枚十歐分硬幣和五枚二十歐分硬幣。

這讓馬西更加生氣，這間店的店員是什麼雞腸鳥肚的氣量。他的錢包現在重得可以壓死一頭驢子，而且還把他俊俏的凡賽斯西裝褲後口袋撐到變形，而這一切都只是爲了買到手上的這塊碳水化合物。重點是，他的任務只執行到一半！他還得出發尋找設有投幣咖啡機的茶水間，這肯定又是另一個噩夢的開始，畢竟他從來沒涉足過什麼茶水間。

他在蜿蜒曲折的辦公室大樓內至少問了兩次路，才找到所謂的茶水間，卻差點被眼前突如其來的淒慘景象嚇出病來。這裡到底是荒廢了幾百年？幾張油漆斑駁的座椅散落在角落，室內僅有的一張桌子上布滿食物的碎屑和醬料汙漬，垃圾桶的蓋子大大地敞開，食物殘渣和喝剩一半的塑膠杯堆到滿出來，還掉到周圍的地板上，看上去已經是好幾天前的垃圾！至於咖啡機周圍，大概就是拿核彈轟炸阿拉比卡咖啡豆莊園之後會得到的結果，黑色的咖啡漬飛濺得牆壁和桌面上到處都是，像是這部機器一直都在經歷火山爆發，噴發出大量的濃縮咖啡……

如此骯髒惡劣的環境，和這幢豪華奢侈的建築物形成極爲強烈和諷刺的對比。爲什麼沒有人跟我提過茶水間的問題？不過，怒火中燒的馬西很快就想起此行目的：克蕾的咖啡！

馬西胡亂翻弄著咖啡膠囊和咖啡機，這兩種東西的神祕組合讓他覺得自己像在破解一個魔術方塊，最後決定胡亂拿個膠囊就往看得到的卡槽插下去，接著他焦躁地快速按著按鈕。可憐的咖啡機發出一陣令人不安的運轉聲，音量大到讓人撕心肺裂，接著瘋狂噴灑出滾燙的熱水，只可惜沒有任何一滴落在下方的杯子裡，還弄得總經理先生一身狼狽。

受到巨大驚嚇的馬西決定還是去找接待員尋求幫助。說時遲那時快，克蕾就在這個美好的時間點走出辦公室，而且看起來很不高興。

「東西好了沒？我等好久了！你在搞什麼？」

馬西聽到自己小聲地回答：「快、快好了……馬上來！」

總經理如此溫順的態度看在接待員的眼裡簡直不可思議！心裡盤算著，看來明天一切回歸原狀的時候大家都不會太好過了。其中一位接待員前來幫助他操作咖啡機，原來剛剛他把膠囊放反了。接待員努力收拾他製造出來的殘局，而馬西則是雙手沾滿了咖啡漬。他眞心感到困惑，他從來沒想過泡一杯咖啡難如登天！

好不容易湊齊了克蕾的要求，帶著咖啡和可頌敲了辦公室的門。他一進門就被克蕾女王般的氣場給震懾住了。他的助理應該去劇場工作才對，她很有天分哪！克蕾看都沒看他一眼。

妳現在眞的把我當妳的奴才了嗎？

「東西放那邊。」

是的，夫人。不對，我是在做夢嗎？

馬西正要回到自己的辦公室時，克蕾又叫住他。

「你浪費太多時間了，」她沉重的語氣聽起來盡是責備，「你錯過太多通電話，趕快去聽留言訊息，然後用最快的速度回覆，並且馬上回報給我緊急的工作，你可以先……」

此時的馬西有種吃了迷幻藥的錯覺，才導致他經歷這一場糟糕的旅程。他感覺自己已經快被擊垮了，不知道該怎麼回答她的助理。

果然，馬西有十四通未接來電。接下來的時間，他都待在辦公室裡像是進行社會主義競賽般，在接聽電話和瑣碎的行政雜事之間忙得焦頭爛額，中間總共被克蕾打擾了四次。平常的克蕾都是怎麼同時處理這些業務的？時間終於來到下午一點半，整個早上都在驚慌失措與分身乏術之間渡過的馬西，以為自己終於可以安靜吃上一頓午飯，殊不知積極參與交換身分遊戲的克蕾又多給他三件額外的緊急工作。該死的，神聖的午飯時間就這樣從他的眼皮底下溜走……

「那就待會見囉！我訂了黑桃皇后餐廳，所以等等大概四點才會進辦公室……」

有沒有搞錯?!當我在辦公桌前勒緊褲頭處理緊急文件的時候，她卻可以去吃那間知名的美食餐廳?好啊，要這樣玩是吧？她最好小心一點，反正明天就換我當回黑桃國王……

下午三點。一位同事對馬西的遭遇表示同情，為他帶來一個小三明治、一顆蘋果和一瓶礦泉水。原來超市的三明治吃起來像塊沒有味道的塑膠，大概是放在冰箱太久了，麵包都已經變得又乾又澀。更慘的是那顆蘋果，馬西只咬了一口，便嫌棄它鬆軟沒有滋味的口感而棄置在一旁。

克蕾在下午四點半時才悠悠走進辦公室，並且鍥而不捨地繼續享受角色互換的遊戲。馬西心想，是該讚揚她的敬業，還是乾脆掐死她！

她在下午五點的時候開了一場會，並且要求馬西為各位同事送上果汁，存心要奚落他！但在會議中，馬西笨拙地當著大家的面打翻玻璃杯，飲料全灑在文件上，窘迫地趕快拿吸水紙巾來擦拭。在此同時，他也注意到在場沒人對他伸出援手，大家似乎都是來參加嘉年華會等看好戲的觀眾，讓馬西覺得自己是名偉大又孤傲的戰士。

明天保證讓你們知道什麼叫做狂歡後的失落……但現在他必須盡快重新列印弄髒的文件，但在這種關鍵時刻，印表機就如預期臨時宣布罷工，連一筆畫的墨水都拒絕提供。讓人太緊張了！馬西又再一次問自己，平常的克蕾到底是怎麼把這些排山倒海而來的日常工作處理得這麼好。

這場戴面具的嘉年華會一路歡慶到晚上八點，馬西終於決定摘下面具終止慶典。

現在，克蕾仍然不為所動地坐在那張首席執行長的扶手椅上。她在等什麼？難道期待會有獎賞嗎？而克蕾肯定是感受到迎面而來的怒氣，瞬間就自發性地轉換回平常的下屬姿態，輕聲細語地說：

「您還好嗎，韋格先生？您知道的，我會這樣做都是因爲這個練習，您要求我……」

「當然，克蕾，我不會怪妳。只不過這練習從一開始就是個糟糕的點子，爛透了……」

「好吧……那……還是祝您有個愉快的夜晚……」

「肯定會過得比我白天還要愉快！」

克蕾目送他進了電梯。

爲什麼她會露出那種感傷的表情？她對這個蠢遊戲有什麼期待嗎？

司機已經在出口等他。馬西激動地飛奔過去，當他再次滑進後座舒適的豪華座椅時，帶著滿心的歡喜，慶幸自己又重新變成高高在上的總經理。

譯注⑨：羅伯斯比爾，全名爲馬西・羅伯斯比爾（Maximilien de Robespierre），法國大革命時期的政治家，因過於殘忍的統治手段，最後被當時的革命法庭處以死刑，連同其他追隨者一起送上斷頭臺。

15 原來我是這樣的人？

蘿蔓收到每位學員在「換位思考」練習中所拍攝的微紀錄片——除了馬西．韋格。

這位學員沒有提交任何關於這個練習成果的相關訊息，順帶一提，直到現在他都還是「沒繳交過任何作業」的紀錄保持人。蘿蔓很苦惱，不管是口頭警告還是書面提醒，她都已經對馬西留下夠多訊息，卻仍然沒收到任何回覆。原本的氣憤已經昇華成焦慮。但蘿蔓還是得為了團隊中的其他學員打起精神來。她不會因為單一件擾人的案例就牽連其他人！

公司內有個視聽室，蘿蔓在這裡觀看學員們的微紀錄片。這不是一項休閒活動，而是認真的工作。她對每位學員都毫不馬虎地製作筆記，以便未來可以提供具有建設性的回饋。經常會有些畫面讓她很感動，偶爾也會逗得她樂不可支。但放映結束時，蘿蔓最主要的感覺還是驕傲，為她的學員們感到無比驕傲。儘管這個活動非常棘手，大家還是鼓起勇氣接受挑戰。現在，蘿蔓太急著想把這些心得和他們分享，於是當晚就提議召開一個臨時視訊會議，趁著大夥們都還記憶猶新時記下這些回饋。

傍晚七點鐘的時間一到，所有學員都連接進了線上會議，獨獨漏了馬西。他的缺席讓所有人大感詫異，蘿蔓不得不隨便編個理由。

「他被其他事耽擱了……」

蘿蔓尷尬地假裝什麼事都沒有發生，仍然以活潑的語調和學員對話，即使她不眞的覺得自己是那麼興致勃勃。

「那麼，大家的『換位思考』練習都還好嗎？你們怎麼歷經角色的轉變呢？」

大家爭相恐後地想分享自己的經驗，蘿蔓只好出面維持秩序。

「不如你先說說看，布魯諾？」

布魯諾清了清嗓子，試圖讓自己的表達更加清楚，同時挺起胸膛：「坦白說，出乎我意料之外，這個練習眞的非常有意義……」

蘿蔓豎起耳朵，不確定自己剛剛有聽清楚。布魯諾繼續說：

「我一整天從早到晚都待在米雅身邊，我只能說，她眞的很厲害！到了晚上，我已經累到快睜不開眼睛，她竟然還有力氣應付家裡的雜事……眞的嚇到我了……」

「那在公司的時候呢……」

「老實說，這是我第一次在公共空間辦公，我不得不問自己，無論做的是什麼工作，在這種環境之下到底要怎麼專心？有次米雅被她的老闆叫走了，我也跟著去。她因爲犯了一個小錯而被老闆嚴厲斥責……」

「那麼，布魯諾，你是怎麼想的呢？」

「老實講，我實在替她抱不平，那其實也不是她的問題，是團隊的內部溝通跟消息傳遞工作沒有做好。」

這個答覆讓蘿蔓打從心底高興又滿意，布魯諾終於願意眞正睜開雙眼，用心看待許多事。蘿蔓眞心爲布魯諾感到欣慰。

「那你有從這次的練習當中得到什麼結論嗎？」

「我想，往後我不會再以和過去相同的方式來承擔經理這個角色，我會做出很大的改變。」

蘿蔓開心地在心裡暗暗手舞足蹈。

「謝謝布魯諾寶貴的分享！那其他人呢？」

這次換派迪拿到發言權。

「我跟布魯諾一樣，花了一整天的時間待在貝娜迪克身邊，她的日常行程完全跟我想像的不一樣。重點是，這些活動和我妻子的情況非常相似……整天要不是爲了小孩就是因爲家務到處奔波，我以前都不知道處理這些事有這麼困難，而且她們還都在家裡做點小生意！老實講，她們眞的是女超人！我是那種一次只能做好一件事的人……」

「那麼，關於你的妻子，你有什麼想法嗎？」

「好吧……我好像對她眞的很不公平。我從來沒有重視過她做的這些工作，也沒有給她鼓勵……我以前是眞的不知道這些工作有多累人，總以爲就是輕輕鬆鬆待在家，然後弄點小東西來賺錢，還常常拿這件事來嘲笑她……基本上，我以前是眞的不把她當一回事。」

「嗯……謝謝你的分享，派迪。」

「要我說啊，我是眞的過了很慘的一天，」娜塔麗突然插嘴，「跟一個什麼事都要說到自己的男士相處，眞的累死人了！他從頭到尾沒有在聽我說話，我一句話也插不上……什麼事情都要講到自己身上去，太可怕了！尤其是在餐廳吃飯的時候，簡直是超級丟臉，無論講到什麼事都要激動地加油添醋，恨不得大家把目光都集中在他身上。而且講話超大聲，鄰桌的客人一直轉頭過來瞪我們。」

「那妳從這段經驗裡學到了什麼呢，娜塔麗？」

「如果說，原來的我就像這位男士一樣的話，那我不如現在就切腹自殺！」

「別這麼說，娜塔麗。我們確實是故意安排了形象更誇張和鮮明的例子到妳身邊，就是爲了讓這次的體驗更加具有教育意義……」

「希望如此……」娜塔麗嘆了口氣，「不管怎麼樣，我是清楚感覺到那種自顧自講話、沒在管其他人的行爲有多討厭……我眞的該好好想想……」

「很棒呀，娜塔麗……謝謝妳的分享！」

至於艾蜜莉，她在一位大廚的廚房裡當了一整天的幫廚，希望能體會兒子對於做菜的熱情。她對於自己的這段經驗非常滿意，也覺得自己又邁出了一大步。

在聽取學員們的意見並給予回饋的同時，蘿蔓忍不住一直偷瞄手機，而且每隔五分鐘就檢查一次有沒有新的訊息，期待能收到任何馬西的來訊。但這份心意撲了個空……

蘿蔓把話題帶到這項活動的主要目的，就是爲了誘使學員們能自發性地質疑個人的自我中心主義。只是出乎意料地，這樣的說法卻引起艾蜜莉的激烈反應和厲聲抱怨。

「我很抱歉，蘿蔓，但是就我的例子而言，不能說我們是自我中心主義的關係。我從頭到尾都沒有考慮到自己，都是在想我的兒子，在替他考慮未來！」艾蜜莉非常氣憤，「我做的事都是爲了他好！做母親的當然希望孩子都好呀……」

蘿蔓爲了安撫艾蜜莉，只得柔聲勸說。

「當然了！艾蜜莉，當然了！妳當然是一心一意希望他都好！但是有時候一味給予幫助其實無濟於事，甚至還可能適得其反……妳應該質疑自己是否總希望代替別人思考。妳將自己的宇宙觀點和個人的喜好都投射在兒子身上，忘記要以他的角度來進行考量！還記得我們的宇宙模型練習嗎？我們必須從宇宙中心挪開自己的行星，才能吸收更多不同的觀點，讓整個世界平衡地運轉下去……」

「但是在此同時，爲人父母不也應該擔起指導孩子的責任嗎？如果總是放任年輕人依照自己的意思行事，永遠都只需要最低標準，他們就會滿意了！看看放任他們的結果，就是亂吃垃圾食物和零食、翹課……」

「這當然需要一點時間啊，艾蜜莉！雖然給予指導和限制行爲是父母的責任，但同時也必須學習和孩子互相信任。如果總是替他們做好選擇，就是剝奪了他們爲自己建立信心的權利。到頭來，孩子們或許連可以做到自我約束這件事都不知道……」

艾蜜莉陷入一片沉默，這表示蘿蔓的話說進她的心坎裡了。美好的時光飛逝，蘿蔓不想給學員們太沉重的負擔，覺得是時候暫時結束這場視訊會議了。就在這時候，她的手機響起接收新訊息時的叮咚聲。蘿蔓終於等到那封遲到的訊息。

我們需要談談。

馬西一句浪費的話也沒有多說。然而，以「我們需要談談」為開頭，通常都不是個好兆頭……蘿蔓打了一個冷顫，藏起她的情緒後，親切地結束這場會議。

「好的，今天非常謝謝大家踴躍分享各位熱騰騰的經驗。週五我們見面時，還有機會讓大家更深入討論。在此之前，各位也不要忘記在『難搞筆記本』上寫下你們的心得！那麼，各位，祝你們有個愉快的夜晚！」

「妳也是，蘿蔓！晚安！」大家此起彼落地和她說再見。

蘿蔓離開了視訊會議，立刻就拿起手機回覆馬西的訊息。

蘿蔓：你希望我們通個電話嗎？

馬西：不，我希望見個面。

蘿蔓：什麼時候？

馬西：明天下午兩點，妳公司附近轉角的咖啡店，方便嗎？

你看！這就是所謂的命令式口吻。蘿蔓同意見面，雖然她有點害怕和馬西單獨面對面相處，但該來的怎麼樣也逃不掉。

我不能因此整個晚上都在驚慌失措之中度過！

蘿蔓回到家之後立刻爲自己點上一根香氛蠟燭，盤腿坐在她最喜歡的墊子上，嘗試讓自己進入放鬆的靜心之中。然而實際上卻一點幫助也沒有。不管她多努力，她的思緒都無可自拔地縈繞在馬西身上。焦慮的心情讓蘿蔓的腦海陷入一片混沌。

16 退出課程

第二天，蘿蔓比預定時間更早抵達公司轉角的咖啡店。這項任務讓她分外緊張不安，蘿蔓特地選了一個有軟墊長椅的角落，坐下之前還細心地撥掉上一位客人掉落的麵包屑。除了她之外，在這種冷僻的角落沒有人會在乎這些細節。沒有一絲笑容的服務生端上一杯沒有咖啡因的濃縮咖啡，苦澀的滋味讓她忍不住做出一個噁心的鬼臉。蘿蔓撕開糖包，倒出一些糖粒在碟子上，開始用食指沾黏起它們，自得其樂地享受用手指捏碎這些罪惡小顆粒的快感，心不在焉地舔一舔手指上的糖。馬西正巧就選在這個時間點出現在她面前。蘿蔓嚇了一大跳。

「哈囉，馬西。請坐。」

「謝謝。」

蘿蔓試著迎上馬西的目光來確認他的意圖，可惜那雙迷人的眼睛終究是令人難以捉摸。於是，她決定不拐彎抹角，直接切入主題。

「我猜，角色調換的練習可能讓你不太滿意，對嗎？」

「老實說，多少還是可以拿出來談。只是這次的經驗讓我實在……不太愉快，坦白說，甚至讓我對這個課程抱持懷疑的態度。」

晴天霹靂！這一天還是來了。他終於還是對蘿蔓的理論產生質疑……但她也已經做好再聽見更多難聽批評的心理準備，同時克制自己不要表現出任何失望的情緒。

「我懂。不過你能和我描述這一整天的情況嗎？讓我可以知道你這麼沮喪的理由。」

馬西回以一個不情願又勉強的表情，讓蘿蔓心跳又漏了一拍。

「蘿蔓，我不是在鬧彆扭，但我不贊同這些方法。我覺得自己好像進入一個徹底顛倒的荒謬世界，尤其讓我的助理來對我發號施令。坦白說，我沒有看見任何可能的正面效益。」

面對如此單刀直入的批評，蘿蔓臉色變得蒼白，努力遮掩自己的挫敗。她強烈感受到馬西的怒氣，一雙手忍不住緊張地把桌面上的餐巾紙撕成片片紙屑。

「能告訴我爲什麼嗎？」

她驚訝地發覺自己的語氣聽起來有些在顫抖，無意間洩漏出她失望的情緒。

「就是我的助理克蕾，她好像變了一個人！對我一點都不手軟，我眞的受不了！而且看我受盡各種屈辱的模樣好像讓她樂在其中……對此，我眞的忍無可忍！」

「是什麼樣的屈辱？」

蘿蔓想測試馬西的底線。他這時已經相當激動，雙眼燃燒著正在努力克制的怒火。

「妳能想像得到嗎？她對我說話像在叫狗一樣，把我呼來喚去，奴役我去泡咖啡或列印等瑣事！她表現得比剛進公司的實習生還差勁！我這輩子還沒遇過這樣的事！」

蘿蔓讓馬西盡情發洩他的不滿，同時佯裝一副和藹可親又深表同情的神態，讓自己看起來很善解人意。

「拜託不要這樣看著我！我會以爲妳是陪在病人床邊的護士！我沒有生病，蘿蔓！我是日理萬機的總經理！我眞的沒有時間浪費在……在這種……」

「這種蠢事上，是嗎？」

馬西一定也察覺到自己讓蘿蔓很受傷，只好試著更加冷靜地解釋：

「蘿蔓，聽我說！也許是妳應該站在我的角度上思考……」

這個男人眞的很有幽默感吶！

「妳要知道，自從我開始這個練習之後，我的助理就做了一連串讓人不能接受的行爲！她覺得自己現在可以違抗我的命令了！我知道這個練習背後的大道理，但是坦白說，在現實生活中老闆就是老闆，而助理就應該有助理的樣子！如果從現在開始，我讓她去泡杯咖啡都會使她不愉快的話，我們要怎麼繼續工作下去呢？」

蘿蔓的整個胃都在翻攪。這種生活細節上的難搞行徑，她一點都無法忍受！馬西的話讓她想起二十年前的過去，他的父親約翰．菲利普，也曾是這般傲慢自大且目中無人。直到今天，每次只要父親的行爲又不小心越過紅線，舉凡任何不合理的對待、惡意的傷害或是父親權力的濫用，都會造成蘿蔓過度反應……

蘿蔓試著在心裡暗自推想，將馬西的反應視爲「只是在合理範圍內，抗拒現階段的課程內容設計，未來他仍然會選擇繼續跟隨這些課程方法來幫助自我成長」。盡了最大努力之後，蘿蔓好不容易才從嘴裡吐出幾句話來，並盡可能讓自己聽起來還算平靜：

「馬西，我們不能把這兩件事情混淆在一起。你當然還是負責監督和指導工作的大老闆……不過你應該要學習賦予助理可以對你進行約束的權利。如果讓她在沒有緊急案件需要處理的時候爲你遞上咖啡，這沒有什麼不行，但倘若她不巧正忙於某件工作，你也應該接受得自己起身去泡那杯咖啡的事實！」

「我知道了，所以連妳也爲她說話……」

蘿蔓深深吸了一口氣才克制住自己沒有衝上前揍他一拳。

「話不能這麼說！這些練習是爲了讓你體會『開明老闆』和『獨裁老闆』之間的差別！」

「麻煩注意一下妳的修辭！」

馬西再也掩藏不住氣憤的情緒，但蘿蔓決定豁出去了。

「就是這麼回事呀！如果你眞的重視工作表現，就應該仔細鑽研開明且友善的獎勵制度，而非不懂得變通，當一個食古不化的活化石。」

「蘿蔓，妳要知道，我是在權力鬥爭的修羅場裡長大的。我從小接受的教育和被灌輸的想法是：在工作中感情用事是極度危險且不明理的，是可能會被視爲軟弱的標誌。我從自己的經驗中學到，員工很會利用仁慈或善良的漏洞，很快就想和過於寬容大度的上司平起平坐，藉機在工作中偷懶。」

「我說的當然不是太過放縱的那種例子，而是秉持公正和堅定的立場，且願意傾聽的老闆。」蘿蔓幾乎快用吼的，「透過給予對方認可和循循善誘的方式做爲刺激和鼓勵。這就是一名老闆進行管理的中庸之道，就是這樣而已。」

幾位被他們激烈談話內容吸引的鄰桌客人轉過頭來，興致勃勃地觀賞這齣精采的肥皀劇，卻被蘿蔓惡狠狠地回瞪了一眼。

我的天啊，蘿蔓！妳可有注意到自己正在生氣，而且還有點失控。到底爲什麼妳無論如何都要說服他呢？妳明明知道不論自己的說詞多麼站得住腳，都無法在這種時候說服馬西，因爲他壓根兒沒把耳朵打開，所以根本聽不見。

蘿蔓著急得都快哭出來……

「看起來妳很清楚問題在哪裡。」馬西說道。

好啊，現在是要開始互相傷害了是嗎？

「非常清楚。」蘿蔓用最快的速度回答他。

整個世界隨即安靜下來，陷入一片死寂，兩人周圍的空氣降到冰點。她看見馬西深吸了一口氣，接著轉過頭來凝望著她。蘿蔓的心在發抖。

「蘿蔓，這個課程眞的很有趣……不過……看來，我還是決定……」

「決定什麼？」

緊張的情緒讓蘿蔓整個手掌心都被汗水浸濕，非常害怕自己馬上要聽到的答案。

「決定退出課程。」

什麼？馬西殘酷的宣告在蘿蔓的腦海中爆炸開來，心跳快速得讓她差點呼吸不了。蘿蔓在心裡大吼：這不可能！

「你……確定……嗎？」蘿蔓結結巴巴地問。

「確定。這下妳可以鬆口氣了，不是嗎？」

「我爲什麼要鬆一口氣？」

「畢竟我在妳的課程裡，也不是配合度超高的學員……」

「這都是你一廂情願的想法。我和你說過啦，像你這樣有抗拒心態的案例我很常碰見。只不過我也必須坦白告訴你，現在退出課程眞的非常可惜。也許你沒有注意到，不過你其實已經正在努力，相信很快就可以看得到成果。不久之後你就會發現自己進步的具體成績……」

蘿蔓用盡全力克制自己的聲音不要顫抖。

拜託，不要抖！不能讓他發現我的失望！絕對不能！我必須維持沉著冷靜的形象。

馬西一言不發地靜坐著，兩隻手肘放在桌上並將半個臉都埋進手掌裡，只露出一雙眼睛，以意味深遠的眼神盯著她看，輕輕皺起的眉頭顯示出他正專注地觀察蘿蔓的反應。蘿蔓被盯到背脊不由自主地發寒，只好假借披上外套來擺脫馬西咄咄逼人的目光。

「我要說的都講完了……」

馬西欲言又止，蘿蔓只好也把失落的情緒吞回肚子裡。馬西揮手示意服務生買單。

「我們分開結賬吧。」

「只是一杯咖啡耶！別開玩笑了，我來就好！」

「還是分開付吧。」蘿蔓相當堅持。

「妳覺得，妳自己會不會也有點難搞的傾向呢？」

蘿蔓瞪了他一眼。

馬西想幫蘿蔓穿上外套，但被冷漠地拒絕。兩人來到咖啡廳外的人行道上，互相看著對方，無言以對。

「那就，再見了……」

儘管兩人最後的對話不算太愉快，馬西仍想保持風度地伸出手來和蘿蔓握手再見。蘿蔓遲疑著不肯伸出手來，可是不握的話又好像承認了自己的失敗。因此，她只好不情不願地和他握了握，假裝毫不在意。

「再見，馬西。」

然而當他們的雙手觸碰在一起時，卻好像有股電流通過。馬西緊緊地握住了蘿蔓的手，幾秒鐘的時間，蘿蔓感覺到自己的情緒相當激動。可是為什麼呢？絕對是因為沒有辦法說服馬西繼續留下來參與課程的憤怒和失望，絕對是因為蘿蔓出給自己的任務失敗了……

蘿蔓拖著沉重的步伐走回公司，馬西也往反方向走去。此時，她決定做個愚蠢的賭注，如果她回頭而馬西亦轉頭，那就代表他很快就會改變心意再回來……

蘿蔓回過頭來，看見馬西沒有一絲後悔地朝另一個方向走去，消失在她視線的盡頭。

17 我決定這樣生活

馬西的生活又重回軌道。他暗自慶幸自己不必再參加那些課程練習，也終於能夠好好處理文件，彌補之前被浪費掉的時間！

自從那天和蘿蔓的咖啡館之約後，他便終日埋首於工作之中，和早班的清潔人員同一時間抵達辦公室，一直到夜班的工作人員打卡上班時才離開辦公大樓。戰力十足的工作狀態，讓他的合作對象不得不懷疑馬西其實有分身術。他也被認爲有過人的抗疲勞能力，連馬西自己也爲此事相當自豪，並且打算以同樣的工作節奏帶領團隊，即使他清醒的腦袋其實也意識到，並非每個人都和他站在同一條船上。

但這不就是領導者的角色嗎？應該要將團隊成員拉出他們的舒適圈，並且以戰鬥機的速度前進，否則怎麼迎來卓越的成就……

一日早晨，馬西習慣性地收看晨間新聞以掌握市場動態時，竟看見蘿蔓正因爲她知名的課程計畫接受電視節目專訪。

距離咖啡館之約已經過了兩個星期，馬西依舊覺得一顆心似乎被人緊緊捏住一般糾結。他起身走向落地玻璃窗，將自己置身在窗外秀麗的美景之中，心裡卻想著蘿蔓。

「她會不會記得有個人已經離開課程了呢……肯定不會吧。可惜了，我們再也不會有交集……」馬西想起了這名年輕女子的特質，既溫柔又堅定，是個仁慈的領導者，內心藏著雙重矛盾，有點小聰明……也非常迷人。當然，馬西身邊從來都不缺美女，永遠都有一群追求者圍繞著他。但很少有人能像蘿蔓一樣具有獨特的個人魅力，讓人魂牽夢繫，又不至於被壓迫得喘不過氣。同時，馬西也注意到蘿蔓性格中微弱的難搞傾向，總是太過執著而不肯放手……

儘管如此，他還是感受到蘿蔓堅強性格背後的脆弱，而且她還小心翼翼地掩藏自己萬分細膩的情感。馬西驚訝地發現，這樣的特質竟然很能夠感動他……但是人還是必須面對現實！像他這樣的大老闆和她這種脾氣頑固的女人，是絕對沒辦法相處的！最好還是別動什麼心思了，想點別的吧……例如，何不今晚就約上週開幕酒會遇到的那位東歐模特兒出去喝一杯？

馬西拿起手機正要傳送訊息時，發現自己有一通語音留言。是茱莉。

茱莉在訊息裡對馬西大發脾氣，指責他上一次沒有回電，把她像臭襪子一樣遺棄在旁邊。馬西這時才突然發現，上回打的簡訊還留在文字框當中沒發送出去。哎呀！看來得花上好一段時間來向她解釋這個誤會了！但在辦公室這種隔牆有耳的環境當中進行這段私密對話可不容易。好！今晚再打給她吧！一到家立刻打給她！正當馬西心煩意亂的時候，克蕾突然出現在辦公室裡，嚇了他好大一跳。

「妳應該先敲門的。」馬西不悅地責備。

「我敲了，您應該是沒聽見。」

馬西意識到自己有點對克蕾亂發脾氣，趕緊收斂起自己的情緒。

「有什麼事嗎？」

「麥肯先生那份關於供應商採用的文件……」

「在這裡。」

「韋格先生……」

「還有什麼事嗎？」

「您是眞的確定退出難搞防治公司的課程了嗎？」

難道全世界的人都在好奇這件事嗎？

「應該是吧。」

克蕾含糊地咒罵幾聲。

「那眞的是有點可惜呢。」

「怎麼說？」馬西提高聲量，心裡其實害怕聽到答案。

「沒什麼啦。」

「如果沒事的話，妳可以走了。」

面對馬西那張像是要吃人的模樣，克蕾立刻如他所願地逃離辦公室。這樣也好，馬西就想自己單獨待著。他伸手按了按肩膀，這兩天他的斜方肌一直痠痛，但是也必須忍耐，因爲他實在沒有時間去找物理治療師按摩。他打開放著止痛藥的抽屜，吞了一顆藥。

只有止痛藥是成功商業人士眞心的朋友！

等到疼痛稍微緩和下來，馬西又重新回到文件之中，直到今晚的夜幕再度低垂……

18 世界之王

自從咖啡館之約後，蘿蔓便把馬西的文件全都收進抽屜，寫上「結案」兩個大字。最後她還是沒辦法說服馬西……但那又怎樣？她已經盡力了，沒什麼好自責的。況且課程中發生的那些插曲，大家不也都知道嗎？蘿蔓不斷地在天秤的兩端擺盪，畢竟課程還是得繼續下去，其他學員們仍然需要她。只是蘿蔓依舊不肯徹底死心，總是想著怎樣才能挽回馬西。她多希望他能回心轉意，這對她來說會是多大的成就呀！她很清楚整件事情都出自於她的私心……只不過是哪種私心？答案非常明顯……但那又怎樣？人類不能有私心嗎？

腦中的思緒讓蘿蔓悶悶不樂。她把雨傘收進手提袋中。天氣預報顯示今天是個陰雨天，對任何事情都毫無幫助的一種天氣。蘿蔓起身準備出發，今天她和學員們約在凡爾賽宮見面，他們要一起觀賞《鐵達尼號》的展覽，然後一如往常地在展覽會後進行討論思考的研討會。

但這次蘿蔓反常地遲到了二十分鐘，卻只是草率地和學員們道了個歉。出乎意料地，沒有人對她發出責難。蘿蔓偷瞄了一眼從來無法忍受遲到的布魯諾，但他也只是緊閉雙唇，冷眼地看著蘿蔓。

「馬西今天沒有來嗎？」娜塔麗馬上就提出問題，她今天看起來特別嬌豔。

蘿蔓深呼吸一口氣。

「沒有，他不會再來了。」

「什麼？他退出課程了嗎？」

「看起來是這樣……」

娜塔麗看起來似乎不太高興，但蘿蔓並不意外。她當然也看出這位美麗尤物對馬西絕對另有他想，看來調情的遊戲恐怕從來都不是只有蘿蔓一個人獨享。他對娜塔麗是不是同樣也另眼相待？蘿蔓嘴上示意大家跟隨著她，心中卻滿是不悅。

「《鐵達尼號》的故事大家都知道吧，其實這個悲劇電影就是狂妄自大最經典的例子。這也是爲什麼我帶各位來到這裡……這艘船的計畫負責人們就是被權力和欲望蒙蔽了雙眼，一味追求完成異想天開的設計理念，卻忽視了最重要的安全措施考量。

「當你們感受到自己的難搞性格又蠢蠢欲動時，就把這些念頭想像成任性又被寵壞的孩子，貪婪無度、大吵大鬧地要全世界都按照他的意思來走；想像這孩子用力跺腳、大聲咆哮、予取予求、一點耐心也沒有的模樣；想像這孩子怒吼著『給我錢』『我要買更大艘的玩具船』『給我買那部更大的玩具汽車』……除此之外，這些孩子們也很擅長表達自己的『不要』，像是『太累了，我不要』『只有我一個人去那，我不要』……

「無法克制自己過於強烈的欲望，就是造成別人痛苦的開始！我舉撒野的小孩形象來具體化任性和固執的特徵，還有失去耐心時焦躁的模樣，這些行爲在無形之中爲各位帶來壓力，然後這些壓力又會誘使你做出更糟糕的行爲，成爲一個惡性循環。」

這麼長一段時間以來，蘿蔓第一次從自己的語氣中聽出些微的愧疚。特別是提到關於「太過任性」和「固執」時，突然有點難爲情，她自己不也太過執著地想改變馬西嗎？

在蘿蔓叨叨絮絮的講話聲音當中，布魯諾鑽牛角尖地深究一些不重要的細節，娜塔麗在放空，派迪和艾蜜莉則是自顧自地聊起天來根本沒有在聽，讓蘿蔓這位講者的成就感瞬間掉到地下十八層去。面對此情此景，平時很有耐心的蘿蔓今天卻反常地火冒三丈，迅速又草率地做了一個結尾：

「沒有時間讓大家問問題，剩下的部分不如就邊走邊討論！來，我們繼續往前……」

蘿蔓的語氣有些激動。儘管她不喜歡表現出這種有失專業的反應，但是今天她的情緒怎麼樣都不肯受控制。她試著讓自己擺脫馬西帶給她的煩惱，不再去想這件事。可惜徒勞無功。

儘管如此，她還是盡責地帶領學員們走過一個又一個的展覽廳來到最後一間房，裡面有個仿造鐵達尼號船頭的布景，讓遊客在展覽最後，於詹姆斯．卡麥隆打造的經典電影場景裡拍照，留下紀念。

「大家應該都知道李奧納多在電影《鐵達尼號》裡的經典臺詞吧！就是他站在船頭吶喊的那句『我是世界之王』！而我想問的是，你們覺得怎麼樣才是世界之王呢？幾個禮拜前的你們可能會回答：金錢、權力……然而在經過幾個禮拜的練習之後，現在的你們會怎麼回答呢？你們對眞正的幸福有什麼看法呢？」

蘿蔓並沒有等待大家做出回應，便用一副輕描淡寫的語氣繼續說道：

「現在，想要在這裡拍照留念的人，可以開始擺姿勢啦！」

果然，所有人都在等這一刻。派迪站在艾蜜莉身後，模仿電影中傑克環抱蘿絲的經典動作；布魯諾雖然一臉嫌惡，也還是配合娜塔麗一起拍了張紀念照。只有蘿蔓獨自落單在一旁，她現在完全沒有心情拍什麼紀念照。

她在心裡默默地想，要是馬西在這裡的話會怎樣，要是一切能夠回到他們爭吵之前……他們會不會一起拍照呢？蘿蔓想像自己像凱特．溫絲蕾一樣張開雙臂，馬西像李奧納多一樣站在她身後並把手扶在她腰間，呼出的氣息輕拂在蘿蔓的後頸……

妳到底在想什麼？蘿蔓用盡全力才逼自己從幻想中清醒過來。但只要想到自己正獨自生著悶氣，而馬西則因為終於達成退出課程的目的而洋洋得意，便忍不住在心中暗自咒罵。即便她第一眼見到馬西時曾那樣心動，卻發覺自己現在把怒氣都歸咎到他身上。

我只是需要再多一點的時間來忘記他……蘿蔓嘗試爲自己的看走眼找個臺階下，我不能再想他了……

蘿蔓意識到其他人都已經自動自發走進紀念品店領取他們的相片，學員彼此之間開始產生互動連結，確實是個好的徵兆。

蘿蔓陪著學員們一直走到出口之後才各自解散。這是她第一次這麼迫切盼望課程趕快結束，現在的她只想用最快的速度回到家，再也不思考工作上的事。然而現在她卻被塞在看不到盡頭的車陣當中，返家之路還那麼遙遠。終於，她忍不住咒罵偏偏在這個時候事與願違的世界。行經岔路時，一輛龜速前進的汽車擋在交通要道上，讓所有往來車輛都動彈不得，氣急敗壞的蘿蔓憤怒地按喇叭且破口大罵，直到好不容易前進到下個路口時才終於恢復平靜。蘿蔓從後視鏡裡看見自己漲得通紅的臉頰。

我的老天！這條路簡直是通往抓狂的捷徑！

經過這麼多年的專業訓練，身爲對抗難搞行爲專家的她，原來也擺脫不了激烈的情緒衝動嗎？難道這些年累積下來如此難能可貴的練習技巧，只能存在於理論當中，一遇到現實生活便瓦解嗎？有那麼一瞬間，蘿蔓害怕極了。

不會的，不可能……

但她右肩上的小惡魔卻輕聲用最幽微的聲音提醒，不就是她太過自負地想要不惜一切代價改變馬西，才演變成今天的局面？令人焦慮的思緒一下子就讓蘿蔓陷入低潮，她不得不逼自己壓制這些不安的想法……拜託！讓她冷靜五分鐘也好。蘿蔓直到進家門並將手機接上充電器時，才發現自己錯過了一則簡訊：

嗨，蘿蔓！今天晚上我們要去十八區看場小型的搖滾音樂會，妳來不來？桑德林。

邀約像場即時救援，拯救了落水的蘿蔓，讓她終於可以去透透氣，暫時不想他。

19 措手不及的意外

女子呼出的氣息拂過男子的臉頰，他騰出一隻手撥開她赤褐色的秀髮，在細白的頸子上輕輕一吻，另一隻手則忙著解開黑色的鏤空蕾絲胸罩。十分鐘前，他爲眼前這位年輕小姐倒了一杯香檳，滿滿一杯酒仍被擱置在客廳的咖啡桌上乏人問津。沙發鋪上的柔順絲滑絨布，極適合即將到來的一場溫存。

馬西非常享受當下的這一刻。他早該這麼做了。眼前這位女子的胴體美得令人屏息，所有事都能被拋到九霄雲外……直到該死的電話鈴聲隆隆作響，打斷了美好又私密的時刻，馬西只好努力集中注意力不去管震耳欲聾的鈴聲。

這次又怎麼了？雖然他不打算接聽電話，但仍留心對方在答錄機留下什麼訊息。

「您好，這裡是聖約瑟夫醫院，我是蕾蒂西亞。麻煩您在收到訊息後盡快與我們聯繫。謝謝。」

這是什麼新鬧劇？摸不著頭緒的馬西不得不停下動作。

「不好意思。但我覺得最好還是聽一下訊息。」

馬西半裸著身子走到電話旁，又聽了一次留言，心中滿是疑惑，立刻在筆記本上記下電話號碼。

「我回個電話，一分鐘就好。妳可以先喝點香檳……」

女子微微嘟起嘴，不情願地抓起馬西的襯衫套在身上，拿起桌上的香檳啜飲一口，渾圓的胸部袒露在敞開的襯衫外。馬西將視線從眼前的美麗景色上移開，響了五聲後，電話被接了起來。

「這裡是聖約瑟夫醫院，我是蕾蒂西亞，您好。」

「呃，妳好。妳剛剛留了一段語音訊息給我嗎？」

「是的，是的。很感謝您這麼快就回覆訊息，因爲您是我們稍早接下的一位病人的緊急聯絡人。」

「什麼？」馬西感到一陣不安，「發生什麼事了嗎？」

他聽見自己的聲音在顫抖。

「您認識一位名叫茱莉的朋友或家人嗎？」

「有，當然。」馬西緊張地答道。

馬西的腦袋一片空白。

「她剛剛試圖自殺未遂。」

「妳說什麼？」馬西覺得自己的腦袋正在爆炸。

「她剛剛吞了一整瓶安眠藥。」

我的天！

「您是她的家人嗎？」

「是的！她是……她是我的雙胞胎妹妹。」

「請問您的大名是？」

「馬、馬西・韋格。」他的聲音因爲太過驚嚇而有點哽咽。

「麻煩您現在過來急診室一趟，我再詳細與您說明。」

20 再也不該讓人失望

這位蕾蒂西亞沒多說什麼便掛上電話。馬西像是被人賞了一巴掌，愣了幾秒之後才趕緊搖搖頭以恢復理智，並用最快的速度，將身旁那位絲毫不知道適才發生什麼事的年輕女子打發走。

不管了。必須要盡快去一趟醫院。

馬西叫了部計程車，在車上度過的二十分鐘漫長得像是過了一輩子，同時也足以讓他重新思考這幾個禮拜以來發生的事。每次這位妹妹試圖聯繫他時，馬西總是剛好忙於某些他也不知道都是什麼的事，以至於每一則她發出的求救訊號都被他忽略……

好不容易計程車終於抵達醫院大門口，這裡陰森詭譎的氣氛讓馬西不安地加重了呼吸。接待處一個人也沒有，深夜的大廳空空蕩蕩，馬西開始擔心自己無法順利找到茱莉的病房，好在終於讓他遇見一位看起來像是醫護人員的女士。

「請問急診的接待處在哪？」

「左手邊的走廊走到底之後，搭電梯到地下一樓。」儘管沒有太多笑容，她的語氣依然相當友善。

「謝謝。」

「不客氣。」馬西注意到她穿著上一季最流行的螢光塑料跑鞋，看起來像是要去跑馬拉松。接著她走到大門外，從口袋裡掏出一包菸。

馬西急奔向走廊盡頭的電梯，在獨自一人的電梯裡聽見自己沉重的心跳聲，手心裡都是緊張的汗水。

終於，他找到了急診室，許多患者正在一旁等待。馬西穿越這些病患直接撲向正在現場指揮看診順序的夜班人員。對方不以為然地揚起眉毛，一副準備好要潑他一身冷水的模樣。

「先生，麻煩您排隊。」

不出所料的答覆。但馬西還是丟出問句。

「我不是來看診的，貴醫院幾個小時前撥了我的電話，請我過來看我的妹妹。我想知道她現在怎麼了，拜託……」

馬西很少使用這種懇求的語氣……

「這樣的話……是誰和您聯繫的？」

「蕾蒂西亞。」

「您稍等一下，我先和她聯繫。」

馬西看著對方很快地和話筒另一端說了幾句話，然後就掛上電話，整個過程面無表情，習以為常地和所有急診室裡可能發生的事都保持距離。那也是當然，畢竟處在這裡，唯有將自己敏感的情緒包得密不透風，才是有益身心健康的做法。

「麻煩您在等候區稍待一下，蕾蒂西亞會來找您。」

馬西焦急得像熱鍋上的螞蟻，卻也只好遵從指示坐在等候區的塑膠椅上。他身旁是一位母親，懷裡抱著不斷痛苦呻吟的嬰兒；另一旁則是一位正用紗布壓住臉上傷口的男子。

馬西覺得自己像是進入了第四度空間，傍晚的溫存和他現在的處境簡直是諷刺的對比。時間滴滴答答地走，還是沒有人爲他捎來任何新消息。馬西急壞了，覺得自己現在血管裡流淌的都是憤怒而非血液。他起身再次走向櫃檯，再也沒辦法壓抑情緒。接待的護理師冷冷地看著他，一個字一個字清楚地回答馬西：

「麻、煩、您、稍、等！可以嗎？蕾蒂西亞準備好之後就會來找您……」

「但是把家屬晾在這裡乾等太沒人性了！我只是要知道現在的狀況好嗎，該死的！」

面對這樣的發言，護理師絲毫沒有畏懼，用手上原子筆的筆尖輕輕敲了櫃檯前的小標牌。

根據《刑法》兩項條款，對醫護人員的任何人身或言語攻擊均應受到起訴。

「請坐下吧。」這是一個命令句。

馬西只好氣急敗壞地又回到座位上，憂心忡忡。

又過了十五分鐘十七秒，這位大名鼎鼎的蕾蒂西亞終於從急診室的洞窟裡走了出來。

「請問哪位是韋格先生？」她朝向人群呼喊。馬西瞬間跳起來。

「是我！」

「請跟我來。」

馬西不等她說完便跟在她身後走向急診室，半開的大門裡可以看到躺在擔架上的病患們。終於，他們停在一個玻璃隔間的房門外。馬西終於見到妹妹，看起來奄奄一息。他的心臟簡直快要跳出喉嚨。身旁一位也正靜靜等待的女子轉頭面向他們，馬西正想開口詢問她的來歷，醫師便馬上說明：

「是這位小姐在公寓裡發現你妹妹的。她們是室友，你知道吧？好險她當時候也在家。」

馬西向這位小姐伸出手，然而她卻毫無動作，用嚴厲的目光看著他。

「你就是馬西？」

「是的，是我。怎麼了嗎？」

「沒什麼……」

這是什麼詭異的態度？不過算了，現在不是糾結這種問題的時候。馬西不再留意室友的反應，轉頭向主治醫師詢問茱莉的病情。

「剛剛替她洗了胃，暫時沒有生命危險。至少身體暫時並無大礙。」

馬西痛苦地嚥了一口口水。

「她正在睡覺，我們現在也沒有什麼可以做的。如果您明天早上有空的話，可以再過來一趟，我們討論一下接下來的事，也許會需要找間療養中心。這我們之後再討論吧。」

「我……能進去看一下她嗎？如果我和她說話，她聽得到嗎？」

「我不太確定，但好吧……可是不能太久，她需要休息。」

「那……我就先走了。我明天還得早起。」室友在這時插嘴說道。

儘管他們剛剛的第一次接觸不算是太友善，馬西仍然叫住了她。

「請等一下！」

「怎麼了？」

「我……我只是想跟妳說聲謝謝。謝謝妳爲我妹妹做的一切。」

「沒什麼。換作是別人的話，也會這麼做的。」

「不不，是眞的很感謝妳……眞的。呃……我還不知道妳的名字？」

「佩妮洛普。別客氣，我們也不眞的能夠做什麼。啊！或許你可以做一件事……」

「什麼事？」

「從今天之後，多陪在她身邊。」

啪！馬西彷彿被賞了一記耳光。他默默地記下佩妮洛普的電話，並且答應與她保持聯繫。

隨後便進到玻璃隔間的房間內，近距離看著妹妹的臉、撫摸她的頭髮、小聲地和她說話，替她加油打氣。

「親愛的，我在這裡。從現在開始一切都會好起來的。」

馬西環顧四周，再三確定自己不會被看見之後，終於允許自己靜靜地流下眼淚。在這個漆黑的夜裡，馬西鄭重許下承諾：「親愛的茱莉，從此以後我再也不會讓妳失望了，我發誓！」

他緊緊握著他的雙胞胎妹妹的手久久不肯放，最後才下定決心暫時離去。憂愁的腳步聲迴盪在病房外的長廊。

21 從未如此迷茫孤獨

翌日，馬西在全身痠痛之中醒來。昨夜的淺眠薄得像是一張紙片，他已經很久沒有睡得這樣不安穩，好幾次從惡夢中醒來，發現自己嚇出一身冷汗，同時又暗自希望那些發生在現實世界的悲傷也只是惡夢一場。今早他把鬧鐘設得非常早，打算盡快再去茱莉的床邊。恍惚之中，在爲自己泡咖啡的時候不愼放了太多咖啡粉，只好勉爲其難地嚥下濃濃的一杯黑色苦水，酸澀的滋味讓馬西緊閉雙唇。壞情緒讓他的脾胃翻攪，什麼也吃不下。

馬西抵達醫院時，醫護人員告知他茱莉已經清醒。馬西快步走向茱莉的房間，透過窗戶看見他的妹妹坐在床邊，雙眼無神地盯著牆壁，雙腳輕輕在空中搖晃，彎著腰和背，像是全世界的悲傷都壓在她身上。馬西把頭探進半開的房門。

「茱莉？」

沒有回應。馬西敲敲門，希望茱莉注意到他。

「茱莉，是我……」

茱莉轉頭看著他的哥哥，雖說是看著，但眼神相當空洞。馬西注意到她蒼白的臉頰上掛著兩輪紫青色的黑眼圈，心裡一沉。但最讓他驚恐的是茱莉的自言自語。

「走開……」

簡單又無情的命令句。

茱莉轉身再度面對著牆壁，並讓雙腳重新在空中擺動。探訪到此爲止。

馬西像是被打中了一槍，步履蹣跚地走往實習醫師的辦公室，蕾蒂西亞正忙著處理文件和瘋狂敲打鍵盤。直到馬西敲了敲房門，她才終於抬起頭。

「啊！是你呀。去看過茱莉了嗎？」

「她……拒絕和我見面。」

實習醫師嘆了一口氣，對他露出一個表示理解的淡淡笑容。這讓馬西稍微感到安慰。

「受到巨大打擊後，這樣的反應並不罕見，你別太絕望了。不過，你知道妹妹排斥你的理由了嗎？」

「也許是最近這幾週，我沒有如一開始所答應的那樣陪在她身邊……」

「這樣啊……不過，我們也是盡自己所能了，對吧？要知道在這種情況下，我們也不該低估憂鬱症狀對身體的影響力。」

「是的，我了解……」

「對了，我們不能把她留在這裡超過四十八小時，但她似乎有必要先在療養院待一段時間好慢慢康復……但最重要的還是你必須在她身邊！」

「我會好好照顧她的。」馬西面色慘白地回答。

「來吧，這是橙水診所的聯絡方式，我和那裡的看護團隊很熟，他們都非常盡責。」

馬西接下抄錄診所地址和電話的紙張。字跡在他眼前晃動。這一切到底是怎麼變成這樣的？

「就算現在她不想見到我，我還是每天都會過來。如果有什麼事請隨時和我聯繫，白天或晚上都沒有問題。」

「好的。」

馬西再次向細心照顧妹妹的蕾蒂西亞道謝後，便接著離去。

走出醫院大門時，耀眼的日光刺痛了他的眼睛。一定是昨晚掉了太多眼淚，才會讓眼睛現在這麼敏感。馬西漫不經心地走在路上，無法清楚思考最近發生的事，就像有隻小倉鼠不斷在腦袋裡打轉，並且打翻了所有裝載罪惡感的盒子。要是他當初能夠履行諾言陪在茱莉身邊、多撥點時間聽她說話、安慰她、當她的心理支柱，也許在發生這件恐怖意外之後，他會少些罪惡感，至少心裡會好過一些。

問題就在於他的難搞人格特質，對於權力的追求讓他的感知蒙上了一層布，再也接收不到外界的訊號。在生成堅強自我保護罩的同時，也切斷了自己和外界的聯繫，正因如此才讓他沒發現妹妹的問題。馬西失魂般穿梭在街道上，此時此刻的世界對他來說，就是由無數個毫無差別的悲傷所共構，而他自己也只是這些憂愁當中一個不具名的淒涼。

他以這個狀態遊走在街上，也不知道走了多久。

忽然間蘿蔓的臉浮現在他的腦海中，接著就閃過一個念頭：打給她……她對傲慢自大的人格特質這麼熟悉，一定能夠明白他的心境，也許她會知道該如何幫助自己，或許能夠理解他，或至少對他的批評不會像其他人那樣殘酷無情，他現在需要的是某種形式的寬恕。

可惜電話在響了六聲之後，進入語音信箱。

太悲慘了，蘿蔓沒有接聽電話，但至少我也沒有被掛斷……會不會她只是不想立刻接起我的電話？

馬西左思右想，還是沒能鼓起勇氣留下語音訊息給她。畢竟現在全世界似乎都與他為敵。

他漫無目的地走在大街上，這是他人生第一次感受到如此巨大的迷茫和孤獨……

22 搶救關係，永遠不會太晚

蘿蔓已經有好長一段時間沒像現在這樣好好睡上一覺了！休息幾天後，那些因爲緊張情緒而積累的疲勞終於都煙消雲散。她的右腦終於大發慈悲地將所有關於馬西的事都打進地牢裡，讓她的思緒總算得以休息。

一早，蘿蔓帶著愉快的心情爲自己沖了一杯醇香的咖啡，並且從住家街區中最棒的麵包店買了五穀雜糧麵包，那是麵包師傅最得意的烘焙作品。大啖美味早餐的同時，她在腦袋裡複習今天的日程和等待她的各種會議。

稍早，在取得學員們的同意後，她將前去拜訪幾位和他們親近的人士，以中立的態度來描述學員們在參與課程之後所帶來的進步。因此，今天她得先去和艾蜜莉正在擔任廚師學徒的兒子湯瑪斯見面，接著去找派迪的前妻。蘿蔓暗自希望自己的努力能夠結出和解的果實。

蘿蔓嘆了一口氣，話雖如此，但她心裡其實知道這個任務一點也不容易，就如同過往所有艱難的任務一樣。但也正是這樣艱鉅的挑戰，讓她的心躍躍欲試！她竭盡一切所能，希望所有學員都獲得最大的機會來完成他們的人生轉型課題，即使這意味著必須冒點風險……但他們是值得的！不是嗎？蘿蔓對他們有信心。當其他難搞的人對現狀無動於衷且拒絕遭受質疑時，這些學員們可不是鼓起勇氣去嘗試改變自己嗎？儘管想到這點時，馬西的模樣依舊衝破地牢的枷鎖，出現在蘿蔓的腦海中，提醒她曾經存在這麼一位大人物。

是他自己太快放棄了，那是他自己做的選擇，沒有誰強迫誰……

可是蘿蔓心裡依舊有個疙瘩，她確實熟悉那些棘手的人格特質，也知道哪些人這輩子都不可能願意改變……但在她內心深處，仍然相信馬西總有一天會回心轉意！當然，他確實也爲她惹出不少麻煩事，但他本質眞的不壞，這點蘿蔓可以保證！他本來可以在這個課程當中學到很多的……

*不要再爲這件事煩惱了！忘記他吧，蘿蔓！*她一邊轉動汽車鑰匙時，一邊告訴自己。

半小時的車程後，陶醉於音樂的蘿蔓暫時忘記馬西的事，來到湯瑪斯工作的餐廳。這一次他終於同意與她面對面相見，甚至同意抽出時間與她談談。無論如何，這都是個好的開始！只是當蘿蔓見到湯瑪斯時，這位年輕小伙子斬釘截鐵地說道：「我們只有十分鐘。」

蘿蔓明白自己必須把握機會和時間，所以立刻就拿出平板電腦，爲湯瑪斯展示他母親只爲了能更理解兒子對自己未來職業的那份熱情，在「換位思考」練習時擔任餐廳服務生的照片。她抬頭時，看見湯瑪斯的眼眶裡盈滿淚水。

「她眞的很努力，你知道嗎？」

少年的頭壓得低低的，將鼻子在外套翻領上擦了一擦，想把自己的情緒都掩藏起來。

「她這陣子非常不開心，我沒騙你……她愛你勝過一切。我想她也已經明白自己過去所犯下的錯誤。但只要你願意，她就會張開雙臂來迎接你回家……」

「我還沒準備好！」湯瑪斯皺著眉頭。

蘿蔓知道自己不該冒進，必須花點時間來說服他，好事多磨。

「我懂。不過即使你還沒有準備好要回家，也可以考慮發個短訊，或者再好一點，你也可以撥通電話給她，顯示你一點小小的心意。」

湯瑪斯假裝不在意地又瞥了一眼母親擔任餐廳服務生的照片，緩緩點點頭來表示同意。

蘿蔓發自內心地笑了，這絕對是一個美好的開始。目前我們能做的就是這樣。蘿蔓熱切地和湯瑪斯道謝，最後在離開前又問了他：

「對了，我聽說你很會做菜是嗎？你有沒有興趣參加一檔叫做『廚師實習生』的電視節目試鏡？」

湯瑪斯的雙眼突然間閃爍著光芒，但爲了維持自己「十幾歲少年該對世界滿不在乎」的形象，隨即又很快地聳聳肩。蘿蔓把自己的名片遞給他。

「有興趣的話，再發短訊和我說，我和節目的製作人很熟，可以請他讓你很快通過試鏡的初選……總之，謝謝你抽空和我聊一會兒！下次見囉！」

蘿蔓離開前往停車地點的時候，青澀的少年朝她揮了揮手。

蘿蔓重新坐回駕駛座，提振精神準備出發前往下一個目的地。派迪的前妻珍妮以一種不矯揉造作的熱情迎接她的到來。派迪曾經很幸運，能有這麼耀眼的一顆珍珠陪伴在他身邊。「然而，」蘿蔓心想，「把這樣溫暖的人逼到盡頭，看來派迪也曾經非常決絕……」

珍妮為蘿蔓送上一杯綠茶，以及她為蘿蔓的到來特地烘烤的瑪德蓮小蛋糕。她和孩子們住在一幢窄小的房子裡，雖然有些擁擠，但珍妮將室內整理得相當有條理且別具風格。

這一切美好的畫面就在話題來到派迪身上時瞬間幻滅。珍妮心裡累積了難以計數的苦水和不可言喻的沮喪，對於這份關係的失望之情溢於言表。

珍妮在丈夫派迪心裡的分量，隨著時間的流逝逐漸變得又輕又透明，無論是珍妮的個人事業、他倆的孩子或其他一切，派迪全然不放在心上，這讓珍妮非常受傷。這種令人難堪的輕視，讓珍妮自責賺不到足夠的錢、怨嘆自己的家庭小企業只夠賺取讓老公塞牙縫的零用錢！但日子久了，珍妮也慢慢失去對丈夫的耐心和任何取悅他的動力，最終她也把自己給忽視了，變得不太在乎自己的形象，只因為她實在沒有多餘的時間，可用來充實自己的幸福人生或打點美麗的外貌！

兩人的爭吵變成司空見慣……直到最後一次的事件成為壓倒駱駝的最後一根稻草：那是在她遠房表兄的婚禮上，派迪喝得酩酊大醉且表現得相當粗魯，最後他甚至在珍妮面前和另外一個行為不檢點的短裙女孩公然調情，讓珍妮大受屈辱。

蘿蔓仔細觀察著這位受傷女士的臉龐，也許她自己並不知道，這些內心話不偏不倚正是那些行事作風刁蠻任性者的伴侶們會說出口的經典臺詞。蘿蔓伸出手來放在珍妮的手上，做為她傳達憐憫之情的橋樑。

「妳一定受了許多苦……」蘿蔓表示出她的同情。

「還能怎麼辦？」在這許多壓力之下，珍妮終於哭了出來。

「妳知道嗎，其實有一些聰明的小技巧可以用來應付這些難搞的伴侶們，避免雙方關係不平衡所帶來的傷害。」

「但現在一切都太晚了……」

「珍妮，永遠不會太晚的。如果妳有興趣的話，要不要來參加一次我們的課程？內容是關於面對這些難搞的人，我們該怎麼自我防衛。」

「也不是不行……」

「無論如何，我想先告訴你，派迪自從加入課程以來已經進步了不少，妳一定會大吃一驚！妳的離去對他來說是一個很大的打擊，我很少看到有學員這麼投入在練習裡！我們來看看他都爲妳做了些什麼……」

蘿蔓向珍妮展示派迪在「換位思考」練習中拍攝的短片。他在這次的練習中，嘗試去揣摩米雅的工作，包含幫孩子換穿衣服、打掃和做家務、爲米雅準備她要寄送給客戶的包裹。米雅和珍妮同樣都是自由工作者……

蘿蔓說到這裡便打住了。她已經播下種子，現在就靜靜等待時間的作用……蘿蔓決定放慢步調。餐桌前兩位女士的手緊緊地握著彼此。

「那麼，妳會考慮關於自我防衛的課程嗎？時間是每個禮拜四的早上十點。」

「會的，謝謝妳，蘿蔓。」

開車回公司的路上，蘿蔓有通來電。她側身看了一眼，想知道是誰打來的。馬西．韋格？蘿蔓嚇得差點讓車子偏離車道。現在她心跳的速度恐怕劇烈到連儀器都無法偵測。但正在開車的她無法立即回電，務必得要專心。又爲難又焦急的蘿蔓，乾脆任由電話就這樣響著。左肩上的理性小天使告訴她，如果是重要的事，他就會留下語音訊息請妳回覆；但右肩上的感性小天使則不斷勸說她，將車子停在路邊回覆這則來電。

最終，蘿蔓選擇將車子停靠在路邊，但鈴響已經在她猶豫不決的時候停下了。令人失望的是，馬西並沒有留下任何語音訊息。算了，蘿蔓佯裝自己已經下定決心，她絕對不會回電給他，也不想關心他打電話來的理由。

蘿蔓又重新回到車隊裡，心裡惴惴不安。

23 電話兩端的心

今晚蘿蔓和父親一起在公司連續工作了三個小時。為了節省時間，他們一起叫了壽司外賣當晚餐。

這對父女之間有種無須言語傳達的默契，蘿蔓也很感謝和他共同度過的這些美好時光。他們肩併著肩坐在視聽室裡，一起觀看漫長的電影以精心挑選可用的片段。蘿蔓正在準備另一個新的工作坊，而她非常需要來自父親的觀點，來確立整個課程的核心理念……當他們又進入到一部新電影時，蘿蔓包包內的手機震動起來。她拉開拉鍊快速撇了一眼，又是馬西！這是他今天第二次試著打電話給她了。

約翰轉頭看了一眼蘿蔓。出於父愛的過度干預，是目前唯一仍會讓蘿蔓偶爾被惹惱的原因。他一直想窺探她的生活，逼得她不得不在某些時候向他透露點私人的事，儘管她實在想全然保留自己的祕密。

「不明來電我就不接了。」蘿蔓輕描淡寫地說，試圖掩蓋對馬西今天二度來電的困惑。

這就是個白色謊言。應該不構成什麼大罪吧？鈴聲還在持續，蘿蔓在心裡低聲咒罵。這位先生是自己先不顧道義地離開課程，難不成現在還希望我在他需要的時候隨時現身嗎？想都別想！不管他有什麼重要的事都可以先放在一旁……蘿蔓以指尖按下紅色的拒絕通話鈕。

一直到晚間十點她才和父親分開。約翰緊緊地擁抱了蘿蔓。

「我的寶貝女兒！到家的時候發個訊息給我好嗎？」

「老！爸！」蘿蔓輕聲抗議父親對她的密切追蹤。

他還是忍不住過度保護他的女兒，而蘿蔓也就由著父親的意思，畢竟這樣也沒什麼不好。只是有時候她會意識到父親在自己生活當中的分量日益加重，兩人的關係變得太過親密。萬一蘿蔓有了新伴侶和新的生活方式，那麼父親該怎麼調適呢？他能忍受重新和蘿蔓保持距離嗎？這樣的想法讓蘿蔓感到難過，因此也就不著急著盼望那一天的到來。

回到家後，蘿蔓順手將鑰匙扔進儲藏櫃上的收納盒，等不及褪去所有衣裳洗個夢寐以求的熱水澡。

用水流輕柔滑過身體的觸感來消除一整天緊張的情緒，並將蓮蓬頭的水柱沖在後頸上，做一場舒心的水療按摩。蘿蔓關上水龍頭後，浴室裡充滿了蒸氣，她穿上長浴袍，用毛巾大力擦乾頭髮，暫時把自己打扮得像非洲的沙巴女王。接著走進廚房，按下熱水瓶的開關準備爲自己泡杯熱花茶，再回到客廳打開電視。

啊，對了，要給老爸發個訊息！

蘿蔓將手伸進包包裡拿出手機，卻又發現一通未接來電。又是馬西！蘿蔓的心跳越來越劇烈。他到底想做什麼？對我大發脾氣嗎？還是後悔自己不應該草率退出課程，所以想要誠心道歉？但為什麼他會需要反覆打電話給我呢？尤其是在這個時間點。蘿蔓看了一下時間，已經是晚上十一點十五分。啊！不過這次他留下一則語音訊息。

一開始蘿蔓沒有認出他既激動又充滿遲疑的聲音，但緊接著就因語氣中釋放出近乎絕望的口吻而震驚。他怎麼了？蘿蔓很快地傳了晚安訊息給爸爸，靜下心來喝口花茶，慢條斯理地吹整頭髮，最後才心滿意足地倒臥在沙發上，並且決定回電給馬西……

電話響了四聲都沒被接起。就在蘿蔓要放棄時，低沉的嗓音響起。蘿蔓在顫抖。

「你好？」

「馬西？」

「是的？」

「是……是我，蘿蔓。蘿蔓．嘉登尼。」

兩人陷入了一陣沉默。蘿蔓覺得自己打電話的時間可能不是時候。

「可能……太晚回你電話了？」

「不、不不！」馬西聲嘶力竭，「謝謝妳！眞的很謝謝妳回電給我……我眞的……非常高興接到妳的回電。」

「那，發生什麼事了呢？我看到你今天打了好幾通電話給我……」

「對，是的。眞的很抱歉打擾妳了，但我眞的很需要和妳說話。」

她從來沒有聽過馬西說話時這麼含糊不清而且極度沒有安全感。

「我有點擔心你，馬西，你怎麼了？」

「是……是茱莉……」

好啊。他可眞有臉，爲了另外一個女人打電話給我！蘿蔓握著話筒的手不自覺地用力。

「這樣啊……」

「她……是我的雙胞胎妹妹！」

什麼？雙胞胎妹妹？蘿蔓彷彿鬆了一口氣。

「發生什麼事了？」

馬西把事情的原委都告訴蘿蔓。中間蘿蔓都沒有打斷他，只是靜靜地讓他說完，偶爾用一些鼓勵性的言語來激勵他繼續說下去。只是蘿蔓發覺自己在不知不覺中，逐漸被電話裡沙啞和低沉的嗓音給迷住。直到馬西停下來，蘿蔓聽見他吸鼻子的聲音。

「馬西？……你哭了嗎？」

「沒有！我不哭的！」

如果是在其他情形之下，這種突然間冒出的自尊心眞的會讓她會心一笑。現在是凌晨十二點二十分，儘管他們已經聊了一段時間，問題仍然沒有獲得解決。

「馬西，爲什麼你會選擇打給我呢？你沒有其他朋友或家人嗎？」

「我……我也不知道。我就是很想聽妳的聲音，就只有妳。同時也想告訴妳，我很抱歉用這樣的方式退出課程。我很後悔。我想……我想我可能還是需要進行這些課程。」

這是一個像馬西這樣驕傲自負的男人所做的眞情表白……蘿蔓陶醉在其中……

「蘿蔓？」

「嗯？」

「能讓我再回到課程裡嗎？」

這句話讓蘿蔓心花怒放。但她不想太快投降。

「我想現在不是討論這件事的時候。」

「拜託了，蘿蔓。」

這傢伙！竟然這麼堅持！但誰讓他有一副這麼性感的嗓音呢，這讓人怎麼拒絕。

「我們再討論好嗎？我需要再想想……」

「蘿蔓？」

「嗯？」

「妳能再陪我聊一會兒嗎？」

該怎麼辦？蘿蔓不由自主地將浴袍的束帶拉得更緊了一些。

「可以呀，」她小聲地說，「但也許不能太久！」蘿蔓覺得有必要補上這麼一句。

「妳眞善良。」馬西說。

該怎麼說呢？蘿蔓覺得自己的行爲並不只是出於善良，但要是他這樣想的話也不錯……

馬西再次說起他的妹妹，從他們小時候開始講起。他們之間曾有過絕佳的默契和互相扶持的關係，一直到兩人進入大學之後各分東西……接著換蘿蔓講起她父親過去的事蹟。隨著兩人話題的展開，蘿蔓感覺馬西的聲音越來越熱烈，和過去冰冷的他大相逕庭。

兩人欲罷不能地聊起天，從幾分鐘的時間聊到幾小時，時間彷彿沒了意義，兩人掉進虛幻的世界裡，共同度過了奇幻的一晚。過了一會兒，蘿蔓起身走向房間，躺在床上，依偎在羽絨被裡，並且把電話壓在耳朵下，半閉著眼睛。聽著馬西的聲音，就像他在身邊，和她一起躺在床上。

太不對勁了，這一切……

「妳還在嗎？」馬西有點擔心。

「在呀。」

「妳要睡了嗎？」

「差不多了。」

「那我先不打擾妳囉……」

但他的聲音聽起來完全不是這麼回事。

「嗯……如果你願意的話，我可以和你聊到睡著……」

「妳願意嗎？」

「嗯……」

「蘿蔓。」

「噓！現在該睡了……」

「沒事，只是，眞的很謝謝妳。」

蘿蔓帶著甜甜的笑容關上夜燈。

隔天一早醒來的時候，蘿蔓一時之間還想不起來爲什麼電話會卡在她的頭髮裡，直到話筒傳來刺耳的嗶嗶聲，才讓她猛然回想起昨晚的事，最後馬西和她在電話兩端各自陷入沉睡。蘿蔓伸了伸懶腰，記憶排山倒海地湧入她的腦袋。她不知道這個奇幻的一夜究竟是件好事還是壞事。接著她坐起身來準備下床，發現自己最先落地的是代表幸運的右腳。

好吧，姑且就相信這種坊間的迷信。昨晚的一切就是件幸福的事。

24 我會證明

馬西一抵達難搞防治公司立刻就見到了蘿蔓。她跟馬西約好，在下一次團體課程開始前的半個小時先見個面，理由是「把事情整理清楚」。

馬西在那個奇幻夜晚的隔天接到蘿蔓的來電，語氣似乎完全變了個人，不僅相當果斷而且完全沒有商量的餘地，好像他們之間有著非常遙遠的距離。他實在想不出原因而覺得相當困惑，畢竟那晚他們明明那麼親暱。儘管這幾天他過得混亂不堪，還是阻止不了自己回想那晚的事，他和蘿蔓之間似乎有些什麼悄悄地增長，除非這一切都是他自己的一廂情願，或是他疲憊不堪的心靈欺騙了自己。

芳婷帶著熱情的微笑上前迎接馬西。

好迷人的女士，馬西心想。然而蘿蔓忽然間出現在一旁，立刻就讓這位年輕的同事黯然失色。

「馬西。」

「蘿蔓！」

他們客套地握了握手，視線卻不曾離開過對方，馬西試著在兩人的對視當中找尋那晚所建立的親密關係，卻毫無所獲。彷彿那晚敞開心房的蘿蔓．嘉登尼再次掩上心門，甚至連窗簾都拉得密不透風。蘿蔓帶著馬西到一間他沒去過的小房間，示意他坐下並為他遞上茶水。馬西覺得自己像是要進行一場面試！他努力忍住笑意，這些荒謬情境可是嚇不倒他的。他謝絕茶水，蘿蔓也坐了下來準備開始這場「面試」。身爲專業人員，蘿蔓表現得確實非常出色。

「所以說，您當初決定自願退出消除難搞行爲系列課程，但在那之後經歷了雙胞胎妹妹不幸的遭遇，現在希望能重新回到課程內，對嗎？」

「正是如此。」

要不是蘿蔓的表情實在太過嚴肅，馬西眞的會補上「正是如此，法官大人」這句話。但現在似乎不是開玩笑的時候，他感覺蘿蔓非常重視這次的會談。

「但您必須明白，您在頭幾週的表現似乎不太有利於您再度回到課程裡。」

馬西問自己，這種時候是否該低下頭來將視線看向低處，畢竟他一點也不習慣表現出懺悔的模樣。這個經驗雖然有點古怪，但也好像滿有趣的。

「我非常明白。所以我從今往後會全心全意地投入課程當中。」

當這些話從馬西口中說出時，他發現自己竟然從中感受到幾分眞實。這和茱莉的事件當然有很大的關係，但也不是全部。隱約之中還有另外一件事鼓舞著馬西，他想讓蘿蔓對自己刮目相看。這個理由讓馬西滿意，因此願意一試。

「好吧。我仍然願意給您第二次機會，不過，我們得先說明清楚……」

「請說。」

「我不會再容許任何失誤。又出現不愉快的跡象時，我必定會請您離開。這點您能同意嗎？」

已經有很長一段時間，不曾有女子以這樣的口吻和馬西說話了，但更讓他驚訝的是，他發現自己同意蘿蔓的要求，而且沒有做出任何抵抗。

「我能為您提供的最大幫助，就是把您再次送回課程之中。」

「我知道。」

「您必須努力證明自己，才能讓我相信您。」

馬西微微向前傾，讓自己更靠近蘿蔓，讓她可以清楚地看見他眼裡的決心。

「我會讓妳相信我的。」

這句話就像是具有魔力的「芝麻開門」。蘿蔓露出燦爛的笑容，再次伸出手來和馬西握了握，把他們心照不宣的默契牢牢地黏合在一起。馬西假裝忽略流竄在兩隻手之間的電流，站了起來。蘿蔓也跟著起立。他比蘿蔓高了半顆頭，同時間注意到她閃閃發光的眼神中洋溢著幸福。大概是正在品嘗勝利的滋味吧！但馬西知道自己這次必定得全力以赴，是時候開始工作了！

「課程五分鐘後就要開始，其他學員也快到了，待會的上課地點在大會議室內。走吧！」

是的，長官！馬西暗自想著，在另外一個人身上看見和自己同樣程度的精力和意志，讓馬西忍不住莞爾一笑。蘿蔓・嘉登尼轉過身來給他一個類似挑釁的神情，像在說「要證明給我看你的能力哦！」

她是眞的知道如何打動這位同樣勇於接受挑戰的男子。

25 快樂共享協會

蘿蔓為自己「面試」馬西的方式非常自豪，同時也很慶幸對方的肉眼沒有辦法看穿蘿蔓腦海中的畫面，但其實就算看見了，他也不會失望的。事實上，在和馬西面對面時，蘿蔓的心已經完全融化，不得不逼自己打起十二萬分的精神來努力保有矜持和風度。

在重新回到群體之中繼續課程之前，蘿蔓走到茶水間喝了一大杯水，讓自己冷靜兩分鐘，接著才堅定地走進會議室。馬西已經在其他學員之間坐定，他們你一言我一語地對馬西拋出問句，想要探知過去這段時間發生了什麼事。蘿蔓示意大家保持安靜。

「如大家所看見的，馬西再次回到我們的課程之中。」

所有人的目光都集中在馬西身上，尤其是娜塔麗，馬西的回歸似乎讓她特別高興。

妳專心點，蘿蔓！

「同時也很感謝大家今天的出席。現在，我們要開始一個新的計畫，依然非常具有挑戰性。這次要讓大家達到更進階的心靈層次——我們要學著把精力花在別人身上，將一些美好的價值觀點，像是仁慈和善良推己及人……」

「聽起來妳要把我們每個人都變成德蕾莎修女！」布魯諾笑了出來。

「那樣的話，你們的年紀可能都還不夠資深！」蘿蔓詼諧地說道，「的確，當我們提到仁慈和善良時，似乎都是一些老掉牙的論調……然而這些價值眞正蘊含著強大的力量，只可惜並不受人重視。」蘿蔓再度帶回主題。她走向桌邊並打開投影機。畫面上出現一大群人互相擁抱的畫面……

「你們都知道『自由擁抱運動』吧？參加的人會對路人提供免費的熱情擁抱。」

所有人都點了點頭。

「現在，我們要一起想出一個類似的聯合計畫……思考我們可以採取什麼行動來向社會大衆傳達關於仁慈、善良、寬容或是正面思考的價值。」

學員們帶著極度錯愕的表情看著彼此。接著蘿蔓邀請大家集思廣益，在保證不會受到任何批判的情況下大膽地丟出想法。同時，她看見馬西全心投入在這項活動當中也非常感動。只要他願意的話，是非常知道如何帶起整個小組行動力的。討論非常有效率而且成果豐碩，他們共同想出了一個很棒的點子，現在就只差身體力行了……

接下來的幾天，學員們在課程之外又額外組織了一次會面來討論這項計畫。在下一次的課程裡，他們已經準備好要向蘿蔓報告大家努力的成果。蘿蔓非常好奇這會是一項什麼樣的計畫……大老闆馬西已經完美分配好每個人在這次計畫發表會時擔任的角色。會議室前擺了一個畫架，上面有塊用黑色帆布蓋住的紙板，似乎是準備待會兒揭曉答案，而公司的明日之星布魯諾經理，則擔任揭開神祕黑布的人物：紙板上寫著這項計畫的名稱，並且有一張形象概念圖。

蘿蔓滿心好奇地看著板子上的字：「快樂共享協會」。

布魯諾首先開始解釋：

「這個計畫的靈感來自目前巴黎共享單車的熱潮。共享單車的宗旨是讓腳踏車能更容易被大衆使用，而我們的構想則是希望開放讓更多的人享有幸福……」

「至於形象圖案的設計，」派迪補充說道，「我選擇以展翅高飛的鴿子外型做爲主要的輪廓，鴿子形狀的邊框是用細體的印刷文字組成，都是一些像微笑、團結、友善和寬容等詞彙……然後中間以一顆粉紅色的愛心做爲鴿子的心臟。」很明顯地，他非常自豪自己的作品。

蘿蔓的內心相當激動。她知道這一切代表著學員們已經受到課程的鼓舞並且正在蛻變……

娜塔麗不出所料地和馬西負責同一個工作，針對這個協會的概念進行論證。畢竟身爲公關部主管的她和身爲總經理的馬西，都非常熟稔公開做簡報的技巧。兩人合作無間地介紹這項計畫：

「這個理念的出發點，是要將手伸進這個社會出問題的地方，」娜塔麗開始陳述，「比如像是消費主義的氾濫、金錢至上的潮流……再加上物質主義的甚囂塵上，人們最終對於某些正面的價値視而不見。」

她轉頭看向馬西，把接下來的報告交給他。很有默契嘛！蘿蔓酸溜溜地想。

「因此，我們的概念，」總經理接著說道，「是以『快樂共享協會』的名義分發一種全新品項的支票，當然，不可能是眞的現金支票啦！而是寫上大智若愚、幽默風趣和微笑思考等智慧與詼諧兼具的小語。接著在街頭上進行某種行動，吸引群衆自願參與這項活動。我們的目標是普及一種全新的生活態度，提倡廣義的積極思考、博愛、善良或愛。」

毫無疑問地，馬西確實很知道如何吸引觀衆。他渾厚的嗓音在會議室裡飄揚迴盪，蘿蔓完全沉浸其中，他發言時的氣場就像整個團隊都在他身後大力支持一樣——除了派迪，他歪頭看著馬西，顯然不太能容忍他成爲衆所矚目的焦點……

「最後做個總結，我們想表達的潛藏訊息是傳遞『眞正的自由』。自由強調的是人不應該只專注於貪求更多，而是必須知道如何給予、知道和別人分享我們所擁有的美好事物。我們的核心標語就是『幸福的關鍵在於我們是什麼，而並非我們擁有什麼。』」

蘿蔓開心到簡直飛上了天。學員們都注視著她，但這一點也沒有阻止蘿蔓將自己的雀躍寫在臉上。

「眞的是太棒了！太棒了！你們做的太好了！我們幾乎已經可以開始組織第一場行動！我會馬上和同事著手安排這件事……」

接下來幾天，難搞防治公司負責輸出海報，並且製作可以穿戴在眞人身上的廣告看板，小組成員們決定以這個形象來吸引路人注意。寫上智慧小語的支票也已經準備就緒。

後來蘿蔓又組織了一場關於如何面帶笑容的工作坊。她在會議室裡爲每位學員都準備了一面鏡子，讓大家可以對著鏡子練習微笑。這絕對是整個系列課程裡最經典的一堂課。

馬西用盡全力對著鏡子練習微笑。此時蘿蔓從他身後經過。

「我不確定自己可以做得到！」馬西痛苦地咕噥抱怨。

「你可以的，你現在就做得很好呀！」

蘿蔓站在他身後，伸出一隻手，將拳頭放在馬西的心臟前。

「這個位置。你必須從心去感受正面積極和友善的感覺。」

「我做不到啦……我不知道該怎麼做。」

「你想想看，有沒有遇過曾讓你很感動的經歷？」

「嗯……有吧。我記得有次去亞洲，在街上見到一名女士正在幫助一名窮苦的男子，她和男子分享了懷裡的食物，這一幕很觸動我。我看見那名男子的表情和他眼神裡的感謝，那眞的是個很美的畫面……」

蘿蔓的內心正熱烈地爲他鼓掌！是的！他眞的懂了！儘管如此，她還是鎭定地回答：

「正是如此，馬西！要經常想起這段記憶！讓這種情緒完整地塡滿你的內心。當你在做街頭行動的時候，也要把這個笑容和這份善良分享給其他人……」

馬西轉頭給了蘿蔓一個燦爛的笑容。頓時讓蘿蔓動彈不得。他確實進步得很快！

心頭小鹿亂撞的蘿蔓趕緊離開去看看其他學員。

後續幾天，學員們的積極參與讓蘿蔓有了擴展計畫的野心。她通知新聞媒體來採訪這次的活動，並在社群網路上創建一個專頁，獲得不少轉發和迴響。

終於，行動的日子到了。

難搞防治公司的會議室連日來已經變成活動準備的總部，所有人都爲此而熱血沸騰。但在活動前的試裝時間，馬西第一次見到這件每位學員即將穿在身上的搞笑服裝，立刻頑強地抵抗，絕對不讓這件印滿「快樂共享協會」形象圖案的螢光粉色連身褲碰到他的身體！

就連蘿蔓也忍不住開他玩笑。

「不要這樣，你穿上它會變得很可愛的！」

馬西立刻對所有人發射致命的目光掃射攻擊，結束這場爭論。

「眞是個小淘氣！」派迪補上一槍，再怎麼樣他都不能放過這種摺倒對手的機會。

馬西聳聳肩，極力堅持他的立場。要嘛他就穿西裝打領帶再背上廣告看板，要嘛他就什麼也不做。努力參與課程是一回事，但被當做取笑的對象又是另外一回事。現在他的決心恐怕比鑽石都還要堅硬，這位大老闆的決心甚至還汙染了其他男性學員，包含派迪。最終，只有女性學員們穿上這套閃閃發光的服裝。定裝時間終於結束，小團隊總算準備出發。

難搞防治公司預訂了一部足以乘載所有學員的小型巴士，往艾菲爾鐵塔附近的特羅卡德羅地鐵站前進。雖然他們不確定自己的點子是不是眞能感化傲慢的巴黎人，但希望至少能爲陰沉的花都點綴一些活潑樂觀的氣息。

擔任司機的約翰將小巴士停在鐵塔廣場前，大家魚貫下車並且迅速地將廣告看板背在身上。蘿蔓興高采烈地在一旁拍攝。不久之後，幾名記者和攝影師也來到了現場。路人們好奇地上前查看，蘿蔓聽到其中一個人的揣測：「又有什麼新產品上市嗎？」緊接著，快樂共享協會的學員們便開始熱情地發送支票。寫著幽默詞彙的支票很快就驚豔了周遭的路人，引起一陣小騷動。

此時，一間電視臺的新聞記者前來進行採訪，馬西只得遠遠站到一旁。他沒辦法接受自己以這樣的形象出現在報導裡。

身為一名在商業界有頭有臉的人士，這樣的心情也是可以理解的，最重要的是他參與了這項活動。

這位商業界的顯赫人士終於找到機會接近蘿蔓，想和她開個玩笑並趁機休息片刻。

「手段很高明嘛！活動、我、電視臺……然後大家就會看到穿著廣告看板的名人總經理！妳說，這樣的點子妳還有多少呢？」

蘿蔓笑開了。

「承認吧！你明明就很喜歡。」

「不能說喜歡，但確實……滿有趣的！在這麼短的時間內搜集到這麼多的好感度，確實不像我以前的風格！」

「接下來的日子，決定如何在生活中製造更多好感度的人就只有你自己了。」

「是啊……和妳在一起的話確實沒問題。我確實是找對了人！」

馬西留給蘿蔓一個意欲深遠的眼神，直接擊中蘿蔓的內心，而他則立刻回到學員中繼續活動。蘿蔓看著他走向陌生的路人，分發手上幽默的支票，深深被他高超的社交能力所吸引。

眞是個舌粲蓮花的商業人士！要是他不當總經理，實在很適合去做直銷！

一個小時後，學員們集合起來盤點今天的業績。成捆成捆的支票都發出去了，任務大功告成！是時候回去了。於是，大家又回到由約翰駕駛的小巴士上。起初大家都很熱絡地交換這次的活動心得，不久後車廂內安靜了下來，每個人各自享受著這個心靈豐盛的時刻，內心充滿溫暖和嶄新的感覺。很高興自己能爲生活在巴黎、急促又緊張的居民，偷到一時半刻的快樂時光。

蘿蔓從後視鏡中瞥見學員們洋溢著幸福的模樣，也很高興終於看見他們嘴角上揚時迷人的弧度。

26 以自己優先的藍色時光

「該死的車！」馬西駕駛著租來的飛雅特汽車，怨聲載道。

由於他更習慣駕駛符合美國國家標準的自排車，因此對於這種傳統的離合器系統非常不耐煩，在每次變換速度的時候都忍不住破口大罵……並且爲此埋怨蘿蔓。這名女子給了他新的人生經驗，教會他實踐所謂的「謙卑」，讓馬西只好暫時放下出入都有司機開車接送的身分好一段時間。

雖是這樣……他也發現自己越來越難眞的去討厭蘿蔓。說也奇怪，這女人常常惹得他勃然大怒而且非常難對付，甚至對他從來都是一副冰冷的臉孔。但馬西試著爲自己辯護，這種吸引力在老師和學生之間是很常見的吧？絕對是這樣……只是他不也該再有非分之想，不該讓某些念頭繼續下去，特別是在妹妹經歷了最黑暗的一夜、正掉進沮喪的深淵，而讓馬西相當無助的這段時間，他甚至嚴厲指責自己竟然還有心思想其他的事。

茱莉正需要他。即便她現在不願意和他說話，馬西仍然帶著愛和毅力，堅信她會再度對自己敞開心房，原諒過去總是缺席的他。因此，他希望……不！他決定！要不畏艱難地讓茱莉找回對生活的熱情，重新相信馬西絕對不會背棄她。

此時的馬西正按照副駕駛座上粉紅色信封內的指示展開行動。蘿蔓前一天晚上才對他下了執行這項任務的命令，並且再三交代不可以提前打開信封。馬西自嘲地想著，搞不好信封在打開十秒鐘內就立即自動銷毀。然而這項擔憂並沒有成眞。信裡頭只寫著一個地址和一段簡潔的句子：

祝福你在感官的國度裡旅行愉快！是時候好好照顧自己了！

馬西驅車前往的過程中，一直都在幻想等待自己的這個地址會是什麼……除此之外，蘿蔓還給了他第二個信封，這次是藍色的，而且交代他只有在任務完成之後才能打開。但好奇心讓他實在很想現在就撕開它，畢竟又有誰會知道呢？只不過馬西最後還是投降了，決定爲自己保留點驚喜！

馬西抵達指定的地點後，發現是問水療中心，倒是一點也不覺得驚喜。不過在他抵達的那一刹那，立刻受到如皇室貴族般的熱情禮遇接待。

「請問是韋格先生嗎？歡迎歡迎！女孩們正在爲您準備浮繭的療程……」

「浮……您說什麼療程？」馬西頓時擔心了起來。

水療中心老闆娘燦爛的笑容卻讓馬西心裡發寒，愣在原地不敢上前，對眼前即將到來的一切充滿不安。

「您知道浮繭的原理嗎？」

天曉得那是什麼！馬西心中浮出一絲不悅。

但老闆娘對馬西的壞脾氣不予理會，冷靜地解釋這個神仙般療程的功效：

「這是一個將感官孤立的特殊體驗……」

孤立！馬西感覺到自己心裡幽閉恐懼症的那頭怪獸忽然間醒了過來，老闆娘繼續解釋：

「您等等要浸泡的繭裡已經放滿了鎂鹽，而且水溫保持著和您身體相同的溫度……」

「那會發生什麼事？」

「待會兒您浸泡進去，」老闆娘斬釘截鐵地用背誦的方式朗讀她的廣告臺詞，「您的肌肉會達到完全的放鬆！這是一種特殊的放鬆療法，而且已經得到科學證實。除了能消減壓力之外，還能提升睡眠品質、專注力和創造力！」

馬西對她禮貌性地笑了笑，希望這麼做能讓她盡快閉上嘴巴，結束滔滔不絕的推銷術語。

此時，一位女士迎面從護理室走出來，從容自在的模樣顯示她是這裡的常客，身旁還有一位穿著合身罩衫的年輕女子，明顯是水療中心的員工。女士以誘惑的眼光瞥了馬西一眼。如此英俊挺拔的男子在芳療叢林裡迷了路！可憐的小白兔，看起來他非常需要有人來爲他指路。

但此時此刻的小白兔馬西只想溜之大吉，可惜老闆娘在身邊緊緊盯著他，像是要確保他正確走向幸福殿堂的深處。

「這邊請。」

馬西別無選擇，只能跟隨她，同時注意到中心裡四處擺放著沙彌和佛陀的小雕像，以及帶有東方韻味的香薰蠟燭和鏡子。

終於，他們抵達了一間房，正中央有艘古怪的船。如果這就是繭的話，那也非常華麗！只是馬西開始懷疑他們會不會是要去外太空，因爲這個設備怎麼看都像是一艘宇宙飛船。

老闆娘按下一個開關鈕，這艘船上方的艙門忽然間升起，像極了開扇的珍珠貝殼。而且裡頭已經盛滿了澄澈的水，遠遠看過去就像一粒潔白的珍珠。如此美麗的珠寶讓人無法抗拒，想要立刻沉浸其中。自從馬西抵達這間水療中心以來，終於第一次產生想要體驗看看的念頭。

老闆娘走向一旁的小紅木桌，拿起桌上的遙控器開始改變小船艙內部的照明顏色，澄澈的水立刻變成海洋的淡藍色、秀嫩新葉的綠色，或鮮嫩欲滴的黃橙色。

「您喜歡什麼顏色呢？」

「藍色吧！謝謝。」

「沒問題！珊瑚礁海洋的藍色，絕對會讓您非常放鬆！」

「我相信……」

老闆娘交代了一些操作守則。浸泡前後都必須洗澡，並且在浸泡時必須戴上耳塞，以免鹽粒阻塞在耳膜裡；建議可以穿上泳褲；如果身體有小傷口或是怕太過刺激皮膚的話，可以先塗抹凡士林來減緩刺激的感覺；艙座兩旁的按鈕是用來打開或關閉上蓋……

「然後這個是清水噴霧和海棉手套，如果不小心讓鹽水跑進眼睛裡的話，您會需要用到它們。療程結束時，上蓋會自動打開。那麼，就祝您有個愉快的體驗啦！」

「謝謝您！」

終於，房間內只剩下馬西一個人。

「蘿蔓呀！蘿蔓！妳到底都讓我做了些什麼！」馬西褪下衣物去盥洗時嘆了口氣。他使勁地用肥皂擦洗了胸膛和頭髮，讓水流從臉上滑過，感覺自己眞的在進行一場體驗。這一切對他來說都像是第一次。在他的記憶裡，距離上一次好好照顧自己和好好放鬆，恐怕是一個世紀以前的事！

馬西最後決定裸身進入鹽水裡。他先放下一隻腳，然後另一隻，直到完完全全躺進鹽水裡。他將浮墊拉到脖子後方，讓後頸更加舒適，耳塞幫他隔絕了外界的噪音干擾，使他全然沉浸在感官的體驗之中。認爲自己準備好以後，馬西伸出一隻手按下開關，將蓋子完整地闔上。艙門啓動下壓時所發出的聲響讓他嚇了好大一跳，直到艙門緊閉，整個繭蛹就像一只封閉的石棺。

現在只剩我一人了。獨自面對自己的時光，我感受到什麼了呢？

馬西意識到從未問過自己這個問題。他曾像這樣聆聽自己的聲音嗎？艙門關上的那一瞬間原本讓他有些焦慮，但很快地在柔軟的水波和燈光的包圍下，他便克服了緊張的情緒。

這種感覺眞令人難以置信，他是眞的在漂浮！體驗者並不會沉下去，而是輕輕浮在水面上，不受重力和外界刺激的影響。直到這個時候，馬西才終於明白這是一趟關於內心的旅程。

他的雙腳和男性雄偉的象徵浮在水面上，好像兩件不屬於自己的物品，這種感覺非常奇怪！但他閉上雙眼讓一切順其自然。

一開始，思緒千絲萬縷飄過他的腦海，像是飄過天空的烏雲，然後變得越來越稀疏。莫非這就是所謂意識轉變的狀態嗎？也許就是吧！有那麼一瞬間，馬西覺得自己很接近置身在母親子宮裡的那種寧靜。沒錯，就像被羊水淹沒一樣。他輕輕地往牆壁方向推了一下，自己便往反向流去，再用一根手指輕觸牆壁，就往另一個方向漂去。是啊，在媽媽肚子裡的時候就是像這樣……但那九個月的孕期，似乎也是馬西的母親給這個兒子唯一的母性溫柔。

苦澀的想法一下子就籠罩住所有剛剛甜美的遐想。他開始覺得有些悶熱，想稍微打開蓋子讓空氣進入。蓋子打開時，他大口地吸了一口氣，片刻之後再次放下艙門。然而一滴水珠不巧滴落在他臉上，順勢滑進他眼裡！一陣強烈的痛楚襲來，刺痛著他的雙眼，但這時如果他用雙手搓揉的話，豈不是讓更多鹽分滲進眼睛裡？幸好刺痛感很快就消失了，馬西又獨自漂浮了一段時間。

冥想一直都不是他擅長的事，直到他想到蘿蔓，想起她的臉龐，時間突然間又加快了許多……

離開了水療中心，馬西在外頭徘徊了一會兒，接著又坐進飛雅特汽車迷你的駕駛座裡沉澱自己，同時順手打開藍色信封。受到剛剛感官饗宴的經驗所啓發，他把信件湊到鼻子前，想從信裡嗅到任何蘿蔓的味道。馬西相信自己是眞的聞到了那麼一點點的芬芳，他想像蘿蔓在後頸和手腕上灑一些香水，並在書寫信件的時候將香味沾染在信件上。這是一封手寫的信件，娟秀的筆跡讓人在字裡行間多了一份遐想，字體相當整潔且一目瞭然，和蘿蔓的形象互相映襯，這點讓馬西大為感動。

親愛的馬西：

當你看到這封信的時候，代表你剛結束一場獨特的感官饗宴……我已經等不及要聽你和我分享你的感受！

再也沒有什麼能比「全然以自己為優先的浮蘭時光」，更能夠對你自己好。停下周旋在每一件代辦事項間的分身乏術，完全地專注於自己的存在。

別再對專制和獨裁的資本主義效率讓步，而是該盡全力細心呵護自己內在的平靜和幸福。如此一來，便不會再掉進找自己和別人麻煩的困境！好好照顧自己就是你能給周圍的人最大的回饋。我笑稱這種信念為「開明專制」，我知道你將會對此心有戚戚焉！

祝你有個美好的一天啦！希望很快再見面！

蘿蔓

馬西反覆讀了好幾遍信件。

蘿蔓也會寫信給每一位學員嗎？他非常想知道。

用常理來想，她當然會寫信給大家了！因為讓大家都有「獨特的體驗」並回到生活的軌道上，是她工作的一部分嘛！自己就不要再自作多情了，大概又是太過膨脹的自我才會讓他覺得自己在蘿蔓眼中是與衆不同的。他憑什麼覺得自己總是會有特殊待遇？

馬西開著迷你的復古飛雅特汽車，逐漸能和這部古老的離合器和平相處。

我是不是正在終結自己難搞的人格特質呢？

27 量身訂做的神祕禮物

蘿蔓望著廚房窗外。片刻的寧靜經常讓她重新找回動力，她特別喜歡觀察樹木隨著四季更迭而變化，即便是葉片盡落僅存裸露的枝椏亦然很美。沒有青脆綠葉的枝幹，在冬季時所勾勒出的線條特別能感動她，彷佛雄偉了百年的栗樹終於肯承認自己的眞實面貌，卻也從不因爲裸露出如同承受惡火吞噬的凋零模樣而自輕自賤……大自然總是人類最値得敬仰的哲學家。

蘿蔓暗自猜想著，現在大家正各自以何種方式經歷她安排的哲學式感官體驗。構思各種古靈精怪的點子總是讓她樂在其中。這時候，學不會放慢速度又總是不願意放手信任別人的馬西正在體驗浮繭，同樣的體驗對艾蜜莉來說也是個好方法，希望她能明白其中的意義，把生活重心重新放在自己身上，多關心自己一些，少爲兒子或其他人操心。

至於其他人，蘿蔓替布魯諾安排了一種特別的四手按摩體驗，希望不習慣卸下防備的他，能夠懂得適時放寬心胸；她也替派迪安排了相同體驗，希望讓他重新注意到被自己忽視並且已經面臨超重而亮起健康紅燈的身體；至於娜塔麗，則被安排參加了一場集體的藏族聖歌儀式，希望她能透過歌曲重新與他人建立聯繫，學習以和諧的方式傾聽對方。

蘿蔓所把持的信念是：當一個人關上思考的開關，並且把感官的接收器開到最大，就是每天能夠平靜和安寧生活的關鍵，這對於性格偏激的人來說更是特別重要。試想，一個積極努力耕耘自己的心田、讓自己能夠獲得平靜和找回動力的人，會是行事作風極端又難相處的人嗎？肯定不會是。讓學員們能夠好好照顧自己，對他們來說已經又跨出很大的一步。現在我們必須引領他們繼續前進，分散他們對自己的注意力，開始對周遭的世界產生好奇……為此，蘿蔓已經有了一個主意，她帶著微笑想著自己為他們準備的驚喜……

在為學員們選購有趣的禮物而奔波一整個早上之後，蘿蔓在接近下午時來到公司，車上塞滿了包裹。當她把所有的禮物都在會議室放好時，整個房間就像即將要迎接聖誕佳節一樣熱鬧。蘿蔓心滿意足地搓搓手，滿心期待能夠帶給大家驚喜。但最棒的禮物則會在下午三點時親自抵達，而且也將先被藏在另外一個房間。

學員陸續來到會議室，蘿蔓得意地看著他們驚訝的神情。他們一定在想這些神祕的包裹都是些什麼。

說起包裹，此時馬西正以一副漫不經心的模樣走近蘿蔓，並且遞給她一個包裹。蘿蔓大感詫異地抬起一邊的眉毛。

「這個。我從水療中心那裡帶了禮物回來給妳。」

她會收下還是婉拒呢？馬西似乎感受到蘿蔓的困惑，因此想讓她放心一些。

「收下吧，不是什麼貴重的禮物，只是些小東西。」

蘿蔓打開了小包裝，精緻的瓶子內是薰衣草和甜菊味的精油噴霧，可以噴在枕頭上。除此之外還有一張小紙條：

給妳一個花香四溢的美夢……也謝謝妳讓我再回到課程裡。馬西。

蘿蔓立刻就被感動了，但她把情緒藏的很好，沒讓馬西發現。她必須表現出合宜的樣子，不然怎麼維持她指導員的身分呢？但站在馬西身邊讓這件事變得很不容易……蘿蔓只好匆忙地開始主持會議來分散注意力。

「大家好！首先，先跟大家報告有關『快樂共享協會』的消息：活動很成功，反應非常熱絡！媒體做了相關的報導，電視宣傳效果正中紅心。恭喜大家！透過這次的行動，我們又跨過了一個里程碑。接下來呢，就像大家看到的，今天我要給各位一個驚喜來獎勵你們的努力，同時也恭喜大家進步了！這也代表我要開始著手下個階段的課程主題。這段時間以來，你們已經學到照顧自己的重要性，如何讓自己保持鎮定和恢復動力，以免再度掉進讓周遭人爲難的窘境裡。」

此時，會議室裡一個沒放置好的包裹掉了下來，打斷了蘿蔓的談話。

看來我必須再說得快一些……

蘿蔓輕輕咳了一聲，將大家的注意力拉回到她身上。

「下一個階段，我們將要學習不再以自我爲中心，而把注意力放在別人身上。我們的目標是……」

蘿蔓在這個地方停頓了一會兒。

「……成爲某人生命中的太陽！」

從觀衆的神情，蘿蔓知道目前爲止沒有人知道她究竟要做什麼……他們在等待更進一步的解釋。

「比如說奉獻自己，比如說願意付出愛和關懷來照顧某人或珍惜某件物品，都是能夠和良善的本質保持連結的祕密捷徑，並且保證不再重蹈覆轍，又一次生成尖銳的人格特質。」

大家雖然仔細聆聽，目光卻不斷投向一旁的神祕包裹。

「我知道大家都迫不及待要拆開神祕禮物了！當然啦，這些只是小小的象徵性禮物，希望它們能在你們進步的道路上一路伴隨。那麼，現在就來揭曉禮物吧！」

蘿蔓開始分發包裹。首先她把最高處的包裹遞給了娜塔麗。娜塔麗直接了當地撕開包裝紙，裡頭是一株典雅的蘭花。娜塔麗看起來既高興又困惑。

「蘭花是很需要關心和照顧的植物，我覺得是引領妳學習付出的一個入門款……」

大家爲娜塔麗鼓掌，同時也因爲輕鬆有趣的課程而心情相當放鬆。蘿蔓把下一個包裹遞給布魯諾，盒子裡掉出一隻小兔子玩偶。蘿蔓提出了一個觀點：當我們認識對方之後，便要詢問自己如何信任對方，並且依照對方的能力讓他們自由執行任務，從旁給予關懷和協助，如同對待這個小動物一樣……這個想法似乎正中紅心！蘿蔓很高興布魯諾沒有因此不開心，反而神情中滿是驚豔。原來，蘿蔓沒料到的事情是，布魯諾的媽媽在他小時候總是拒絕讓他撫養任何小動物，而蘿蔓的小兔子玩偶在無意間實現了他的童年夢想。

派迪收到一對不能被分開的陶瓷比翼鳥，希望這對鳥兒夫婦每天都能提醒他結縭之間溫柔且無條件的愛。蘿蔓的初衷是激發他對自己的婚姻生活有更多領悟。

艾蜜莉和馬西依然在等待他們的驚喜，但此時桌上已經沒有包裹。蘿蔓似乎瞥見馬西眼中閃過一絲沮喪。說不定他以為她忘記了，或是說他重新回到課程的身分沒有資格得到禮物？為了不讓他傷心太久，蘿蔓決定用最快的方式來消滅這些疑慮。

「至於兩位呢，禮物有點特別。你們的禮物在另外一個房間等著你們了，跟我來吧……」

由蘿蔓擔任領導的遊行隊伍穿越公司的中央長廊，跟在後頭的是艾蜜莉和馬西，緊接著是其他的學員。他們來到了禪室。蘿蔓轉身面向艾蜜莉：

「準備好了嗎？」

大門敞開。艾蜜莉看了一眼便發自內心地掉下淚來。

「湯瑪斯！」

湯瑪斯將媽媽抱在懷中。儘管少年的懷抱中帶著生澀的克制，但他還是說出了艾蜜莉日夜盼望的那句話：

「帶我回家吧！媽媽，帶我回家……」

學員們愉快地參與了這個感人的團聚。蘿蔓邀請大家讓這對母子獨處一會兒，轉頭面對馬西。他非常想知道蘿蔓為他安排了什麼。蘿蔓單獨將馬西帶到公司廚房的門前。

「是茱莉，對吧？」馬西激動地質問。

蘿蔓伸出一隻食指放在雙唇之間。

「準備好了嗎？」

蘿蔓緩緩地推開門，茱莉不在裡面，房間是空的。馬西困惑地回頭望著蘿蔓，想從她的眼神中找到答案。很明顯地，他完全摸不著頭緒。蘿蔓點了點下巴示意他看向地板。馬西把目光向下移動，一團看起來像是幼貓的小毛球正在玩一條繩子。

「呃……這是在開玩笑嗎？」

啊！他的反應一點也不熱情，但這實在不能怪他。

「不是，當然不是。」蘿蔓回答道，「我覺得把這個可憐的小傢伙託付給你，實在再適合不過了。牠的成長必須完完全全依靠你。球球一定可以成為你很好的人生導師，教會你如何分享溫柔。」

「球球？」

「是啊，球球是牠的名字，就跟牠的樣子一樣可愛。」蘿蔓一邊說，一邊將小貓抱在懷裡。

馬西看著眼前的小怪獸，好似球球其實不是貓，是一隻外星生物。

「來，抱一下！」

「不、不！我不知道怎麼……」馬西抗議。

太遲了。蘿蔓強行把球球塞到他懷中，高高在上的總經理看起來非常懼怕，好像手裡拿的其實是個手榴彈。球球和馬西互相望著陌生的對方，互相感受到彼此都沒有什麼善意。球球將鼻子湊到馬西的毛衣上聞聞他的味道，隨後馬上跳下地板。

好啦，自我介紹完了！蘿蔓心想。

蘿蔓再三地要眼前慌亂的馬西放心，只要不把小貓放走，她保證一個月之後要是他們眞的相處不來，前飼主已經同意會接手扶養這隻小貓。馬西緊閉雙唇不發一語，臉色非常蒼白。可憐的小傢伙。蘿蔓心想，卻也不知道自己說的究竟是球球，還是眼前的這名男子。

當馬西再回到他的飛雅特汽車上時，後車廂已經被塞滿各式各樣邪門的寵物用品。蘿蔓頓時有點可憐他，向他揮揮手道別。馬西沒有回應。

喔，難道這位大老闆是把他的驚喜禮物看做是什麼有毒的病菌了嗎？或許是吧。

但蘿蔓的決心也沒有因此消減，她確信這對馬西來說會是一個很棒的新體驗。她充滿私心，非常希望能夠看到馬西和球球的相處過程……最好她自己也能成爲這位大老闆口袋中的一隻小老鼠。

不曉得軟綿綿的球球能不能融化他的鐵石心腸？撫慰他緊繃的神經，釋放他的鐵漢柔情，讓他擺脱煩惱？看來是個需要持續追蹤的案例呢！

蘿蔓走回辦公室時心裡想著，暗自開心。

28 化身為貓的魔鬼

直到蘿蔓的身影從後視鏡消失前，馬西一直試圖面帶笑容。但她一從鏡子裡消失時，他立刻換張臉咒罵了起來。

她到底爲什麼要讓我受苦受難？她，和她那些稀奇古怪的點子……馬西告訴自己，我實在已經忍無可忍。雖然說浮萠的體驗確實很不錯，但這次……飛雅特汽車行經令人驚心動魄的巴黎市中心時，小怪獸從未在後座停止嘶吼。可怕的貓叫聲有如指甲刮黑板的聲音，讓馬西頭疼欲裂。

停好車後，馬西走向後車廂，決定暫時把所有工具都先留在車子內，只帶走貓籠。一邊抱怨的同時，他一邊掏出家門鑰匙，匆匆忙忙地走進公寓後，果斷地將貓籠擺在客廳正中央。這隻髒兮兮的小怪獸發出的嘶吼聲不停竄入馬西的耳朵。

怎樣才能讓牠閉嘴？

馬西從頭到腳都因爲貓叫聲的酷刑折磨而起雞皮疙瘩。他怒氣沖沖地回到車上拿取剩下的東西：貓咪睡墊、飼料碗、幼貓糧食、寵物用藥，以及一本一百二十八頁的書，書名寫著《如何與貓主子過幸福快樂的生活》。

這眞是個天大的笑話……

馬西粗魯地用腳關上車門，上樓後再把所有用具一股腦兒丟到貓籠旁，感覺自己已經筋疲力竭。他躺在鋪著波斯地毯的木質地板上。我現在正漂浮在水面上、正漂浮在水面上、在水面上。他不斷重複這個想法，想找回躺在浮繭裡的舒服感覺。但很明顯一點也沒用，球球的喵嗚聲不斷將他喚回現實。他轉過頭看著外出籠裡的小怪獸，牠的小鼻子正穿出欄杆。

眞搞笑！馬西心想，同時發現小怪獸的臉型是個愛心，那是科拉特貓最著名的特徵。在燈光的照耀之下，牠的毛色閃著淡淡藍光。原來是隻藍色小精靈！蘿蔓竟然給了我一隻貓咪版的藍色小精靈！

「噓！不要再哭了！這是命令！」

聽見馬西的大聲喝斥，小貓咪嚇得躲到籠子後邊停止哭泣，馬西差點以爲自己成功了。但只過了幾秒，球球又開始哭叫。

我的老天爺啊！誰來把這個震耳欲聾的哭聲停下來！難不成我得把牠抱在懷裡嗎？肯定是了。雖然心裡有千百個不願意，還是必須解決問題……

馬西決定豁出去了，想打開外出貓籠，卻被複雜的門鎖搞得更加心煩意亂。好不容易扳開了門，他厚實的雙手伸進去捉住瑟縮在籠子角落顫抖的小貓咪，把這團小毛球抱到胸前，笨拙地用手托著。爲了讓牠能更清楚自己的意思，馬西直視著球球的眼睛說：

「妳！不要以爲有人會來救妳，好嗎？」

馬西把小貓咪帶到廚房，另一隻手拿起貓咪飼料。該給牠吃多少呢？他蹲在飼料包旁閱讀說明書上的解釋。這難道是寫給薩滿巫師看的天書嗎？算了。他取來一個大碗公，一股腦兒把飼料全倒滿，至少這樣能確定這隻小怪獸不會餓死……

球球撐起兩隻腳掌到碗緣，膽怯地嗅了嗅碗裡的食物，似乎不太滿意地悻悻然離開。

「幹嘛？怎樣？我的飼料不好吃嗎？」

馬西試圖把小野獸抓回來。然而球球顯然以為牠的主人要跟牠玩「來捉我呀！」的遊戲，蹦蹦跳跳地離開了廚房。

「快回來，這隻狡猾的野獸！」

頓時間公寓變成了狩獵場，而球球就好像一隻帶著毛茸茸耳朵的惡魔。

「妳以為自己在拍寵物廣告嗎，快點給我回來！」馬西大發雷霆。

他從來不知道原來一隻小貓咪竟然跟野生的母雞一樣難抓！他第一次在自己的豪華小公寓裡跑得這麼筋疲力竭，而球球看起來倒是玩得很開心，甚至還在一些地方小便，包括馬西掛在房間裡那件漂亮又精緻的克什米爾毛衣。終於，在玩了一陣子的你追我跑遊戲之後，馬西決定舉白旗投降！

該死的貓！怒氣沖沖的馬西倒在沙發上，打開電視，過了約莫十分鐘之後，他感覺到某個東西跳上他的沙發並且來到他的褲管底下鑽來鑽去。馬西嚇了一大跳。

「欸，妳要幹嘛？」

球球最後窩在他的膝蓋上方，安然的模樣看來是打算在這裡睡了。馬西不敢輕舉妄動，可是過了四十五分鐘之後他終於餓到受不了，但又不想吵醒好不容易陷入沉睡的小野獸。

最好想個聰明的法子，免得等等又要面臨一場浩劫。好比說，蓋一間專屬小怪獸而且沒有出口的遊樂園。

於是他先把球球叫醒，放進外出籠裡，接著用蘿蔓爲他準備好的欄杆開始著手建造一個小貨櫃。馬西對自己在這種情況下還能保持清醒，並將計畫付諸實踐而相當自豪，但事實證明，打造球球樂園的確比想像中來得複雜，況且他本來就一點也不熟稔這種手作工事。倒是球球在外出籠裡似乎玩得相當高興。

「妳夠了哦！」

馬西花了一番心血才終於大功告成！他把球球放進用欄杆圍起來的小貨櫃裡來測試自己努力的成果……似乎，反應不錯！他把水、飼料、貓砂盆和玩偶也放進去，告訴自己現階段的任務大功告成，現在輪到累得不成人形的他吃點宵夜，接著立刻上床睡覺！實在是太累了！終於可以好好睡上一覺！就在他正要進入夢鄉之際，驚天地泣鬼神的喵嗚聲又在耳邊隆隆響起。

噢，天啊，不是吧！躁怒的馬西還是決定起身去看看貓咪。

「妳還想幹嘛？噓！不要再吵了！妳看不出來我正要睡覺了嗎？」

小貓看見馬西時便停止咆哮。然而，馬西一轉身離開，留下牠孤伶伶一隻貓時，球球立刻就又開始怒吼。

不是吧，妳難道要我每隔五分鐘就起床看妳一次？不管了。

馬西決定使出最後手段。他從床頭櫃的抽屜中拿出一對耳塞，再把海綿盡力塞到耳道的最深處，把頭埋進枕頭裡，才終於慢慢陷入沉睡。睡著後的馬西做著混亂的夢，夢裡到處都是貓咪變成的殭屍……

第二天早晨，馬西花了幾秒鐘的時間才想起昨天晚上的一切。但隨即就大吃一驚地發現球球正睡在他的腳邊。

「妳怎麼會在這裡？」

前一天晚上不是已經把牠關進柵欄裡了嗎？馬西帶著不安的預感跳下床來到客廳，發現豪華小公寓有如被砲彈猛烈襲擊般一片狼籍。這在開玩笑吧！球球難道是隻忍者貓嗎？牠顯然是跳出將近兩公尺高的柵欄，離開樂園來到外面的世界，在客廳大肆撒野。皮質沙發後面滿滿一片都是牠磨爪子的抓痕，椅墊也被踐踏得體無完膚，披在沙發上的毛呢格子毯已經皺成一團而且粘滿了藍色的貓毛……但最慘的是……

我的老天爺啊！

馬西最鍾愛的一雙皮鞋鞋帶，已經被咬成宛如咀嚼過後又吐出來的義大利麵條！他再也忍不住大聲地咆哮。他衝回房間，球球卻好像料到自己即將大難臨頭，早就離開那裡。

跑去哪裡了？這隻該死的野獸！

他像發瘋似地在家裡東翻西找，覺得自己心臟快要被氣得跳出來，這大概是他人生中最接近進化成魔鬼的十五分鐘。然後……終於！被他找到不慎露出一條尾巴在外的球球，牠正瑟縮在一個高層架上，介於奧地利文學家褚威格和法國哲學家卡繆的書中間。馬西不由得對這隻貓的文學品味心生佩服，但還是伸手一把捏住球球的後頸將牠拎下，放到外出籠裡。門閂再度關上的時候，球球微微地顫抖。

這隻貓太過不知好歹，必須想個辦法才行……此時，球球以可憐兮兮的眼神和微弱的喵嗚聲望著馬西。

「妳不用裝出無辜的樣子！我不會心軟的……找個機會就把妳給扔出去。」

馬西進浴室沖澡，腦中一邊盤算著如何撤退的計畫……

29 誰能救救我

馬西穿上最體面的西裝，英俊挺拔的程度簡直可以媲美時裝秀伸展臺上的男模特兒。他飛快地下樓，按下社區一樓園藝室的門鈴。

「羅德里格斯夫人！」

園丁太太睜大眼睛瞪著這位稀客，正在等待他給出一個充足的理由，解釋這個時間點來打擾她的原因。馬西從來沒有在她的臉上看過笑容。

「室內花園被您打點得好美呀！您看那花開得多燦爛！」這句恭維的話像羽毛般輕輕地滑過羅德里格斯夫人的耳邊，接著就消失了，彷彿不曾存在。

馬西的臉因爲尷尬而漲得通紅，只好輕輕咳嗽一聲來保持鎮定。

「是這樣的，我從朋友手上救回一隻小貓，但我一個鐘頭之後有場重要的會議，想請問您能不能幫我照看一下，我會非常感激您的協助……」

「如果是這樣，我建議您現在就放走牠呀！韋格先生，不是我不想幫忙，只是我對貓過敏得實在太嚴重了。簡直像是去到了地獄！」

園丁太太一邊說，一邊模仿她每次碰見貓咪時的可怕症狀，來強化自己說詞的可信度：她抓著喉嚨來強調搔癢難耐的模樣，接著把眼睛揉到發紅並且不停地假裝打噴嚏。

馬西斷然制止她繼續表演。這位大老闆一旦明白對方無法替自己解決問題，便認爲沒必要再聽取對方剩下的長篇大論。他再度上樓回到家中，心中積著一股怨氣。會議快遲到了，沒辦法，只好把球球帶到公司。在踏進可絲美堤化妝品集團總部大樓時，大老闆默默再度擬定好了B計畫。當他一抵達克蕾的辦公室，立刻將貓籠放在她桌上。

「克蕾，麻煩幫我處理一下這個好嗎？謝謝妳！」

以往不管馬西下了什麼的命令，他的助理總還是以欽慕的眼神看著他，這件事讓馬西一直以來都相當得意。但這次卻踢到了鐵板……馬西只好檢討自己是不是眞的太過分了。但還能怎麼辦呢？目前也沒有其他辦法了……他必須盡快重新調整注意力，以便應付待會戰鬥般的會議。

「呃……您希望我怎麼做呢？」克蕾故作鎭定地詢問。

「我交給妳全權處理！」馬西的態度像是在捨棄某個不要的東西。

之後的這一天過得還算順利……至少馬西的部分是這樣。克蕾倒是來敲了兩次門，一次是因爲球球在她的手上抓出一道深深的血痕，另一次則是因爲球球在她美麗的絲綢上衣撒了一泡尿。

當克蕾第三次上門來見他時（這次球球咬壞了她的手機充電線），是爲了向她的大老闆馬西發出最後通牒。她大動作地將貓籠擺在馬西的桌上，戲劇性地說：

「韋格先生！我拒絕在這種情況之下工作，我，或者這隻貓，您只能選擇一個。如果您明天仍然要求我繼續照顧牠，我就立刻向您提出辭呈。」

果然。還是阻止不了這場災難發生！馬西安慰了克蕾，並且爲這過於棘手的任務向她道歉……顯然她的助理也聽了蘿蔓的指示，試著「設定自己的忍耐極限」……馬西嘆了一口氣，心情壞透了。

算了，再找找其他辦法吧。

正當他爲解決球球的事煩惱時，手機忽然收到了一則通知。

是蘿蔓。

今天晚上各位準備好要卸下面具、大膽釋放自己陰柔的一面了嗎？晚上七點我們在布蘭迪電影院，不見不散，地址是巴黎十區的史特拉斯堡大道三十九號。對了，準備好手帕哦！晚上見啦！

蘿蔓

完美！反正今天本來就已經夠荒唐的了，這個訊息更是雪上加霜！「大膽釋放自己陰柔的一面？」想都別想……馬西在腦海中盤算最壞的情況，突然閃過一個自己穿著高跟鞋在其他學員面前行走的畫面……

別鬧了，門兒都沒有！

有那麼一瞬間他甚至不想去了。馬西伸手拿起電腦螢幕右側的茱莉照片，照片裡的她笑靨如花，那樣健康……此時此刻他不能再心猿意馬，他必須堅持到底把課程上完，徹底地改變自己。爲了自己的妹妹，也爲了蘿蔓這麼不計前嫌地讓他重新回到課程之中。

馬西想起著名的美國演說家約翰．麥斯威爾說過的話：「人必須承認錯誤，從中汲取教訓，並且勇於改進。」

但話說回來，球球又該怎麼辦？

30 三句話搞定強勢者

蘿蔓的這一天忙得不可開交。她很期待晚上和學員們的「布蘭迪電影院之約」，知道這無論對她本人或是學員們，都將會是個美好的夜晚。不過現在，她和公司員工芳婷正忙著迎接「面對難搞性格的自我保護」新課程的新學員。當蘿蔓抵達會議室的時候，新課程的參加者們都已經到齊。蘿蔓又驚又喜地發現派迪的前妻珍妮也在會議室內。

這次的參與者除了珍妮，還有其他四名女性和一名男性。根據男性學員的轉述，他正面臨上司極端行事作風的茶毒。整體來說，大家所面臨的問題都是：無法自在地和身邊一位難以相處的人說出眞心話。

在蘿蔓的指示下，芳婷在會議開始前就布置好一些簡易的廚房用具，有些甚至正在烹煮中……學員們看著這些設備，對這個安排感到好奇。

蘿蔓現在穿著印有難搞防治公司標誌和人物肖像的圍裙並戴上一頂廚師帽，這個裝扮逗得大家笑了出來。接著，她在身後的大黑板上用娟秀的板書字跡寫下幾個字：「一份勇於對難搞人格特質提出校正的食譜」。

「親愛的朋友們，」蘿蔓開始說話，「在場每位或多或少都曾有過被身邊的人，以不得體的語言或不合情理的難搞行爲傷害的經驗，那些行爲既不公平公正又具有攻擊性……」

所有人都用盡全力點頭。

「這種情況讓我聯想到芥末刺激的味道直衝鼻腔。在受到這些不公平對待之後，心臟因此劇烈跳動、不可置信地睜大雙眼，但同時也被恐懼籠罩著。的確，面對這種攻擊，沒有人還能夠保持自在。也許你們也會感到無助，對嗎？」

蘿蔓開門見山進入主題，伸出一隻手將歪向一側的廚師帽擺正。

「面對這樣的情況，我們只有三種方法。」

蘿蔓指向爐上似乎已經因加熱一段時間而滾燙的壓力鍋，接著拿起一隻叉子將減壓閥拉起。一股強力的蒸氣溢出，發出刺耳的聲音。

「其中一種方法就是『生氣和吵架』。就像這個壓力鍋，你就是裡頭的熱水，不過如此一來就得當心爆炸性的反應。稍後，我會爲大家演示如何安全且健康地表達憤怒。話說回來，堅持和不讓步是一回事，但讓事情演變成以牙還牙的報復，又是另外一回事……」

蘿蔓隨後舉起鍋蓋，美麗臉龐的輪廓在蒸氣之中變得模糊。

「第二種方法就是扮演『蒸氣』的角色，讓憤怒如同這些蒸汽一樣漸漸逸散和消失。換句話說就是遠離現場！如果你將會面臨對方的人身攻擊或是言語暴力，這個方法或許對於保護你的安全是必要的。」

蘿蔓將臉轉向在場唯一的男性學員。

「舉例來說，面對職場上的道德暴力，離開公司或許也會是個不錯的選項！」

蘿蔓知道自己戳中他的痛處，但等會兒她就會針對他的特殊情況來提供個人化的建議。再稍等一下。

「最後，第三種方法呢，就是『悶煮』。」

蘿蔓走近一個圓鍋，裡頭的魚正用細火慢燉著。

「但這就是最糟糕的壓抑。面對所有冒犯你一言不發，將內心的憤怒和挫敗感都鎖在自己身上，直到所有心理創傷都反映在生理健康上，開始出現症狀……」

「我有一種自己就是那條魚的錯覺……」一名學員忍不住驚呼。

蘿蔓露出一個和藹的笑容。

「是的。但現在開始我們要終結壓抑！我要教會大家不再害怕衝突。以堅定立場的方式來重新調整自己和對方的位階，同時不必帶著恐懼或是攻擊性……」

「珍妮，我們來玩一個角色扮演的遊戲好嗎？」

蘿蔓脫下廚師帽和圍裙，走向珍妮。

「可、可以呀……」

「太好了！我會舉三個方法或技巧做爲例子，都會是以委婉但堅定的態度來重新調整自己和對方的狀態。現在，珍妮，能不能和我們分享在妳的婚姻生活中，有什麼特別讓妳生氣的事，而妳從來不敢和丈夫說？」

「嗯……他總是低估我的工作價值，覺得這份工作只能帶來微薄的收入……就好像這只是我閒來無事打發時間的消遣、只是剛好可以幫他賺點零用錢來花花！當然，我什麼也沒跟他說，但其實……」

蘿蔓笑著打斷她的發言。

「是的，我們試著想像妳會想用什麼話來反駁他：第一個經典的答話範本像是『派迪，當你一再嘲笑我的小家庭企業賺到微薄薪水的同時……』，接著妳一針見血地用描述事實的方法開頭。

「但實際上這種方式，是把所有妳想對他說的話都像倒垃圾般丟出來。那些被扔進垃圾桶裡的描述，有妳積怨已久的情緒和消化不了的內心話，兩者都充滿責備，這個方法也會將他推得遠遠的！我們必須小心避免這種情況發生……我們缺乏的僅僅只是一些話術技巧！除此之外，也要小心提醒自己不要向對方表現出潑婦罵街的形象，或是沒完沒了地抱怨。總而言之，提醒自己別表現出那些不受歡迎的態度，小心自己露出一副『看老娘如何慢慢敲碎你那顆脆弱玻璃心』的樣子，更不需要老是『結屎臉』來對付他。千萬別這麼做。」

參加者們爆出一陣笑聲。

「總而言之，與其丟給他一堆沒什麼用的負面情緒垃圾，妳可以考慮使用第二個答話範本：『我覺得很受傷而且不被重視』。透過這個方法，妳可以表達『自己』的觀點，來取代指責『對方』的錯誤，畢竟後者很容易讓對方變得更激動。」

「那第三種方法呢？」珍妮迫不急待地想知道。

「第三種方法呢，親愛的珍妮，妳也可以選擇把威脅的權力拿在自己手中，讓他明白『你最好照我的意思來做，不然我就會像《致命吸引力》裡歇斯底里的女主角，讓你知道什麼叫做愛到卡慘死』，或者『從現在開始你最好放尊重點，不然我就會變成《半夜鬼上床》裡的鬼王佛萊迪，成為你夜夜的噩夢』。

「不過更有效的方法是打出一張堅定但友善的調解牌，讓雙方都成為贏家。以妳的情況為例，妳可以說：『派迪，能不能請你以後避免使用這種傷人的句子，同時理解這份我很重視的工作之於我的重要性？如果我能得到你的支持，我就會有雙倍的動力更加努力，而你也能很快地享受到成果，不是嗎？』這樣的句子讓妳可以表達自己的需求和期待，同時間找到可以滿足妳和對方的協議，畢竟每個人都是需要被理解的。」

第三種方法似乎讓參與者們很心動，各個埋頭做筆記。

「可是有些時候根本沒有對話的空間！」其中一位女性參與者提出異議。

「在這種情況下，除非妳覺得自己正在面臨暴力威脅，有必要先離開現場，否則妳絕對有權利制止毫無根據的批評、汙辱的詞彙或傷害性言論的發生。但前提是必須確保氣氛是平靜且緩和的，雙方才有繼續互動的可能性。關鍵就在於妳必須對自己有信心。對自己越有信心，受的傷害就越少。」

這時突然響起一陣敲門聲，約翰出現在門口，示意蘿蔓過去一趟。

「等等妳可以過來找我嗎？我需要妳的協助，把今晚的布蘭迪電影院之約延期。我實在很生氣，但外燴店家臨時取消訂單……」她的父親看起來非常緊張。

「別擔心，我這裡快結束了，等等馬上過去……」

蘿蔓最後爲學員們做了一個總結，鼓勵他們從現在起，利用談判技巧適當地表達自己的觀點。接著就離開了會議室，前去協助她無所適從的父親。

31 哭出來吧！

馬西決定暫時放下那些堆積如山的緊急文件，花一個半小時在網路上尋找安置球球的方法。而他意外發現一個有趣的職業：貓咪褓姆。

他興高采烈地透過專門的網站找到一位有很多正面評價的女照護員——詹妮弗，並且和她進行了一個簡單的面試。然而，在今晚和蘿蔓的布蘭迪電影院之約前，他實在沒有時間回家一趟，只好請女孩先到公司來接球球回家。只要能不再操心這件事，馬西絲毫不在意預算。他預先支付了一筆可觀的費用給詹妮弗，又預訂了一輛計程車接送她和球球到馬西的住所，並讓她待在那裡照顧這隻小野獸，直到他回家。

儘管這位大老闆不喜歡把自己住處的鑰匙交給陌生人，但現在他別無選擇，只能說服自己必須對人性有信心，況且這個網站看起來相當嚴謹……另外，詹妮弗可以點任何她想吃的晚餐，外送到府，唯一的條件是必須確保球球不會對小公寓造成進一步的傷害。年輕的詹妮弗看著這位大商人，覺得自己好像中了樂透彩。畢竟在她這個年紀，待遇如此豐厚的寵物照護工作簡直是天上掉下來的禮物……

送走詹妮弗之後，如釋重負的馬西終於又找回自由自在的感覺，滿心期待即將到來的美好夜晚。就在他穿上外套準備出發時，才猛然想起自己不能打電話給他的司機，或者叫計程車……這是蘿蔓給他的指令。

馬西想了一下電影院的地址，要是開車去的話，肯定找不著停車位。也就是說，他沒有選擇：只能搭大衆交通工具……自從開始上學之後，他就再也沒有使用過這項城市系統，因爲超浪費時間……馬西看著窗外，傾盆大雨逼得他不得不打消走路前往的念頭。連上天都選擇在這種時候，爲他艱苦的人生錦上添花更多心酸的滋味。

馬西快步衝下巴黎地鐵的階梯，雨傘上的水珠在他法蘭絨褲子上濺得到處都是。他買了一張地鐵票，正要走過閘門。說時遲那時快，一名耳機裡音樂震天價響的年輕小伙子，冷不防地緊貼在他身後，打算和他擠過驗票閘。驚險通過的馬西，因爲不確定乘車方向而愣在原地，這是他犯下的第二個錯誤，身後不耐煩和緊張的人群立刻湧上，造成一陣推擠。馬西強烈感受到他們狂躁不安的脈搏跳動。顯然他遇上了通勤尖峰時段，月臺上擠滿了等待乘車的旅客，壯觀的程度堪比大醫院急診室的人潮，尤其這兩處的人都有著處境悲慘和正在受苦的共通點。

列車到站後，月臺上的人像是用盡生存本能般試圖擠進車廂內。好不容易進了擁擠的車廂，扶手欄杆附近的乘客卻像被石化的雕像一樣動也不動，早先搶到四格包廂式座椅的幸運兒則牢牢地黏在位子上，就像打死也不離開口腔的蛀牙，更令人瞠目結舌的是收合式座椅上的戰士們，帶著兇狠和敵對的目光，隨時準備和膽敢要求他們收起座椅、讓出站立空間的挑釁者來場殊死戰。

列車來到「史特拉斯堡－聖丹尼」這一站，人潮像是大動脈失血一般噴湧而出，列車內剩下的乘客終於可以自由呼吸。不過馬西只享受了非常短暫的舒適，便在下一站下車。

在晦暗的地面下沾染了過多的灰色霧霾，大老闆走上地面時，陰鬱的心情一掃而空，馬西覺得自己好像重獲新生：外面的世界如此美好，和諧的奧斯曼建築和他於此時共同沐浴在接近日落的夕陽微光之中，而布蘭迪電影院就在眼前。

難搞防治公司再一次讓學員們驚豔不已！這次活動的費用由蘿蔓和他的父親全額負擔，這也要歸功於蘿蔓卓越的宣傳手法，讓廠商願意出資贊助課程活動，同時也感謝過去參與消除難搞行為課程而受益的前學員們慷慨解囊。今天晚上他們包下電影院的一間小放映廳，要再一次為學員們帶來充滿驚喜和情感交流的感動時刻。

一整天受盡苦難試煉的馬西雀躍地發現，現場還準備了可口的開胃酒自助餐來款待與會者。服務員送上的小糕點和飲品很快就被一掃而空。

馬西看見蘿蔓朝他的方向走來。

「球球一切都還好嗎？」

「很……很好呀！」馬西保持鎮定地撒了個謊。至於球球帶給他的挫敗感，則打定主意絕口不提，最好能讓蘿蔓也體會被一隻幼貓搞得天翻地覆和不得安寧的感覺。他們簡短地交談了幾句，但馬西的注意力只能集中在正啜飲香檳的蘿蔓雙眼、豐腴嘴唇和細長手指。

不久後，主持人邀請學員們就坐，娜塔麗來到馬西身邊坐下。自從一起執行了「快樂共享協會」的計畫之後，他們兩人就變得相當有默契。馬西看著她美麗的棕色浪漫大鬈髮隨著語調起伏波動，肯定有許多男人會爲此動心，他疑惑自己怎麼能抵擋得住這個誘惑。他又抬頭看了一眼蘿蔓，答案呼之欲出。

蘿蔓站在大螢幕前，準備開始今天的課程主題——如何發展自己身上的女性特質。

「這個主題當然很適合女性。至於男士們，無論你們現在內心的想法是什麼，請不要擔心，我並不是要你們在言行舉止上變得女性化！」

馬西頓時鬆了一口氣，彷彿感覺到那隻一直壓在雙肩上的怨靈終於離開了自己。

「自然界的力量是平衡的。」蘿蔓說，「你們應該都知道『陰』與『陽』的概念，就像『女性』和『男性』一樣。如果其中一方占據太多的優勢，肯定會變得不和諧！因此，重新取得兩者之間的平衡變成一件有趣的事。我們的目的就是透過培養各位圓滑的處事態度、敏感的內心、懂得分寸拿捏和心胸寬容，來找到你們身上的女性特質，幫助你們打開情感的大門。」

「但是，讓自己卸下防備並且表現出脆弱的一面，不會很危險嗎？」布魯諾按捺不住被這席話弄得有些不耐煩的情緒。

蘿蔓以一個慷慨的微笑來接納這項質疑。

「親愛的布魯諾，人們都誤解了『流露眞實情感就是脆弱的表現』這句話。事實上，增強情感的敏銳度，反而能幫助你打開新的感官維度，讓你獲得更多人文思考，讓人生像是從黑白膠片走進多彩的世界！獲得新的感官維度會讓你的意志更加強韌、想法更生動而眞實，特別是性格能夠更人性化。你們知道嗎？如果我們追溯『情感』這個詞彙的拉丁字根，可以找到『行動』的意涵。也就是說，如果沒有情感，你也會變得僵化固著。而今天晚上我們要做的，就是讓你們釋放內在情感最讓人讚嘆的能量。」

「那妳為我們準備了什麼內容？」娜塔麗興致勃勃地等待即將到來的新體驗。

「都是一些真實的情感片段。放映時我會坐在你們面前，但麻煩各位不要關注我！」

這很難吧。馬西心想。

蘿蔓示意放映員開始播放影片。影廳內的燈光暗了下來，所有人屏息以待。直到第一個畫面出現，大家才發現不是電影，而是一些能夠煽動觀眾情感的精選剪輯。馬西這才明白，為何每個人都在入口處得到一包紙巾。好險這種程度的煽情片段對他起不了作用，他過去從來沒有在電影院裡掉過一滴淚。當然今晚也不會。

首先播放的是電影《舞動人生》的最後一幕：比利患有阿茲海默症的奶奶，緊緊將他摟在懷中向他道別，接著把他推向門口，給他轉身離開的勇氣。奶奶心裡知道自己再也見不到這個小孫子……多麼令人心碎的畫面。

娜塔麗緊緊抓住馬西的手臂，早已泣不成聲。他試圖掙脫，但她接著把美麗的臉龐轉向他，防水化妝品的魔法讓她的妝容依然能夠保持完整。娜塔麗在兩行眼淚之間給了他一個酥軟的微笑。

「真的好感人耶！你說對不對？」

「嗯……滿不錯的。」馬西咬緊牙關，盡可能地讓自己不受到娜塔麗高漲的情緒感染。但這件事似乎意外地沒那麼容易。淚腺怎麼好像受到重擊而快要不受控制？馬西環顧周遭的同伴們，一個個露出激昂的神情，這畫面讓他提醒自己打起精神來，保持最高度的警惕。

接著他們又看了《飛越杜鵑窩》。蘿蔓依然選擇最後一個場景：酋長因為太愛麥克了，不忍心見到他成為失去意識的空殼，於是選擇用枕頭將他悶死。

在播放情節的過程中，馬西不斷地告訴自己：男兒有淚不輕彈、男人不許哭……他似乎看見父親的臉龐疊加在電影主角的臉上，往日父親神情裡的嚴厲、以及叮嚀馬西如何成為一個男人。

父親說：「心思細膩是女人編造出來的故事，用來掩飾她們那種有如慢性病般的感知能力；情感只是她們用來讓男人放下面子的藉口，如此一來她們便可以趁虛而入，使男人變得脆弱。因此，男人無論如何都必須無堅不摧。男人的前途在於實際行動，而不在於多愁善感。」

馬西看向蘿蔓，她優雅地坐在一旁的高腳椅上。

她到底想要什麼呢？看見我掉下淚來嗎？

電影的剪輯片段一幕又一幕地放映。《綠色奇蹟》《辛德勒的名單》《鐵達尼號》《遠離非洲》《美麗人生》……接著是《克拉瑪對克拉瑪》，電影情節中舊情已逝的夫妻為了爭奪兒子的撫養權而對簿公堂、撕破了臉。蘿蔓挑選了一幕：當父親必須向年幼兒子告知，法官已經把撫養權判給媽媽的時候，父親得勉強裝出輕描淡寫的模樣，將消息轉述給兒子，小心翼翼不讓他心愛的寶貝察覺到父親的痛苦，甚至還得提起勇氣和力氣，帶兒子去買冰淇淋來轉移他的悲傷……這就是最純粹的愛呀！

剎那間，馬西感受到前所未有的震撼和感動。這是他從未和親生父親有過的情感牽絆，這樣的聯繫讓他又嫉妒又害怕……他會不會是爲了保護自己，才在過去總是故意忽視這樣的情感呢？馬西再也忍不住情緒，斗大的淚珠在他的臉頰畫出一條溝痕。在經歷了無數載的昏迷之後，他那顆敏銳的心總算甦醒。他抬頭望著蘿蔓。

這就是妳想要的，對嗎？

蘿蔓對他投以一個微笑，看起來像是替他感到驕傲。

就爲了這滴該死的眼淚而感到驕傲嗎？太過分了吧！

但馬西卻也不由自主地對她投以一個微笑，怎麼也沒料到自己會有重新拾起感性的這一天。

32 三猿實驗

布蘭迪電影院之約的幾天後，馬西再度來到難搞防治公司，仍然沉浸在電影情節帶給他的情緒裡，心裡很佩服蘿蔓能夠挑起他沉睡已久的敏感情緒。

學員們在進入會議室後，立刻看見房間中央擺放的桌子，上頭有一件看起來相當龐大的物體，被一襲黑紗覆蓋著，所有人都露出困惑的表情。這次蘿蔓又準備了什麼？

蘿蔓邁開步伐走上前，一個俐落的身手扯開黑紗，一座古董青銅飾面的宏偉雕像出現在大家眼前。馬西立刻就認出來，是著名的「三猿」雕像。

蘿蔓解釋道：「待會兒，你們就會明白這三隻小猴子如何能幫助大家不再落入難搞行爲的情境裡……大家都知道這三隻猴子在東方庶民文化中的象徵意義嗎？孔子早在西元五百年前就說過：『非禮勿視、非禮勿聽、非禮勿言、非禮勿動』。就像印度的聖雄甘地，身上也總是放著這三隻猴子的小塑像。現在，你們來猜猜透過這個暗喻又會帶出什麼樣的新體驗……」

又是一個新的體驗！馬西不由得心生畏懼，但這次卻沒能逃過蘿蔓的目光。蘿蔓給了他一個不引人注目的微笑來鼓勵他，但願這一次他不會像上次「換位思考」練習那樣強烈抗拒！

蘿蔓繼續說：「我要邀請大家揣摩這三隻小猴子的角色，來體會一些事：首先是雙手堵住耳朵的猴子，代表的是全心全意且高品質的聆聽，將不好的內容化做耳邊風；接著是這隻摀住嘴巴的猴子，代表的是精簡話語和提高用字的準確度，避免自己口出惡言；最後是這隻遮住雙眼的猴子，代表的是正確看待事實，不曲解周遭人事物的本意。這些動作的落實也許有點困難，但日積月累下來，你們會有所收穫的！也會發現自己的人際關係變得越來越和諧！」

大夥兒仍然一頭霧水地看著蘿蔓。

「因此，我要邀請你們：試圖以盲人的姿態過一天，就像遮住雙眼的猴子，屏棄自己在視覺上第一眼的偏見；就像堵住雙耳的猴子，著重在高品質的傾聽。在此同時，除了積極和公正的話語之外，你們沒有說話的權利，就像摀住嘴巴的猴子。」

會議室內一陣沉默。

「會很有趣的，你們不覺得嗎？」

馬西瞥了周遭同伴們的神情一眼，確定無論是誰看到這個畫面，都會笑倒在地。

蘿蔓鍥而不捨地向他們解釋這項活動的原理和目的。然而，由於對這項活動實在太過擔心和厭煩，馬西根本無法專注在她的解釋上。

「（一大堆的長篇大論）……高質量的傾聽到底是什麼意思呢？（沒聽清楚）……與知道怎麼用心地待在當下、深度傾聽對方……（然後又是一些廢話）因爲我們有時候雖然身體在現場，心卻不在，而且時常用負面的過濾器來篩選自己聽見的內容……（繼續廢話連篇）我們必須嘗試去做一件事，就像是精簡且準確地使用話語一樣，因爲某些不重要的詞彙，一不小心就會脫口而出，可是一言既出，駟馬難追……（俗話說的（俗話說了什麼一點都不重要）……最重要的就是要恰如其分地聆聽和說話！」

派迪在此時插了嘴，一如往常地，他又有某個詞不太明白。

「那是什麼意思，『恰如其分』？」

這位先生，你實在讓我驚訝到下巴脫臼！馬西略帶怒氣把頭一歪、往椅背一靠。然而他不以為然的舉動引來了蘿蔓的關注，並且朝他發射一個責備的眼神，示意派迪當然有獲得解釋的權利。

隨後，蘿蔓親切地為派迪說明：「就像是……派迪，試著把你的大腦想像成負責防堵不良思想的海關。主要工作是過濾那些沒有用、會造成傷害、不適當、不公平或虛假的想法。並且，每個詞彙在說出口前，都要經過嚴格的審查，確定蓋上了『符合當下情境且出發點為正向』的海關章才能放行。這就是說話要『恰如其分』的意思。」

馬西馬上就閃過千萬個適用於當下的不雅字眼，傳到蘿蔓耳裡絕對會引發災難，幸好他大腦的海關立刻就為這些字眼統統蓋上「不合時宜」的印章。

他看著蘿蔓走向桌子，上面擺滿了些亂七八糟的東西。

「這些呢，是要發給你們一人一副的遮光全黑墨鏡，還有一支盲人手杖。你們會發現在不能依賴眼睛的時候，聽覺會變得特別敏銳！」

「但如果我們什麼都看不到，根本沒辦法找到路啊！這太瘋狂了！」布魯諾提高聲量。

「別擔心，布魯諾，我們都已經安排好了！每個人身邊都會有一位在『換位思考』活動時，與你們合作的志願者來協助，他們會在這一天擔任你們的嚮導。」

「眞的有必要做到這種程度，才能理解其中的道理嗎？」領主夫人艾蜜莉忍不住質疑。

「相信我，即將感受到的事會讓你們有飛躍般的進步。你們不會後悔的！」

蘿蔓的堅持不懈終於戰勝了學員的猶疑不決，所有人都領取了裝備，不再發出抗議。馬西也必須和其他學員一樣執行任務，他實在等不及要戴上那副眼鏡！果然，百分之百的遮光效果讓他什麼都看不見！他決定來個無傷大雅的作弊，將鏡架微微上抬，同時往背對他的蘿蔓靠過去，輕輕拍拍她的肩膀。蘿蔓猛然轉過身。爲了報復這個新挑戰帶給他的小怒氣，馬西捉弄起蘿蔓，演起視障人士的戲碼，伸手就往蘿蔓漂亮的臉龐摸去，同時弄亂她的一頭秀髮。

「蘿蔓？是妳嗎？我找不到出口……」

蘿蔓發出表示不贊同的嘖聲。但馬西敢發誓，那絕對是徘徊在放聲大笑和訓斥之間的聲音。她迅速制止馬西幼稚的行爲，把長長的兩隻手放回他們的主人身上，並把他的眼鏡摘下來讓馬西重新找回視線。

「好了！馬西！這不是遊戲！」

「啊，太可惜了……」馬西對她甜甜一笑。

接著他就被果斷地趕出了會議室。但馬西才沒有因此上當，他敢發誓，蘿蔓剛剛絕對被他的小遊戲逗得心花朵朵開。他帶著雀躍的心放棄搭乘電梯，選擇輕快地走下樓梯，重新再回到大街上。

妳才眞的讓我心花朵朵開呢……

33 看不見的一天

三天後，馬西再度出現在公司一樓大廳時，已經爲自己做好視障人士的打扮：配戴黑色眼鏡和拐杖，準備度過他的「三猿之日」。克蕾自然很樂意擔任他的嚮導，大方地出借手臂和眼睛給她的老闆。

「早安，韋格先生。」同事們向他打招呼，假裝沒察覺任何異狀。

馬西日前就要求克蕾發送一封電子郵件給公司的全體同事，事先解釋這個體驗是「本公司管理階層的必要訓練」。但員工們只覺得老闆又在做傻事了。不過自從有了上次「換位思考」的經驗之後，他已經慢慢習慣這些異想天開點子帶給他的困擾。

克蕾引導馬西走進電梯。不知怎麼地，馬西從她的語調裡聽出她雀躍的心情，而且爲了避免和走廊的每個角落都發生擦撞，馬西被迫只能依賴她。不過，雖然是以引導做爲正當的理由，但這位小姐的手是不是停留在他手臂和背上太久了？他感覺到克蕾的手緊緊抓住他，然而，他不是很確定自己喜歡這樣的親密接觸。

好吧，算了。大概只是自己因爲壓力太大而變得神經敏感。馬西想起蘿蔓。她到底還要讓大家擁有多少新的體驗？他承認這位年輕漂亮的女子確實不缺乏想像力，然而馬西只是不想讓蘿蔓對他感到失望，並且希望信守兩人間的承諾，才願意承受這一切。因為此時此刻，他真的是豁出去了。

他就像個還不能獨立的小孩一樣，不斷求助於克蕾。儘管她似乎釋出了極大的耐心，同時也沒有放過任何能在身體上親近馬西的機會。當然，所有的觸碰都還是很謹慎的，但馬西卻終於明白婦女們遭受騷擾時的心境……由於視線被剝奪，他的其他感官變得極為敏銳，也注意到克蕾的香水味，和每一次接觸時充滿誘惑的氛圍。這位助理對他的挑逗意圖從來沒有像現在這麼「溢於言表」。

好諷刺呀！就好像他是第一次見到克蕾，並且立刻就察覺到她對自己心懷不軌。這個意料之外的發現讓馬西有點錯愕，他必須想辦法遏止……

一整天下來，馬西不得不大量求助他的同事，並且把某些工作分配給他們。對於總是一人擔起所有責任的他來說，這是一件創舉。但往好處想，現在他終於意識到自己在工作上可以仰賴其他人的協助。如此一來，不僅節省了自己的時間和精力，同時也提升了員工的價值。

下午三點時，蘿蔓意外地出現在公司門口，特地前來拜訪馬西，希望給他一些鼓勵，同時也確認每位學員的練習都順利地進行著。蘿蔓輕快的語調讓馬西頓時安心不少。

「我只能把老闆借妳一下下喲！」克蕾在放開馬西的手臂時，故意追加了這麼一句，並向蘿蔓意味深長地微微一笑，才勉強同意讓蘿蔓陪伴自己心愛的老闆走到下一場會議的開會地點。倒是馬西想都沒想，就在心裡暗自竊喜地依靠蘿蔓的細心引導。

好啦！現在想把手搭在對方身上停留久一點的人變成我啦！

他們倆一起穿過走廊，克蕾在最前頭爲兩人帶路。蘿蔓詢問馬西目前的感受，他自吹自擂地表示覺得好極了，一切都很順利。馬西感覺蘿蔓似乎很爲他驕傲，不過最荒唐的，莫過於他竟然爲蘿蔓這樣的反應高興。

當他們抵達會議室門口時，蘿蔓告訴馬西自己只能暫時陪他到這裡，並且祝福他在接下來的一天裡也能如魚得水。

「那我就把老闆還給妳囉！」蘿蔓刻意回敬克蕾這麼一句話。

像一件物品般被兩個女人爭來奪去的感覺眞是奇怪……

「謝啦，蘿蔓。妳知道出口在哪裡吧？」

克蕾的語調讓馬西有些訝異。那是在他視線毫無阻礙時絕對不會注意到的細節……克蕾似乎不太喜歡蘿蔓，她的表現太明顯了，但至於原因是什麼，他怎麼都想不透……

「我會找到的，謝謝妳，克蕾！那我們就下次見啦，馬西！」

馬西惆悵地聽著蘿蔓離去的腳步聲。克蕾再度抓起他的手臂，要陪他走進會議室。她緊抓的方式顯示出她的心情與早先大不相同，幾乎要弄痛他了。

「謝謝妳，克蕾。現在可以放開我了。」他保持紳士態度，同時輕輕掙脫她用力的雙手。

接下來的會議就像是部超現實的電影。圍坐在桌子旁的是十二位公司的高階主管經理，而他，馬西．韋格，身爲大家的總裁，卻帶著盲人眼鏡和拐杖發表怪誕的言論。

「那麼今天，換我來聽你們說。」

這完全顛倒了過去的開會模式！

會議中馬西試著使用精準和簡潔的詞語，並沒有說太多話。他有點訝異自己從對話者的語調變化中聽到大量信息：些微的緊張、煩惱的感覺，還有其他一般來說很難注意到的情緒。但最重要的是，會議結束後，他感受到同事們積極的動力。

結束體驗活動的一天之後，馬西終於有權摘下眼鏡。一股前所未有的如釋重負感瞬間通暢全身。

就目前而言，一切都是值得的。他告訴自己，揉著視線模糊的雙眼，慢慢適應光線。

傍晚，他收到蘿蔓的訊息，顯然是想確定馬西是否順利從這次的任務中存活下來。

「所以呢？盲人的一天過得如何？」

「是很有趣啦，可是……」

「可是怎麼啦？」

「我好像有點視覺暫留的問題。」

「什麼意思？」

「就是如果現在閉上眼睛，我立刻會看到一張臉。」

「誰的臉？」

「妳的。」馬西在句子後面加了一個眨眼的笑臉圖案。

「你好狡猾！」蘿蔓同樣給了他一個笑臉的惡魔圖案。

馬西發現自己相當喜歡這個和她調情的遊戲。

「晚安囉，蘿蔓！」除此之外，馬西還加了笑臉的圖案。不久之後，他收到一個吐舌頭的笑臉做爲回報。

陶醉在訊息交換中的馬西沒有注意到克蕾的到來。

「有什麼好消息嗎，老闆？」他的助手也給了一個燦爛的笑臉。

馬西沉思了片刻才回覆她：「確實是個好消息呢！克蕾。是個好消息……」

接著他看了看錶。天啊！已經是晚上七點四十五分了，他完全忘記打電話給貓咪褓姆詹妮弗……馬西迅速打了通電話。詹妮弗委婉地希望他不會太晚到家，因爲有朋友在等她一起吃晚餐。大老闆只得趕緊收拾東西，匆匆忙忙往大門走去。

在一陣手忙腳亂中，他竟然把手機忘在辦公室的椅子上。

34 辦公室裡的祕密

晚上八點三十分。克蕾獨自待在荒蕪的公司裡，閑晃到馬西的辦公室內。一如往常，她偷偷坐上老闆的椅子，含情脈脈地輕輕拂過皮革材質的手把，背部緩緩靠上椅背，用穿著典雅高跟鞋的雙腳，輕輕推向地板滑動座椅，腳踝在空中微微交叉。

克蕾嘆了口氣，感嘆這間辦公室裡一直藏了這麼一個刺激的祕密。

突然間，她注意到陷在椅縫裡的手機發出微光。克蕾閃過一個念頭……反正，這個世界沒有人是完美的，不是嗎？

她偷偷點開了馬西的收件匣，發現他和蘿蔓彼此關切的訊息，完全證實她今天下午的預感：這兩人有點什麼。

克蕾又沮喪又懊惱，關掉應用程式後，生氣地放下老闆的手機。

35 週日早晨的不速之客

門鈴突然響起。

熟睡中的馬西猛然驚醒。早上十點十五分。他前一天晚上熬夜到很晚。況且在經歷艱難的一整個星期之後，他只想度過不事生產的一天……而且有誰會在週日的早晨跑來打擾他？門鈴再度響起，聽起來更加急促與不耐煩。馬西邊嘀咕抱怨，邊穿上長袍，從貓眼望了出去。

「爸爸？」

馬西帶著難以置信和不悅的心情打開大門，沒和父親打任何一聲招呼，就自顧自地走去廚房煮咖啡。他的父親則像是踏上自己新征服的領土，巡視著這間公寓，似乎一點也沒有被兒子的招待不周而冒犯。這樣的關係在這對父子間司空見慣。

「你知道今天是週日吧？」馬西的怒喊聲從廚房傳了出來，「是人們用來睡覺的！」

他的父親不發一語，逕自檢查起這間公寓。

「你要幹嘛？」馬西手上握著一杯熱咖啡走到客廳，繼續進攻。

「麻煩也泡一杯給我好嗎？」父親沒好氣地說道。

「你要幹嘛？」馬西又講了一遍。關於泡咖啡的事他似乎什麼都沒聽見。

「我需要你把高爾夫球竿還給我。上次你就這樣自己拿走……」

「這件事有這麼急嗎？」

「有。我約了一個朋友今天下午去打球。」

「原來你還有朋友。」馬西酸溜溜地補上一句。這兩個男人之間的關係總是劍拔弩張。

「很有幽默感嘛！……等一下，這隻是什麼？」父親發現球球的存在時不禁放聲大叫。

「你看不出來嗎？那是一隻貓。」馬西米克制自己不要吐出太尖銳的字眼。

「我太意外了。」父親語帶奚落，「你現在開始喜歡動物了？」

「至少動物們比某些人類更有感情……」

「是嗎？」父親靠近球球，試圖摸一摸牠。「哎呀！牠咬我！骯髒的東西！」他伸出手來作勢要打球球。馬西趕緊把球球抱在自己的懷中。

「住手！牠只是小貓，你嚇到牠了！」

爸爸皺起眉頭聞了聞球球的頭頂，伸手在牠面前挑釁地揮來揮去。

「妳長得好醜，對不對呀？……那你呢，最近工作多嗎？」

你什麼時候變得會關心我了？馬西本來想反擊他，但最後只是淡淡地閃避他的問題。

「那茱莉呢？她還好嗎？」爸爸繼續追問。

「嗯……不錯呀……」馬西知道他的雙胞胎妹妹肯定不願意和父親透露半個字。他心不在焉地撫摸球球的頭和那特別柔軟的貓毛。

父親的眼神現在飄到辦公桌上堆疊的文件，然後落到難搞防治公司的文宣小冊子上。

「這是什麼……不是吧？」他開始大笑起來。

「就是你看到的那樣，爸爸，我確實參加了這個課程。你或許也可以考慮去上個課……」

父親抹去眼角因大笑而滲出的淚珠。

「我最高興的就是你依然很有幽默感！先這樣吧，我要走了。對了！你母親託我帶句話給你：『最近有空的話打個電話給我！』她一直嘮叨，害我耳朵都快長繭了！」

當然！當她參加完那些牌局或是做完指甲之後還有空的話。馬西挖苦自己。

「我會記得的！」他沒好氣地回覆，急忙要把父親送去門口。

「那麼，兒子，再見啦！」爸爸在馬西的額頭上隨便親了一下。

此時的寂靜突然間過於喧囂了起來，憋了那麼久的馬西終於可以喘口氣。

36 打破深植的錯誤信念

時間來到週日下午，馬西帶著緊張的心情來到難搞防治公司，心裡依舊因爲早上父親突如其來的到訪而略有些怨氣。他們兩人的會面從來都沒讓人覺得輕鬆過。蘿蔓的出現或多或少舒緩了他緊繃的情緒，直到她對學員們發出警告：今天的課程依舊不會太容易，大家心裡必須先有個底……這讓馬西憤怒的火焰重新燃燒了起來！

「爲了更加深入討論難搞問題，我們要嘗試去了解行爲難搞的原因。首先，我要問你們一個問題：『這些波及到你們日常生活的難搞行爲，主要來源究竟是什麼？』」

在場的衆人面面相覷。

「好吧，讓我換個方式問：通常在不當行爲背後，都有一個所謂的錯誤信念，而這些都是我們在孩童時期不知不覺內化的強烈訊息。並且在之後的日常生活中反覆發送出去，就好像在重複播放一張有刮痕的光碟片，不斷地爲自己和他人重播錯誤的信號。結果是什麼呢？就是這些『學習來的』或是『被灌輸的』想法，大大限制了你的行爲，成爲一種阻力……好比說在一個非常嚴苛的家庭教育之下，你認爲所有事都必須自己承攬，並且相信無論在任何情況之下，堅強和力量都是唯一的出路。然而，眞的是這樣嗎？」蘿蔓說得很刻意。

馬西試圖保持凝視的姿態，眼睛一下也不敢眨。蘿蔓則繼續她的演說。

「或許你覺得自己不應該偏離家族的傳統，並且有義務承擔家人對你的期待，所以沒有權利去做眞實的自己，對嗎？」她看了一眼領主夫人艾蜜莉。

蘿蔓在這裡停頓了一下。會議室內一陣沉默。她眞的很令人欽佩，馬西心想。

「或許，你覺得如果沒有透過滔滔不絕的說話方式來獲得成功，這榮耀便不眞正屬於你？又或者，你覺得所有事都可以概括出一個簡陋的原因，像是『都是這些女人惹的禍』？」蘿蔓將目光停留在不知所措的布魯諾身上。

「也有可能是你們在孩童時期沒有受到應得的重視，以至於當你們成年後，堅信要在團體中占有一席之地，就必須提高音量和加重語氣來表現自己？」

娜塔麗漲紅了臉。

「你們身邊有沒有這樣的例子，認爲如果要在一個信任你並且尊重你的人面前建立形象，竟然是不必對他人太過友善？」

派迪的頭低了下來，死命盯著他的襪子。

馬西看著他的同學們，蘿蔓的每句話都刺在他們內心最脆弱的地方。

「我相信你們都能明白我的意思。如果要找到自己執著、不肯放棄的那個信念，試試看詢問自己，是否覺得自己太超過？或認爲自己在某方面不夠資格、沒有能力、辦不到某件事？或者覺得所有失敗都是其他人的責任？」

在一連串的補充解釋之後，蘿蔓走向桌上的大書包，拿出裡面的舊式三十三轉黑膠唱片。

「今天的任務就是要讓大家換掉那張有刮痕的唱片！請你們在第一張代表播放錯誤訊號的舊唱片上，用白色麥克筆寫下過去那些讓你受到局限的信念。接著，在新唱片寫下未來你們即將開創的嶄新正面心態，例如『我可以！』『我做得到！』『我值得！』『我有信心！』……這樣充滿活力的信念！由你自己親手把充滿新價值的想法和權益，交到自己手上，成爲自己的解毒劑！你們有權表達自己的情緒、有權不必在各方面都表現完美、有權多愁善感……」

馬西吞了吞口水。她不想承認蘿蔓這些話確實非常令人動容。

蘿蔓開始爲每個人分發兩張唱片及白色和金色的麥克筆。馬西觀察著其他學員們，儘管蘿蔓解釋得很詳細，但他仍然有些抗拒這項練習。難搞特質很快地又捲土重來，會議室內此起彼落響起不太悅耳的嘆息聲及其他惱人的噪音。有幾雙眼睛已經無神地望向窗外，眉毛揚起的弧度清楚排列出「一點都不想動腦筋」的想法。馬西注意到蘿蔓也開始感到不安，臉色變得越來越蒼白。現在她要怎麼擺脫這個困境呢？

就在這時，蘿蔓忽然開始進行一段完全出乎意料的告解。

「在我過去的人生當中，我一直都是自視甚高的人。我一直堅信，如果自己降低警惕的話，我的世界就會因此瓦解……」

爲了安撫大家，蘿蔓正在向他們自白她過去錯誤的信念！所有人都屏息聆聽，深怕錯過任何細節。

「我母親因為一場可怕的交通意外而過世……當時我年紀很小，是個尚未進入青春期的孩子，所以很快地，家中唯一可以管束我的成年人就變成未成年的我自己……媽媽的不幸意外讓父親從此意志消沉，花了很久才重回軌道。這段時間我一個人得要負擔兩個成年人的責任……所以即便到了今天，我還是偶爾會太過『保持警惕』。不敢對自己的弱點讓步，甚至是不接受這些弱點的存在。深怕不小心卸下防備後，會不知道該如何自處！」

這席話讓會議室裡的聽衆好像被石化般動彈不得。

馬西迎上蘿蔓的目光，激動地微微顫抖。她知道自己有多麼令他感動嗎？他想像一名稚嫩的小女孩，獨自把沉重的責任背在纖弱的小小肩膀上……心裡不禁一陣糾結。當時孤立無援的她肯定受了不少苦！馬西從蘿蔓的話語中，聽出她其實有多麼難以接受多愁善感的自己。他想告訴她，這樣堅強的她有多麼惹人憐愛和疼惜……

蘿蔓為大家指明完成這項練習的一條路，並邀請各位繼續完成他們的任務。終於，麥克筆書寫時的摩擦聲迴響在整個會議室中。一條又一條扭曲的信念漸漸浮出檯面，像被塵封遺忘的舊鐵盒再度重見天日……有些人的面色凝重，眼淚垂吊在眼角。馬西為此相當驚訝，沒想到這項練習所能激起的情緒有著如此強大的感染力，連他自己都快抵擋不住心裡那隻蠢蠢欲動的情感魔鬼漸漸甦醒……

「如果想哭就哭出來吧！眼淚必須適時地找到宣洩的出口！我們已經準備好充足的面紙了！」蘿蔓試圖緩解會議室裡漸漸收緊的氛圍。

馬西的理智線頓時斷裂，靜靜落下幾滴再也忍不住的眼淚。他萬萬也沒想到自己會有這麼一天，再也沒辦法維持冷酷的形象。蘿蔓溫柔地鼓勵他說出心裡的想法。但大老闆沒有勇氣抬起頭來面對眾人，只是默默地說了幾句話。

「我一直都認爲，要成爲眞正的男人就必須堅強、必須收斂自己的情感。對於我父親來說，流露情感是女人才做的事，男人就該是鐵石心腸！」馬西看著自己握緊的拳頭，重現了父親多次在他面前演示的動作。「他教我男兒有淚不輕彈，要咬緊牙關向前進！你們能明白一直保持堅強的感覺嗎？能明白一直壓抑自己情緒的感覺嗎？」

他擦了擦眼淚。講起自己父親的事讓他相當痛苦。

「爸爸呀，該怎麼感謝你才好呢？在我身上灌輸這樣的想法。多虧了你，我才白白錯過二十多年的生活！總是給自己壓力、萬事都要爭第一，還跟所有人都保持距離，以免讓他們擾亂了我的情緒……看看我最後的下場，竟然是和現實生活徹底脫節，也遺失了眞實的自己，像是被打了全身麻醉一樣，什麼都看不到也感覺不到。我覺得自己活得像是部機器……最糟糕的是……」

最傷心的部分總是最難以啓齒。

「我連和自己最親近的人出狀況都沒辦法察覺到，只沉浸在自己的工作和事業裡，活在一個只有自己的泡泡裡。我……我最……親愛的雙胞胎妹妹……茱莉……當我想到她曾經想……了結自己的生命……而我卻不在她身邊……在事前也連一點跡象都沒能察覺……但是現在……

她已經拒絕和我見面了！我被自己最親愛的人拒於千里之外！」

這是馬西第一次公開坦承茱莉的事，他盡量抑制自己因爲哭泣而抽動的肩膀。大家保持沉默，深怕打擾這一刻誠摯的懺悔。

「我們先休息一下好嗎？十五分鐘後再回來。」爲了讓馬西冷靜下來，蘿蔓提出建議。馬西很感謝她的體貼。學員們紛紛走往茶水間，離開時不忘看他一眼。

他們現在一定是用好奇的眼光把我看做動物園的野獸。看看妳幹的好事！這就是釋放情緒的代價。馬西萬分懊悔自己剛剛的所作所爲，起身走向窗戶。不久之後，蘿蔓捧著一杯水來到他的身邊。

「不用了，謝謝！」馬西心中滿是懊悔。蘿蔓輕輕把手放在他的肩膀上，他卻試圖擺脫她的觸碰。然而蘿蔓堅持把水遞給他。

「喝吧！會讓你好一些的。」

「沒事的，我很好。」馬西沒好氣地說。

她幹嘛一直用友善的眼神看著我？眞是讓人忍無可忍。誰去叫她把這種眼神留給其他可憐人就好……

「馬西，你不用爲了今天釋放情緒而感到懊悔。你能成功做到這件事，反而是非常好的跡象。很多人花了好幾年的時間也學不會，而你，則跨出了很大一步……」

「一個在大家面前哭的男人……妳會怎麼評價我呢？」馬西依然懷疑。

「你覺得我應該怎麼評價你呢？」蘿蔓緊緊地盯著他看。

馬西轉開了面對蘿蔓的視線，把頭低下來。

「馬西，看著我好嗎！你不用爲了自己落淚的事而感到羞恥，這是一種透過學習而被強加在身上的情緒，但我們應該要爲自己的誠實而驕傲。」

這些話有點動搖了他。

「謝謝妳。」馬西小聲地說。

蘿蔓將手搭在他的背上來安慰他。他們的目光交疊，馬西原本以爲自己會在蘿蔓的眼裡看見一絲憐憫，卻發現她的眼神中滿是驕傲……和一些其他的情緒……不過只維持了一秒，蘿蔓便迅速轉移目光。學員們在這時陸續回到會議室，正巧撞見了這一刻。

馬西看到蘿蔓趕緊逃離現場，再度回到她指導員該站的位置去。接下來的時間裡，學員們各自完成象徵禁錮自己思想的舊唱片，以及在新唱片上記錄自己內心的眞實聲音來強化信心，同時淬煉出在這個世界中肯定自己的勇氣。

唱片製作完後，蘿蔓要求每位學員起身，將舊唱片象徵性地打碎，任意地丟撒出去。課程在一片混亂又歡樂的氣氛當中來到尾聲，碎唱片散落在會議室的各個角落。蘿蔓還播放了音樂增添氣氛，難搞防治公司的員工甚至端上酒精飲料來消解大夥剛剛的悲傷。馬西沒想到，此時此刻的自己竟然感到前所未有的如釋重負和神清氣爽！

學員們在出口處漸漸散去時，馬西發現派迪刻意放慢腳步等待他。

「你要往哪裡走？」

「這邊。」馬西指了一個方向。但他其實把車停在更遠一點的地方。

「你不介意的話，我可以陪你走幾步路嗎？」

「沒問題。」馬西假裝輕鬆，但心裡其實滿是疑問。

最初的幾公尺兩個人都默不作聲，讓馬西暗自揣測派迪到底想和自己說些什麼。在剛剛那堂課結束後，他暫時不想跟任何人在言語上針鋒相對！

「我知道你和我打從課程一開始，相處得不算太愉快……」

馬西心裡暗自祈禱派迪不是選在今天和自己清算所有舊帳！

「但我想跟你說，你剛剛眞的讓我很感動！」

什麼?!我讓你很感動？馬西驚訝得下巴都要掉下來。派迪從眼角偷看了一眼他的反應，決定繼續說。

「我是說眞的。你能在大家面前勇於表露自己，我眞的覺得很勇敢。我很眞誠地……」

「嗯？」

「我很眞誠地向你表示我的敬意！」

「能聽到閣下如此的讚美是我的榮幸！」馬西打趣地說道。他們在紅燈前停了下來。太著急想穿越馬路的派迪沒注意到紅燈號誌。

「喔！當心！」馬西急忙拉住他的袖子，一把將他拉回人行道上。一輛汽車和他們在正前方擦身而過。

「天啊！謝謝你！」派迪急忙閃過車子，以免自己被撞飛，但這沒有阻止他繼續告白。「你知道嗎，馬西，你不要太介意我這麼說。但其實從課程一開始，我就覺得你有點裝模作樣，特別是和我在一起的時候……」

「我沒有裝模……」

「有、有、有！我都感覺到了！我沒有像我看起來的那樣笨，你說是吧？」有那麼一瞬間，馬西覺得笨的人可能是他自己！

「我從來都沒有這麼想過。」馬西以爲自己騙得了人，但派迪當然沒有相信。

「好啦，不要否認了。但老實說，我也覺得你有點那個……」

「做作？你是要說這個字嗎？」

兩名男子相視而笑。

「不管怎樣，我是想跟你說，今天我眞的對你心服口服！敢眞正做自己！不用裝出一副自以爲是或臭屁的樣子！」

「我明白你的意思，派迪。」

派迪清清喉嚨。看來他還有些東西要說。

「你知道嗎，你雙胞胎妹妹的事……就是她拒絕跟你講話什麼的……讓我很有感觸。你也知道……我……我妻子……」

「她也不跟你說話了，是嗎？」

派迪的頭幾乎要垂到地面上，悲傷地點點頭。

「反正，雖然這麼說也不會改變什麼，我只是想告訴你，我很了解你的感受，你不是唯一一個正在經歷這些事的人……」

頓時，馬西爲派迪這個突如其來的坦白感動不已，還有他意料之外的義氣相挺也讓他的心中滿是激動。兩人終於走到停車場，停下來面對著面。馬西看著派迪，好像這是第一次和他見面似的。該跟他說些什麼呢？最後，他只是伸出手來，熱情地握住派迪。

「謝謝你，派迪！我眞的……很感動。你也是，你也不孤單。我眞心希望你和你的妻子……」

「我懂，我知道自己也不孤單。」

又是一陣沉默。接著兩個人和彼此道別，沒再多說些什麼，各自捍衛著男性應有的尊嚴。

馬西下定決心，從此不再以偏見草率評價一個人。

37 取得原諒

蘿蔓走進商店，門鈴在她經過時活潑地叮噹作響。天氣晴朗的星期六，在巴黎實在太罕見了。她決定讓自己度過一個愉快的購物日。在過去幾天，她總感覺心情輕飄飄的。學員們長足的進步確實讓她非常高興，特別是馬西的那段自白。他無堅不摧的盔甲終於被卸了下來……還有他們彼此交換的眼神！就好像她可以看穿他的眼睛、看見他的內心，從這扇敞開的靈魂之窗裡，發現比她所想還要多的細膩情感……這讓她不得不心花怒放！現在她正在試穿一套印花紅色套裝，並在一個假想的馬西面前轉了一圈。

「請幫我打包這一件，謝謝。」蘿蔓燦爛地將衣服遞給店員。

雅絲米納（她制服吊牌上標誌的名字）說了一個三位數的金額。蘿蔓的臉先是漲紅，接著變得慘白。好吧，超過預算就超過吧！只要能讓馬西開心起來。他正因爲自己沒能早點意識到性格上的缺點，而讓妹妹和他斷絕往來一事相當受傷。可憐的小傢伙。

蘿蔓和他談論過這件事，茱莉還是一直拒絕和他接觸。他承認妹妹的態度讓他非常難過，不過至少他還是同意讓蘿蔓去找茱莉聊聊。蘿蔓爲此特地走了一趟橙水診所，和茱莉的第一次相見令她相當難忘！不知道該怎麼形容，才能貼切地表達這位馬西的雙胞胎妹妹讓她有多麼爲難。這兩人根本是同一個模子刻出來的！蘿蔓幾乎使盡了渾身解數才說服她。

「妳知道嗎？妳哥哥因爲自己對妳的情況無能爲力、無法幫助妳而感到非常無助！」

茱莉靜靜地哭泣，而蘿蔓握住她的手。

「我知道。我知道自己讓他很爲難，或許是眞的太爲難他了。但我會這麼做並不是我的錯……妳看看我，病成這副模樣。我要他對發生在我身上的事負起全部的責任！我恨他這幾年和我形同陌路。我們小時候總是形影不離，即便是國、高中學業繁重的時候也一樣。可是過了不久，他就完全墜入他的事業發展和升遷，誰也沒有辦法阻擋他的野心！即便是我也沒辦法！本來一切都好好的，但事情的發展總是變幻莫測，突然有一天就急轉直下。他越來越少打電話給我，我們越來越難見到面，好像我突然被他給遺忘了，讓我每天都像在和空氣表達思念。在那之後就是一段帶給我巨大痛苦的消失期，我這輩子最重要的男人就這樣背叛了我！我覺得自己彷彿跌進深淵裡一樣，快要不能呼吸，但我的哥哥卻把這件事當做玩笑來看！我再也受不了了……」

但也多虧了這次的交流，蘿蔓發覺茱莉已經開始做出讓步，不再認爲哥哥應該爲她掉進地獄這件事負起全責。至少她已經邁出了第一步。在此同時，蘿蔓也沒有停止讚美馬西有多投入課程，還有他正在取得令人難以置信的進步。

蘿蔓是眞的卯足全力在幫助這對兄妹……但茱莉會不會察覺到自己對她哥哥有其他想法呢？希望不會。無論如何，蘿蔓的來訪在於讓她明白和哥哥破鏡重圓的重要性，讓她最親近的人再度回到她身邊，幫助她重建自己。

「不過，每個人都可以擁有第二次機會，對嗎？」

茱莉點點頭。即便她暫時還沒有準備好要見到馬西，但至少已經開始考慮……她當然需要一點時間來原諒他的過失，也需要更多時間來原諒自己……

蘿蔓坐進咖啡廳喝杯冷飲的時候，獨自想起這一切。如果學員們不能取得身旁受傷親人的原諒，那麼他們將很難再有進步！至少必須嘗試採取行動，來展現他們想要和解的意願。蘿蔓啜飲了一口檸檬氣泡水，認爲這件事應該要成爲下一個課程的主題。

38 找回你我之間的愛

兩天後，蘿蔓向學員們揭示新的課程主題。她希望每人都能想一個很有創意的方式，來尋求那些曾經被他們傷害親人的原諒！

「拋開所有的包袱，大膽一點！」

蘿蔓從他們眼中讀到的訊息就像是：尋求原諒？尋求原諒！想得美！……的確，對於這些難搞的人來說，想出這些點子並不會太簡單。因爲尋求原諒在某種程度上意味著「承認自己的錯誤」，那些求取寬恕的話語可是會劃傷嘴巴、傷及自尊的。

「那如果我們被無情地拒絕呢？妳想好我們該怎麼做了嗎？」派迪不情願地抱怨。

「這確實是可能會發生的事。但是派迪，無論如何對你來說都只會是有益無害的。在尋求原諒的過程中，你會讓妻子重新找回自尊，同時也讓你重新找回自尊心，減少一些心理負擔。你不會後悔這麼做的。就算對方不願意原諒你，至少你還是能得到一顆較輕鬆的心，也會知道自己至少努力過了，才能將自己準備好，繼續用正確的態度迎接人生的下一個篇章。要是你的行動奏效了，你就可以在健康與和諧的基礎上，重新建立你們的關係……」

這段話成功說服了派迪。

蘿蔓暗自希望他已經開始意識到，和自己生活在一起不是什麼輕鬆簡單的事，因此即便道歉一千次也不為過？派迪是深愛妻子的，為了挽回對方，他赴湯蹈火也在所不辭。蘿蔓很期待看見派迪能絞盡腦汁想出一個好主意。

布魯諾在思考這個問題的表情也很值得注意。通常他是不輕易將情緒表現在臉上的，但現在，他的臉部線條卻流露出溫柔的痕跡……他是不是想起了深愛的愛絲翠阿姨？然而年老的愛絲翠阿姨已經好久沒有收到他的消息。布魯諾想出了一個點子：把自己假扮成送貨員，送自己烘烤的餅乾給愛絲翠阿姨！蘿蔓雀躍地同意這個想法。

馬西看來正全神貫注在自己的思考上。蘿蔓決定不打擾他，先去看看娜塔麗和艾蜜莉。

確切說來，這兩位女士並不需要向任何人請求原諒，因此蘿蔓提議她們可以從生活周遭選擇一個人，思考可以強化自己和對方關係的方法。艾蜜莉提議偕同兒子參加某些料理藝術或創意食堂的課程，一起共享高品質的美好時光；娜塔麗決定打電話給一位前同事，當時她非常喜歡對方，卻從未花時間做更進一步的認識。她要邀請對方來家裡，準備一頓美味的晚餐，然後真誠地了解這位可能的好朋友的背景和興趣，真正實踐她在這裡學到的同理心和傾聽技巧！

蘿蔓真心地為每位學員的創意表示祝賀！唯獨馬西，一直到課程結束還是沒告訴蘿蔓計畫的內容。

兩週後，馬西才願意吐露事情的經過：他讓茱莉的照護者帶她到花園。另一方面，八位願意幫忙的人，等在大樓的每個窗戶邊揮舞各自的字卡……

「原、諒、我、吧、莉、茱」他妹妹讀出這幾個字（二樓的兩個人還把名字拿反）。而一樓窗戶的字卡則是他的名字：「馬西」。

「太棒了！那她有什麼反應？」

「老實說，最後我們在一樓大廳見面時，她在所有圍觀群衆的面前又哭又笑的！然後……她給了我一個擁抱！」

「太棒了！我眞的很爲你高興！」

「這一切都要感謝妳！」

「我可什麼都沒做！我只是完成我的工作！」

「得了吧！妳讓我妹找回對我的愛！我欠妳太多了，不知道該怎麼感謝妳才好。」

「不如就好好地把課程上到最後？」

「這我得再想一下……」

蘿蔓從他的語氣之中聽出，大老闆已經做好一切準備了。

39 希望蘋果園之地

我的天啊！早上的時間總是過得特別快嗎？蘿蔓在心裡暗暗咒罵。整個上午她都在小公寓裡來來回回奔走，整理即將到來的週末出遊必需品。再過半小時，父親就會來接她。可不能漏了什麼東西……手提行李箱、印刷文件，以及為了給大家帶來驚喜的必要用具。

過去幾週以來，學員們的關係又變得更緊密了，蘿蔓為此感到非常欣慰。友誼就像是博愛的遠房親戚，是邁向無私之路的第一步。

課程到了這個階段，是時候為學員們提供一次放鬆的週末，並透過某些儀式活動來慶祝他們的進步，並繼續在具有啓發性的環境之下學習。

集合的地點約在難搞防治公司的大門口，蘿蔓預約的兩輛轎車已經停在那裡等待。忽然間，小公寓的鈴聲大作，蘿蔓迅速打開大門，同時不忘一邊咒罵那只拒絕被關上的手提行李箱。約翰對此非常明白，出發的日子總是讓他的女兒特別緊張。蘿蔓很感謝父親沒有在這個時候出言數落她冒失的窘境，他溫柔地從女兒手中搶過那只可憐的行李箱，並且替她闔上，有條不紊又有力地提起所有難對付的包裹們，將它們全都送進電梯。

約翰開著車，蘿蔓很驚訝如今在這樣的場合之下，他依然能保持冷靜沉著，特別是她知道父親過去的性格有多麼令人頭疼。一路上兩人相當沉默，蘿蔓有些緊張，雙手不由自主地將衛生紙撕成碎片。

他會發現我緊張的情緒嗎？當然會吧！

不過約翰很謹慎地一句話也沒多問，蘿蔓暗自感謝他的這份貼心。當他們抵達難搞防治公司時，學員們都已經到齊。派迪、艾蜜莉、布魯諾、娜塔麗，還有……馬西，他正和大家愉快地交談。輕鬆的氣氛就好像要去夏令營一般。蘿蔓也開心地加入和馬西的談話。而這一切都看在她父親眼裡。蘿蔓也悄悄往父親的方向望去，似乎想收到些什麼訊息。

通常她會和他分享一切，但偶爾，她也想保有自己的祕密花園。然而，她似乎從父親的眼裡讀出一些擔憂和不贊成。他當然會擔心自己的女兒冒險追隨這位不好相處的男人，進入到危險地帶而受傷，不是嗎？這麼久以來，蘿蔓第一次對於父親的過度保護產生反感。她轉過身去背對著他，確保爸爸不會再看到自己的臉。約翰不得不因此不耐煩地驅趕這群人趕緊上車。

「快快快！出發了！」

馬西自願擔任駕駛，他似乎已經習慣沒有私人司機的生活。蘿蔓坐上副駕駛座，娜塔麗則坐在她後面。約翰駕駛另一輛汽車。他們要去的地點在諾曼第北邊，一個ＧＰＳ不太管用的地方。因此，知道路的約翰是最管用的報路系統。

去往「希望蘋果園之地」的路程約莫為兩個小時，那是一座古老的中世紀小莊園。蘿蔓向學員們解釋她與父親選擇這個地方的原因，結合了藝術、哲學和個人發展的因素。當他們抵達時，莊園老闆蘇菲雅和文森出來接待。這個活動是他們與難搞防治公司共同舉辦的。

除了蘿蔓有些神經緊繃之外，一路上都相當順利。在狹小又密閉的駕駛座上，這兩個小時裡，每一次馬西爲了換速而打檔的手都那麼接近她的膝蓋，讓蘿蔓的內心相當澎湃。這當然很甜蜜，卻也同時很折磨！當終點出現在眼前，蘿蔓不得不稍微感到有些失落。

好不容易才把所有乘客和物品都卸下車，蘿蔓讓大家聚集在極爲迷人的舊式諾曼第風格客廳裡。

大夥坐在一張紅色的圓弧形大沙發上，紫色和淡紫色的墊子優雅地鋪在上頭。客廳裡還有一座氣勢雄偉的壁爐，實心木頭做的煙囪直達天花板，垂直的角度讓整個壁爐在這幢房子裡看起來相當威嚴。在大家頭頂上的是精美的吊燈，蠟燭形狀的小燈泡散發著溫暖的光暈，照亮每位學員的臉龐。天花板裸露的木梁與通向花園的白色外框玻璃大門，形成鮮明的對比。

莊園老闆站在所有人正前方歡迎大家。蘇菲雅留著一頭漂亮的黑長髮，黑色的燈籠褲與上半身那件東方韻味的抹胸形成強烈對比；文森是名身材健壯的短髮男子，蓄著一點絡腮鬍，輪廓鮮明，一對眼珠子炯炯有神。這對夫妻渾身散發著具有感染力的幽默。

「待會兒蘇菲雅和文森會帶各位參觀你們的房間。但在那之前，我要先請你們把電子情人託付給我保管！」蘿蔓笑著說。

「我們的什麼？」馬西不安地詢問。

蘿蔓走向馬西，臉上依舊帶著笑容，向他伸出手來等待他交出某樣東西……

「你們的手機。」

馬西目瞪口呆地看著她。

「恕難從命！」

一場眼神對視的戰爭就此展開。

「馬西，手機已經占據你生命中太多。相信我！你必須學會斷、開、束、縛！」

蘿蔓的語氣恐怕是有點太激動，約翰不得不走上前來。

「這裡發生什麼事了嗎？」

看來她父親是打算攪和這淌渾水了，這讓蘿蔓非常不高興。

「沒有！爸爸，一切都很好！我只是在和馬西解釋少花點時間在手機上，多花點時間在重要的事情上面……」蘿蔓轉身面向馬西，「我保證，每天傍晚你都會有一小時的時間查閱訊息……」

馬西敗下陣來，心不甘情不願地拿出口袋裡的手機交到蘿蔓手上，嘴裡還不忘抱怨幾句。但這不會讓蘿蔓改變心意！要是他不開心的話，那就隨他去吧！她的任務是要讓他找回對生活周遭的感知，減少那些虛幻的感受、增加些真實的體驗，讓他能夠找回自己的感覺。不過蘿蔓也爲她的堅持付了點代價：原本她打算在這段時間多與他相處的……馬西卻因此氣了她一小段時間。

蘿蔓對所有學員一視同仁，將大家的電子情人都放進一只小籃子裡，豐盛的樣子就好像是她剛剛從花園裡摘採來的新鮮蘋果。

蘿蔓扼要地提出解釋，說明這種功能性物品的唯一功能，只是讓情況變得更糟。這是一種很殘暴的發明，以非常專制獨裁的手段，將它無所不能的功用強加在使用者身上，完全掌控每個人的時間。被馴化的人因此產生不健康的依賴，而這種成癮又強化了他們的焦慮，隨時保持在警戒狀態。

蘿蔓希望大家能夠體會到平靜的美好和眞實，是唯一讓他們重新找回自己的方式。但目前看來，這席話對學員們來說有如耳邊風。和最愛的物品分開，讓他們個個面如槁木，覺得自己像是全裸暴露在外，走進房間時還不忘瞪一眼蘿蔓。

希望我精心爲他們準備的週末足以讓大家原諒我……

40 鳳凰遊戲

在確認好自己的房間後，馬西決定到大花園裡去走走路、散散心，讓自己放鬆一下。打從一開始，他就一直擔心自己即將要空降到一個遠離文明的蠻荒之地。果然一切如他所料。

在前來的路上，他不禁質疑這樣的週末到底能有什麼非比尋常的節目……老實說，預見自己即將被圍困在一片青山碧綠、如詩如畫的田園風景之內，並沒有讓他高興。身爲一個百分之百的城市居民，他又再一次地堅信自己永遠不會和索然無味的鄉下有什麼掛鉤。說實話，在車子開進「希望蘋果園之地」的大門時，他就知道自己的擔憂是對的。他來到一個極其無聊的地方。沒有商場、沒有電影院。放眼望去，周遭綠的都快要滴出汁來。

但是蘿蔓的在場稍微改變了一些。光是這一點，就足以合理化馬西這次的旅行。他感覺他們兩人之間的互相吸引已經開始，只是還不太確定。他也很擔心自己在上次「錯誤信念課程」的表現，露出那副淚眼婆娑的表情對自己實在太不利了，蘿蔓會怎麼看待這種暴露出缺點的男人呢？馬西希望利用這個週末來確認蘿蔓對他的感覺，同時也表達自己的心意。

天忽然就變了臉，大雨將至。馬西不得不提早結束他的花園漫遊，重新回到客廳裡。濕冷的天氣讓溫度驟降，莊園主人文森點起爐火，熠熠的火光溫暖地映照整個大廳。

蘇菲雅捧著一只托盤走進來，爲所有提供以當地鐵匠自製杯具承裝的熱巧克力和手工烘焙餅乾。氣氛輕鬆又歡樂，是馬西過去很少有的體驗。他應該是今晚在場第一位，因爲和這群人一起與世界隔絕而感到高興的人。

有些人正聚集在文森周圍，聆聽他一時興起而開始的吉他演奏會。蘇菲雅則掏出一只古怪的盒子，看起來是一副撲克牌。馬西向她走了過去，認出盒子上的字跡：鳳凰遊戲。

「這是什麼？」他好奇地問。

「是一副哲學塔羅牌。」蘇菲雅笑著回答。

「啊！原來妳的職業是占卜師嗎？」

「哈哈，不是的！這不是占卜！事實上，這裡每張牌都只是爲了照亮一個人生活中的情境或方向……這也是爲什麼這些卡片又被稱爲『火焰』。」

「眞有趣。」

「你要試試看嗎？」

馬西識破了蘇菲雅語氣中的挑戰，興起了姑且一試的欲望。他當然不信這些，但反正現在他的手機也被搶走，斷絕了和外界的聯繫，實在也沒有其他事情好做。蘇菲雅示意他坐下之後提出一個問題。馬西趁機問了一個困擾著他，但他又不敢向其他人提起的問題：如何發展和別人的關係，特別是和女性之間的聯繫？

蘇菲雅對他笑了笑，將紙牌攤開成扇形遞到他面前，準備以不同的角度來探討這個問題。

在接下來的幾分鐘裡，馬西先後抽出六張卡片，其中有三張特別引起他的注意。第一張牌談的是他目前的氣場，而他抽到的牌是「狂風暴雨」，暗示著一場有所助益的旋風正在掃除他過去有害的習慣和行爲，帶領他走向新生的道路。

眞了不起啊！

第二張牌「蜂蜜」說明了他最私密的欲望。馬西渾身起了雞皮疙瘩，這張牌暗示了他想要在另外一個自己身上找到幸福的祕密渴望，比如珍貴的愛情就像蜂蜜一樣，可以治療他的傷口，並且塡補他過去錯失的甜蜜和快樂……

「不錯啊！」馬西語帶諷刺，企圖掩飾自己的坐立難安。

第三張牌要談的則是女人對於他的看法！馬西迅速做了個鬼臉奪走卡片。

「馬西……你常常讓別人感到害怕，或是給別人過多的壓力嗎？」

「嗯……可能吧……就是這樣才會被視爲一隻噴火龍！」

是一隻噴火龍！還眞可愛！

「透過這張『龍』的卡片，要提醒你小心不要用太過『火爆』的言語傷害對方！特別是針對女性，要多多表現出你的溫柔和關懷。」

馬西往蘿蔓的方向看了一眼，想知道她是不是也把自己看成一隻可怕的惡龍……蘇菲雅感覺到他的擔憂，希望能夠開導他。

「別擔心！沒有什麼是不能改變的！要馴化一隻龍可以有很多方法……」

就在這個時刻，娜塔麗走向他們，打斷了談話。

「要開飯囉！」她愉快地用高分貝的音量說道，「一起去嗎？」並向馬西伸出她的手臂。

至少不是所有人都覺得我是一隻噴火龍！馬西心想，稍微放寬了心。蘇菲雅在他離開前又對他說了幾句話。

「如果你想要的話，待會吃完飯後我可以再讓你抽一次牌，針對剛剛的最後一張牌替你解惑……」

她輕拍了一下桌上那張「龍」的卡片，向馬西眨了眨眼。馬西輕輕地咳了一聲。

「那太好了，謝謝妳，蘇菲雅！等等見囉！」

他跟上娜塔麗的腳步，挽著她的手，讓她帶領自己到飯廳。蘿蔓給了他們兩人一個意味深長的眼神。馬西希望她沒有誤會自己和這位公關經理的關係。

整頓晚餐他都食不知味，對於娜塔麗的喋喋不休也只是漫不經心地聽著。他不是在做夢，娜塔麗眞的在對他調情。如果是其他時候，他可能不會這麼無動於衷。但此時此刻，他的眼裡只有蘿蔓，剛剛的卡牌遊戲讓馬西抽不開思緒，無法不專注在蘿蔓聰明專業又平易近人的形象。尤其是在餐點和餐點之間的空檔，她總是轉頭和他四目交接。馬西迫不及待想要再聽到蘇菲雅給他的啓示，想知道自己怎麼樣才不會再被看成一頭惡龍……這樣的回饋竟然是來自於他唯一願意帶進自己城堡裡的女性，實在是非常可惜……

41 聽見心裡真正的聲音

大夥兒在晚飯過後閒散地回到寬敞的客廳，蘿蔓也帶著裝手機的小籃子走進來。她走向馬西，並示意他拿回自己的手機。

「喔，謝了！」馬西冷冷地說，拿起手機後心不在焉地將它放進外套口袋裡，接著轉身面向剛剛坐回到他面前的蘇菲雅。

蘿蔓也轉身離開，馬西的一雙眼睛盯著她的背。他敢保證蘿蔓一定也很想坐下來一起參與蘇菲雅的「哲學塔羅牌」，一起參與這種從抽牌的過程分析心裡感受的一門藝術。

「來吧，馬西！我讓你再抽一次牌，給你一些建議，看看如何才能讓女性同胞們不要再把你看做一隻噴火龍……現在請你抽出第一張牌吧！」

馬西有點害怕翻牌之後即將看到的畫面，但同時又有些興奮。儘管他不相信紙牌算命這種事，但這款遊戲似乎也提供了勇於嘗試的人一個神聖的自省機會……他抽出一張牌，是一座美麗花園：美輪美奐的奢華感給人一股難以抗拒的吸引力。而花園座落在一座堡壘之中，被城牆包圍在內。半開的大門外有隻巨大的腳，看起來好像是在等待進入的邀請。馬西屏息等待蘇菲雅的反應。

「看來，有一股力量，正在讓你邀請對方進到自己心中最私密的地方……這有讓你聯想到什麼嗎？」

「嗯……可能有吧……」馬西深呼吸一口氣，心裡想著的全是蘿蔓。

「這張牌跟在剛剛抽出來的『龍』卡片之後實在很有趣，你知道一隻龍如果卸下防備之後會得到什麼嗎？」

「呃……我不知道……寶藏嗎？」

「是啊，馬西！就是寶藏！你知道是什麼寶藏嗎？」

馬西心裡早有了答案，只是怎樣都不願意說出口。蘇菲雅低聲地替他完成這項任務。

「你猜對了，馬西，就是愛啊！但爲了得到這份愛，你必須放下堡壘的吊橋，讓對方進到你的花園裡！」

馬西的臉微微變成了粉紅色。自從上小學後，他就不曾再有這種情緒……

房間另一端的蘿蔓正沉浸在與父親的西洋棋對戰裡。她贏了嗎？他當然無法在這麼遠的距離外知道結果，只看見蘿蔓額頭上因專注而擠出的皺紋。

「那麼，我們來看看，該怎麼打開馬西堡壘的這扇門呢？」蘇菲雅示意他繼續。

馬西抽出另一張牌：「孩童」。

「是『孩童』的牌呀！這是一個很棒的邀請呢！如果你在生活當中能夠少扮演一點成年人的角色，就會重新找回發現驚奇和自動自發的能力，也會擁有更多樂趣！很顯然地，你一直都在克制自己。『成年人教導孩童不要懼怕黑夜，在此同時，孩童也點醒了成年人不要抗拒白天時的喜悅。』馬西呀！你必須學會聽從自己的內心，試著不要總是爲所有事找到合理的理由！勇敢地享受生活帶給你的體驗……現在，我們就來看看你該怎麼做，才能改善和女性的關係。」

馬西抽出了牌：「鳳凰」，這副牌裡最特別的一張卡。意思是他必須殺死那隻被視爲惡龍的舊馬西，才能變成可以敞開心胸的新馬西！完成眞正的重生！

這個遊戲對馬西的影響已經超出他的預期。他抬頭看向樓梯，艾蜜莉、派迪和約翰正要上樓去睡覺。這個遊戲花了他好久的時間！

「快結束了！」蘇菲雅好像能看透他的心思似地，接著用儀式般的口吻說道：「最後的關鍵，要成功打開大門進到花園，你需要知道的事情是什麼？」

面對桌上的扇形牌卡，馬西用些微顫抖的手指抽出吸引他的最後一張牌：「擁抱」。

蘇菲雅驚呼了一聲。馬西被眼前這幅大膽的圖嚇了一跳：男人與女人，兩具裸露的身體充滿激情地纏繞在一起！

這個「鳳凰遊戲」眞讓人臉紅心跳啊！

更讓他體溫急速上升的是：蘿蔓正朝他們的方向走過來。

「這裡一切都還好嗎？馬西，你學到什麼很棒的新鮮事嗎？」

馬西幼稚地用俐落的動作，瞬間把「擁抱」的卡牌翻到背面，他不想讓蘿蔓看到這張牌。

接著喃喃自語地表示這個遊戲挺有趣的。大概是感覺到他的尷尬，蘿蔓下一秒便決定逃離現場，卻也對於自己被隔離在外感到有些失落。

「好吧。那……晚安囉！」

「晚安！」馬西回答並盯著蘿蔓，確保她已經離開，才尷尬地把卡片翻回來。

「擁抱！」蘇菲雅繼續她的解析，「代表即興感官創作的一張牌。心心相印和纏綿的軀殼！看看這兩具赤裸的身體，寧靜地彼此相擁在一起，並且輕輕閉上眼睛，如此信任對方……女性化的第二自我，不就是找到最終幸福的祕密嗎？」

這次抽牌讓馬西驚訝地說不出話，但還是盡量克制自己別表現出來。他熱情地再次感謝蘇菲雅爲他犧牲了寶貴的時光。

「這眞是好東西！」馬西忍不住稱讚，一邊幫她把卡牌收回盒子裡。「不管怎麼說，這些遊戲眞的非常……有趣！雖然它們只是一些卡片……」

「當然啦！最重要的是他們會在你的身上產生迴響，讓你能把自己的感覺聽得更清楚。」

馬西忍不住想起剛剛蘿蔓走上樓梯回房間時的優雅身段，還有他當下的情緒。

「眞的……聽得再清楚不過了。」他喃喃地說。

42 扮裝遊戲

昨晚蘿蔓睡得不算安穩，畢竟昨晚發生的事讓她不是很愉快，馬西似乎太過專注在蘇菲雅的塔羅牌遊戲裡。

她很想知道蘇菲雅到底說了什麼，才讓他如此神魂顛倒，甚至當她走過去時，馬西幾乎沒有看她一眼……至於他和娜塔麗晚餐時所發生的一切，蘿蔓只能用三個字來形容：不得體！蘿蔓從懸掛在房間裡的半圓形鏡子裡，看著正在上妝的自己，鏡子的邊框由鐵線鍛造而成，優雅而瑰麗。正在修調眉型的蘿蔓意識到自己眼神裡的銳利。

妳會不會是正在……嫉妒？少來了！

她有點厭煩自己心裡的小劇場，完妝後便匆匆下樓去吃早餐。

感謝有早餐的存在，讓蘿蔓重新獲得了一些能量。她享受著眼前迷人的景色，光影的細膩就像是維梅爾的畫作一樣，賓客們坐在長廊，沐浴在金色的早晨微光之中。當馬西下樓加入他們時，蘿蔓也沒給他太多的關注，冷處理的小把戲可不是只有他一個人會。

雖然她很快就意識到這一切都太荒謬了，不得不強迫自己先專注在緊要的工作上。她還得和學員們一起完成任務，其中當然也包含馬西。但整個早上她都試著與他保持距離。在此同時，莊園主人文森安排了一堂騎馬課，他們整個早上唯一學會的恐怕只有在馬耳朵旁說話……

很快就到了午飯時間。大家又驚又喜地看著莊園大廚安德烈精心為他們烹調的美食：滿桌子以新鮮海產和當地特產做為食材的道地諾曼第料理。安德烈以前曾是米其林餐廳的主廚，退休之後隱居在這個寧靜的田園之中，在沒有任何壓力之下繼續他的料理藝術。因此，他將所有創意和精湛技藝都貢獻給這個莊園和難搞防治公司的團隊，以呈現充滿驚喜和美味料理的餐點。

現在，桌上擺滿了抹上卡門貝爾乳酪切片乾香腸（比單吃塊狀的乳酪美味多了！），以及當地盛產的黑皮諾紅酒。

「吃完這頓，是不是要開一堂課教授調情！」派迪大聲地把所有人的心聲都說了出來。餐桌上爆出一陣笑聲，尤其是蘿蔓，她笑得太過激動以至於馬西不得不用一個古怪的眼神看著她。她覺得自己不應該再多喝一口黑皮諾紅酒……她實在太緊張了！約翰注意到這一切，低聲問她：

「親愛的，妳還好嗎？」

「沒事、沒事，都很好。」蘿蔓小聲回答他。

接著大廚端上烤卡爾瓦多斯大明蝦，以及水果風味濃厚的夏多內乾白酒。蘿蔓將手伸到玻璃杯上方謝絕更多酒精。她最好還是保持清醒，畢竟她已經遊走在清醒的極限……精美的菜餚讓賓客陷入一片靜默，所有人都在大啖色香味俱全的餐點。隨餐搭配的還有天然酵母麵包和王冠鬆糕——一種承襲中世紀手工藝的麵包。至於甜點，廚師端上了米利頓塔，酥脆的餅乾捲包起杏仁奶油醬，兩端各以巧克力顆粒做封口。

我的肚子要爆炸了！蘿蔓心裡一邊想，一邊還是把小甜筒放進嘴裡。而她喜悅時動人的模樣肯定是美不勝收，因為馬西從剛剛開始，視線就沒離開過她身上。貪嘴的她在這個時候嗆了一口，整張臉都因此漲成粉紅色。

就在這個時候，她注意到父親從頭到尾都看在眼裡。

蘿蔓喝了一大口水，試圖讓自己緩和下來，又點了一杯咖啡，其他學員們也紛紛跟進。她感覺到大夥兒已經喪失繼續參與小組工作的力氣，只好搖搖他們的肩膀來提振士氣，今天可沒有安排午睡的行程！

「別睡著呀！大家！十五分鐘之後我們將重新開始充滿驚喜的課程！這次將由蘇菲雅和文森來擔任老師。」

「地點在哪裡？」經歷了早上的騎馬訓練之後，艾蜜莉忍不住擔心。

「在一幢你們穿越莊園大門時都會看見的小房子！」

接著大夥們步履蹣跚地走向目的地，順便消化肚子裡的食物。當蘿蔓領著大家進屋時，他們意外地發現，這裡竟然是……劇院！

目瞪口呆的一行人沒有立即發現穿著有趣服裝的角色已經在一旁等待。當他們終於看見正向他們靠近的幾位小丑時，吃驚的反應把蘿蔓逗得哈哈大笑。

「開什麼玩笑，這個？」派迪放聲叫道，隱約透露出他的擔心。

這個開場顯然相當成功。莊園主人文森的角色扮演更是讓蘿蔓大開眼界。他正慢慢向學員們靠近，唯妙唯肖的裝扮讓人幾乎認不出來：經典的大紅色塑膠鼻子、硬挺的黑色圓頂禮帽、一件讓他看起來相當滑稽的過大灰色夾克、以青綠色吊帶掛在身上的土耳其色褲子、紅色的蝴蝶結、以黑色顏料塗成熊貓狀的眼睛、刷上白色粉底的臉龐，和面頰上鮮紅的兩圈腮紅形成對比……

「歡迎大家！」文森用怪腔怪調的語氣把大家拉進情境劇裡。

另一邊，蘿蔓在一頂碩大的黑色鬈假髮下認出蘇菲雅：她正以一種藐視的態度和一行人打招呼，同時搖晃著身上那件蓬鬆的短裙，露出裙子底下厚實的海棉內襯。

令人振奮的下午才正要開始。

43 小丑面具後的真情

自從午餐過後，馬西就一直不在狀態內，原因當然與食物毫無關係，是蘿蔓的舉動讓他心神不寧。他不習慣看到她這副模樣：太興奮和激動、焦躁、沒來由地開懷大笑……還有她不停拋給他的表情。尤其是性感地吃下杏仁奶油小甜筒的時候……讓馬西差點要棄械投降！她眞的沒意識到自己會對他造成什麼影響嗎？還是她就是熱衷看到馬西不知所措的模樣？

走到小房子的路上，馬西都在胡思亂想這件事。當他終於發現這裡居然是一個小丑的工作室，而接著他們都將在這裡度過一下午，馬西只想轉身拔腿就跑。老實說，他現在眞的沒有那個心情！他看向蘿蔓，給她一個勉爲其難的表情，而蘿蔓回他一個甜美的笑容來鼓勵。馬西毫無任何招架的餘地，只得乖乖投降。

小丑文森爲了讓大家更白在一點，向大家保證，這個下午絕對會非常精采，並懇請大家先把批判和抗拒放到一邊。在此同時，小丑蘇菲雅正在一張大桌子上擺放所有阿里巴巴從藏寶洞穴裡搜刮來的金銀財寶：各種化妝品、道具服、假髮，還有琳瑯滿目的飾品。蘿蔓這時拿起麥克風。

「這個劇院工作坊呢，是希望讓大家體驗，如何才能發自內心以輕鬆面對的態度取代批評，把自己從自我控制的情況中解放出來。今天你們要創造的小丑既是你搞笑的形象，也是你自由的模樣，能夠跳脫其他人的目光，盡情地享受樂趣！希望大家都能玩得開心！」

「妳呢？妳不參加嗎？」馬西問道。

「我就不了，總得有人幫大家拍照！」

膽小鬼！馬西忍不住想向她提出抗議。

但蘿蔓似乎讀得懂他的心思，再次向大家保證：「別擔心，不會有什麼問題的！請好好利用這次的機會來學習與別人的目光保持距離，也與挑剔自己的嚴苛目光劃清界線。在這裡，沒有任何的社交表演，也不用達成什麼。好好地做一次自己吧，玩得愉快！」

接著她就逕自忙著處理那部相機，準備記錄接下來的時刻。馬西忽然想起諸位股東們的臉，想像他們看到照片裡他喬裝成一個小丑時的表情！這個念頭讓他內心一陣翻騰，只得獨自躲在角落苦笑。在此同時，身邊的夥伴們已經漸漸放棄掙扎並且完成變身，玩得不亦樂乎。小丑文森下達命令：今天，每個人都要讓小丑版的自己誕生！

「這不是精神分裂！小丑並不是『另一個人』，而是明明可以在世人面前展現，卻不敢這麼做的一部分的『你自己』。」

「這個鼻子要怎麼放上去？」娜塔麗插嘴道，迫不及待地往自己身上戴。

「鼻子怎麼戴非常重要啊！千萬別在衆人面前戴上它，要保持神祕！而且也不能讓別人碰它！你會發現鼻子應該是這個世界上最小的一張面具，但是也遮住最多的自己……」

這句話也沒有讓馬西特別放心。

「想想怎麼把自己的人格特質變成漫畫人物的模樣，或是乾脆做個最大的反差！」小丑文森繼續說，「就是這樣！艾蜜莉！」文森忍不住大喊，他看見艾蜜莉成功化身爲一個腹部和胸部都異常腫大的小丑母親。

蘿蔓帶著她的相機靠近，並記錄下每一個正在誕生中的小丑角色。

此時，試衣間的布簾被俐落地扯開，讓人幾乎看不出眞面貌的布魯諾出現在眼前。這位無可挑剔並且永遠一板一眼的經理已經成功蛻變，驚豔不已的大夥兒笑成一團。布魯諾戴著一副明顯太過窄小的圓形鏡片眼鏡，嘴唇只在中央的地方塗上紅色，還有經典的大紅鼻子，黑色的眼瞼被延伸畫到比眉毛還高的地方，黃色的領帶別在粉紅色的襯衫前，外頭罩著暗綠色的西裝外套。最勁爆的是：他戴著一頂泳帽。

哇，他眞的豁出去了！馬西想著，心裡相當敬佩布魯諾的傑作和勇氣。他做夢也想不到，像布魯諾這樣的人竟然願意嘗試這麼荒謬的造型。看來這個課程眞的徹底改變了他……

至於派迪則是正在創造馬西還猜不出來的角色……他向蘇菲雅要來一些紙箱，正著手製作神祕的道具。他和馬西在最初幾個月的相處裡摩擦頻頻，但自從那次錯誤信念課程後，兩人難忘的停車場交心讓事情改變許多。儘管兩人有許多差別，但他們都遭遇了被至愛親人拒絕往來的痛苦，因此惺惺相惜。

看著身邊的大家都在努力找尋點子，馬西因有所顧忌而遲遲不能開始，讓他有點焦慮。另一方面，他也承認自己很擔心如果這次自己沒辦法克服挑戰，蘿蔓會怎麼看待他……萬一大家都成功了，只有他無動於衷呢？在一陣混亂的思索之後，他終於有了點子。不如就裝扮成一個截然不同的自己吧！比如說：流浪街頭的小丑！他向蘇菲雅說明自己的想法，得到她的同意並願意為馬西提供指導。

馬西站在鏡子前，看見自己的臉有了些變化，手指被抹上白色的漆，然後整個嘴巴都變成紅色。蓋住耳朵的灰帽子讓他看起來相當落魄，但這讓他非常開心！小丑蘇菲雅幫他畫了下垂的眉毛，讓他看起來愁眉苦臉。他還穿上一件單薄的灰色調格子外套，不合身的版型讓馬西不得不在胸前揪著外套，表現出一副受凍的模樣；胸前別著一條過短且皺巴巴的紅色領帶。最後馬西弓起背來，顯得卑微和弱小，便完成了這個角色大改造。

遊戲終於要開始了。小丑文森用繩子在地上圈出了一個範圍，規定大家不可以超出界線。

「今天，大家要讓自己的小丑形象正式誕生……」小丑蘇菲雅用鄭重的語調宣布，聽起來稍微有些怯場。「首先我們要做的事，就是為各位小丑取名字！來吧，大家！不要想太多，想到什麼名字就丟出來！」

小丑蘇菲雅幫每位新生的小丑找到自己的名稱：娜塔麗變成碎嘴麗、布魯諾成為蚊子諾、艾蜜莉改名為小貝殼麵，因為她的造型讓蘇菲雅想起把孩子們照顧得無微不至的母親。派迪則被取為胡嘟嘟糖⑩，這個點子是來自他把自己塞進身上那個長得像救生圈的道具。

現在只剩下馬西，他還在為了名字而想破頭並高聲抱怨：「還要取新名字啊？我們現在是變成毛茸茸的娃娃了嗎……」

「這個不錯啊！就這麼決定了吧！」小丑蘇菲雅興奮地大喊。

「什麼？」

「毛茸茸！」

馬西不知道該對自己的新綽號下什麼註解才好，但其他學員們似乎對這個綽號很是滿意，更不用說已經笑得前翻後仰的蘿蔓。小丑文森此時下達指令，要各位小丑們兩兩一組。一開始兩人都在舞臺上假裝睡著，聽到第一個訊號時，第一名小丑要醒來；聽到第二個訊號時，剛剛醒來的小丑就不能動了，但是換第二名小丑醒來；等聽到第三個訊號時，兩名小丑就要開始即興表演，唯一的規則就是不管對方提出什麼建議都要表示同意。

「我要跟馬西一組！」派迪不等大家討論就搶先說道。

馬西腦袋一片空白。雖然說他們兩個人最近才簽了停戰協議，但距離要成為劇場上的夥伴可能也還有些距離！

娜塔麗似乎有點生氣，靠在馬西的耳邊說：「太可惜了！我本來想和你一組的……」

小丑文森示意第一組小丑上場。馬西找了個遺世的角落坐下。娜塔麗一如往常地率先準備好挺身而出接受挑戰，艾蜜莉也跟著她上場。接著是布魯諾，他的夥伴是小丑蘇菲雅。大家似乎都輕易地接受了這個練習。馬西不禁好奇地自問，這些人到底是從哪裡生出來的從容？這讓他產生一種不太熟悉的怯場感，畢竟他過去總是那個可以一上演講臺就讓眾人眼睛一亮的角色。不過現在……場景是在劇院裡！那就是另外一回事了……

然而可怕的時候終於還是來了，現在所有人的目光都落到他和派迪身上，等待兩人粉墨登場。

「我……我不太確定自己能不能做得到……」馬西試圖解釋。

「放心吧，馬西！隨便做點什麼就好，不用想太多！」沒想到派迪竟然給了他一個擁抱，爲他加油打氣！「兄弟，加油啊！」

接著他把馬西拉到屏幕後面。

「來吧！把鼻子戴好。放鬆點！」

現在竟然是派迪在對我下指導棋？太陽打從西邊出來了。

「別擔心！會很好玩的！」胡嘟嘟糖派迪向他保證，「那麼我先開始囉？」派迪在邁步走出屏幕前，向他眨了眨眼，留下馬西一人進退兩難。怯場的反應讓他口乾舌燥。

加油啊，毛茸茸馬西！

他自嘲地爲自己打氣，希望給自己一點勇氣，並深呼吸一口氣。這眞的是太荒謬了！可是直覺告訴他，要是他做不到的話肯定會讓蘿蔓大失所望。

馬西看到派迪已經在臺前假裝睡著了，這才想起待會出場之後要趕緊做同樣的動作，「小丑誕生」的戲碼才能順利地演下去！第一個訊號響起，胡嘟嘟糖派迪開始行動，馬上就獲得第一個笑聲。不錯嘛，有兩把刷子！接著他開始對豎耳傾聽的觀衆們講起自己的故事：當他的女人離開的時候，他的心也跟著丟失了……這就是爲什麼他的胸口上有一個大窟窿（派迪撕開胸前的襯衫，露出事先用黑色化妝品畫好的象徵性黑洞）。他用淒美的情緒感動了觀眾，說明自己如何自此之後成爲其他人的心靈維修員……他露出白袍長衫裡面各式各樣的工具，以及以一條繩子綁縛在他身後且用繃帶包紮起來的一顆心。

馬西久久不能從這場表演所帶給他的情緒波動裡緩和過來。派迪完全是個能言善道的演說家！但有誰曾經想過他竟然會有這樣的時刻？

沉浸在思考裡的馬西在聽到第二聲訊號響起時，嚇得跳了起來，胡嘟嘟糖派迪暫停了他的即興表演並停在原地不動。馬西吞了一口口水。

換我了！

但是無業遊民小丑版的馬西，到底想表現出什麼樣的人格特質呢？

隨便啦！他不斷告訴自己，不要在乎那些人看我的表情。馬西開始緩慢地移動，緩慢地伸展自己，接著揉揉惺忪的雙眼，好像自己剛從一場幾世紀的睡眠裡甦醒過來。他慢慢看向自己的衣著，愕然地發現自己身穿著破爛的衣裳。爲此，他深深地嘆了一口長長的氣，誇張地演繹情感的流露。

「我……發……生……了……什……麼……事……」

毛茸茸馬西把手伸進口袋並將口袋翻開，裡面空空如也。

「我破產了！我……破……產……了！」他用刺耳的哭腔大吼出這幾個字，把每個音節都拖得極長，接著大聲哭泣。

他聽到觀衆笑出聲。是因爲他很滑稽嗎？還是因爲他很幽默呢？毛茸茸馬西可能不會對此提出質疑，但是馬西會。第三聲訊號響起，觀衆爲此鼓掌，胡嘟嘟糖派迪和毛茸茸馬西的雙人演出正式開始。馬西依稀聽見蘿蔓爲他叫好的聲音，這讓他有了繼續下去的勇氣。他繼續說道。

「我什麼都沒、有、了！我的財產、我的帝國，我、的、權、力！所有我擁有的一切……」毛茸茸馬西被悲傷占據，垂頭喪氣地駝著背，嗚咽地啜泣。

「嘿！朋友！」胡嘟嘟糖派迪說，「你看起來眞的很糟糕呢！你說你失去了一切，但是，你確定這些財富和力量都能讓你感到高興嗎？」

「我不知道……但是，如果這些我們都有了，還需要些什麼其他的呢？」

「嗯……再想一想吧！我的朋友，你還有最珍貴的東西呢……」

馬西頓時答不上話。

派迪以爲現在是哲學課嗎？現在是要在一個簡單的小劇場遊戲裡，強迫我思考一個深奧的哲學問題嗎？

「我最珍貴的東西，是什麼呢？」

胡嘟嘟糖派迪拍拍馬西的胸膛，用理所當然的語氣說道：「還能是什麼呢？當然是你的心呀！我的朋友。」

「啊！但是你怎麼知道心是最珍貴的東西呢？」

胡嘟嘟糖派迪的臉色瞬間沉了下來。

「我啊……我付出了一些代價才知道的。因爲我失去了它，我失去了自己的心……」

「我能看一眼嗎？啊，是眞的呢！原本該是心臟的位置什麼都沒有了……不過，也許可以找得回來吧？再找一顆心回來，是可以做到的吧？」

「我不確定。」胡嘟嘟糖派迪嘆了一口氣，「而且這件事也不只取決於自己……所以在等待自己的心回來前，我成爲別人的心靈維修員。」

「我從沒聽過這樣的事！」馬西向他這位朋友露出欽佩的表情。

「看吧！即便我們已經處在金字塔的頂端，擁有財富和權力，也還是不能無所不知！告訴我吧，朋友！你介不介意讓我看看你的內心是什麼樣子呢？」

「我不介意……」

胡嘟嘟糖派迪假裝拿出一個放大鏡，並且模仿醫生聽診時的動作，仔細端詳毛茸茸馬西的內心，逗得觀眾哈哈大笑。

「我的天啊！你的心不太美麗呢！它變得坑坑疤疤的！」

這時的馬西已經完全沉浸在這齣舞台劇與人物的角色裡，深深地被派迪的臺詞所觸動。就像現在，他彷彿突然之間看到那顆被他漠視已久，以至於變得破碎的心出現在眼前。

「我們會修好它的！」胡嘟嘟糖派迪充滿動力地說，同時拿出口袋裡有趣的小道具們，模仿機械修理員的樣子在修理馬西的心臟。「好啦！現在你又有一顆全新又美麗的心啦！又能夠好好地運作啦！但是從現在開始，你得好好照顧它！」

「謝謝你，我親愛的朋友！我不知道該如何感謝你……我已經沒錢能報答你了……」

「我才不是爲了錢呢……」

「但我想到了一個好主意……既然你這麼善良地修復了我的心，那在重新找回你的心之前，能不能先接受我把自己的心分一小塊給你呢？」

「你眞好！」胡嘟嘟糖派迪非常感動。

「放心！我會幫助你找回你的心！」

「眞的嗎？」

「當然了，兄弟！」

臺上兩位小丑熱切地看著對方，激動地握住對方的手爲這項協議加封。最後一聲訊號響起，全劇終。

觀衆熱切地鼓掌。馬西爲自己能夠這麼投入於一場劇場即興演出，並且感受到如此出乎意料又強烈的情感而自豪。從此以後他對派迪另眼相看！此時此刻，他只想讚美這位朋友。

「做得好，派迪！你眞的是……太了不起了！」

這句讚美出自馬西之口，讓派迪受寵若驚。

「你也不賴呀！」他笑著說。

爲了阻止自己一股腦兒把激動的讚美都傾倒在對方身上，兩人開始假裝收拾東西。

演出結束後的幕後講評進行得相當順利。馬西不知道自己是怎麼做到的，但無論如何，好像在這次的課程裡，他又重新找回孩童時期的歡樂，成爲一個自由自在的孩童，違抗成年人那些太過嚴苛的規定，一腳踢翻任何政治正確的門檻，盡情地玩樂。

多麼大快人心的感覺！

然而，最大的寶藏，恐怕是蘿蔓明亮雙眸中爲他感到驕傲的眼神……

譯注⑩：胡嘟嘟糖（Roudoudou），一種裝在小扇貝造型菓子裡，給法國小孩舔著吃的彩虹糖。

44 炙熱的吸引力

課程結束後，蘿蔓協助學員們收拾道具和設備，同時也很高興這次的體驗讓他們又重新充滿熱情。如今，大家都更勇於以自己的方式多認識自己和別人一些，也為此而有滿滿的收穫。

蘿蔓一一向學員們道賀。每個人的表現都讓她非常驚豔，尤其是馬西，她真的沒想過他會有這麼精湛的表演。毛茸茸失魂落魄的模樣，還有他想傳達的情感，確實讓蘿蔓很感動。

毛茸茸的角色反而讓馬西摘下面具了呢！蘿蔓心裡想著。

現在她清楚看見這個男人那顆曾經被禁錮太久，如今終於重獲自由的細膩之心，同時也擴展了他人格特質的另一個維度，讓他渾身散發危險的吸引力……

週末很快地來到尾聲，是時候收拾行囊再度回到巴黎。學員們熱情地感謝蘇菲雅和文森的款待。馬西重掌方向盤，而虎視眈眈的娜塔麗為了能和馬西沿路聊天，一個箭步搶到副駕駛座的位子。這讓蘿蔓相當吃味，一語不發地坐在後座。另一輛車上，布魯諾坐在約翰身邊的座位成為導航員，而後座的艾蜜莉和派迪此時已經成為好朋友。

一路上，蘿蔓再次體會到娜塔麗實在不擅長進行長時間的對話！她的胡言亂語填滿了每個本該安靜的時刻，最終她的語調成了催眠曲，讓蘿蔓幾乎都要打起瞌睡。全仰賴馬西偶爾從後視鏡裡送過來的細微眼神，才勉強讓她保持清醒。

儘管高速公路的路況壅塞，他們還是很快地就抵達巴黎。馬西先讓娜塔麗下車。關上車門前，她俯身與馬西說再見，眼神中滿是不能與他共乘到最後一刻的遺憾。

終於只剩我們兩個人了……這個念頭蘿蔓想了不下百次。

「我先載妳回家吧？然後我再去難搞防治公司把車交給妳爸……」

「你眞好！……但沒關係的，我可以陪你先去公司再回家！」

「這週末妳已經做很多事了！現在是好好休息的時候！」

當車子開到蘿蔓的奧斯曼風格公寓前，開始下起了大雨，看來他們把諾曼第的天氣也帶回巴黎。馬西把車停在卸貨停車格，按下雙閃燈。

「等等，別下來！我來幫妳開門！剛剛在後車廂好像有看到一把傘……」

馬西在後車廂找到一把有難搞防治公司標誌的大傘，再繞到車子後座爲蘿蔓打開車門。兩人很快地躲到一旁的門廊底下。

「妳在這裡等我，我去拿妳的行李。」

多體貼啊！

爲了能騰出雙手提箱子，馬西將傘放在原地，拉起衣領朝車子走過去。再回來的時候，臉上滿是細小冰冷的雨滴。

「都在這裡了！」他把行李箱放在腳邊，倉皇地看著蘿蔓，看起來有點彆扭，似乎是想說些什麼，但是所有的話語都卡在喉嚨裡。「眞的很謝謝妳……安排這麼棒的一個週末！我……」

他慢慢靠近蘿蔓。蘿蔓緊張地抓緊手上現在唯一介在他和馬西之間的包包。突然間背後的門鈴聲大作，有人正要離開建築物。他們站到一旁讓裡面的人能夠經過。蘿蔓笑了出來，但立刻又打住。兩人之間只剩下車輛行駛過雨天道路上的聲音，以及沉默。

千萬不能！也一定不能！但蘿蔓還是阻擋不了事情發生。

克制不住自己的馬西一把抓住蘿蔓脖子後的衣領，讓她往自己的身上更靠近後，熱烈地吻了她。困惑的蘿蔓思緒一片空白，只能讓自己炙熱的兩片雙唇緊緊地貼著馬西的雙唇，其他的什麼也無法多想。過了片刻，蘿蔓好不容易才重新找回一絲清醒，殘酷地將馬西推開。

「不！馬西……我不認爲這是對的。」她試著清楚地表達自己，「我們的課程還沒有結束……我……你明白嗎？」

馬西用不解和驚訝的眼神凝望著她，兩隻眼睛睜得大大的。那是一個不習慣被人拒絕的表情。

他好像明白了什麼。不安定的內心讓他緊張地用手撥了撥頭髮後，便客氣地向蘿蔓道別，接著就消失在她的視線裡。

蘿蔓像個小偷一樣立刻衝進身後的建築物。

「該死！」笨重的大門闔上後，她嘆了口氣。

她上樓回到小公寓裡，忍不住拉開窗簾向外看。馬西已經離開。

這麼做是對的！她試圖說服自己。

有一部分的蘿蔓正因為自己做出抗拒的反應而鬆了口氣，畢竟和馬西這樣的人牽扯上關係的話，就是在和自己內心的平靜道別！況且就職業道德上來說，抗拒是毋庸置疑的……但是儘管有這些論據充足的理由，有一部分的蘿蔓仍然感到沮喪。她無法否認自己喜歡馬西。

然而在這個世界上，有些欲望還是鎖在心裡好……

45 改變自己的同時，也可能改變其他人

這是馬西人生中第一次被拒絕！這讓他非常不知所措。傳說中的第六感都去哪了？他明明就很確定蘿蔓對自己的心意……他搞錯什麼了嗎？該怎麼辦？會不會其實蘿蔓根本對他沒有意思？實在太煩了！他又想起蘇菲雅的「鳳凰遊戲」，建議他必須敞開心房。看看她幹的好事！現在他打開大門了，卻被直接吐槽在臉上！

馬西整個晚上都在反覆思考，漫漫長夜裡似乎只剩下孤單，最後只好轉身尋求球球的關愛。至少她不會拒絕我！馬西漸漸習慣將球球放在大腿上，撫摸牠柔軟的毛，很訝異這隻小貓竟然能帶給他這麼舒適的感覺。儘管如此，他的思緒還是離不開蘿蔓。

他很久沒有遇過這樣的困擾了，所以對這些似乎被過度放大的情緒感到有些遲疑。他非常缺乏這類情感管理方面的訓練，尤其像是這種他抓不住情緒的時刻。

爲什麼情緒管理不能像管理跨國企業那樣簡單呢？馬西嘆了一口氣，覺得自己需要一點外來的指引。可惜這一次他不能再向蘿蔓徵求意見！

蘿蔓和馬西之間出現巨大疙瘩，因此破壞了最後的幾堂課程。蘿蔓假裝什麼也沒發生，這讓馬西氣急敗壞。於是在自尊心的作祟下，他又故技重施，假裝親近娜塔麗，畢竟她似乎才是

眞正注意到馬西存在的人。

再下一堂課，蘿蔓告訴大家一個新計畫：「快樂共享協會」受邀參加一個爲弱勢兒童舉辦的公益活動日，因爲協會的理念非常具有教育價值，像是消除自我中心主義的弊病、發展博愛的精神或是其他抵制難搞行爲的價値，好比說：善良、捨己爲人、分享等……

「希望大家那天要好好表現呀！」蘿蔓半開玩笑地說，「將會是充滿驚喜的一天！」

眞神祕……

公益日這天很快就到了。一輛小巴前來接送參加者們，馬西一路上都在賭氣而默不作聲。這當然不是一個攻下蘿蔓心房最好的辦法，但目前他的傷心和失望都讓他暫時無法思考任何新戰術。尤其是現在，他還不知道等待著他們的會是什麼樣的公益日，直到他看到太陽馬戲團雄偉又壯觀的帳篷布置。

「蘿蔓！妳又做了什麼好事？」派迪大吼。

「放心啦！不管是什麼，我們都陪你一起面對！」艾蜜莉對他眨了眨眼。

馬西默默地爲他們驚人的友誼而感動。至少他們還有彼此……

就在這個時候，一輛大型校車將一大批正在快樂尖叫的孩子們載到他們身邊。這些孩子們的年紀大約介在九到十二歲之間。

我絕對應付不來！馬西不安地想。

蘿蔓終於向他們說明正等待著他們的任務：「我們今天的任務呢，就是陪伴這些孩子們進行馬戲團訓練，爲他們帶來一段美好的時光！大家不要慌張，你們只需要擔任馬戲團表演員最強力的左右手！你們的參與以及具有感染力的快樂，就足以把這一天變成這些孩子們難忘的一天！好了，現在大家好好去玩吧！」

語畢，蘿蔓走向看起來很失魂落魄的馬西。

「記得保持笑容哦！」她輕輕對他說。

「現在能讓我微笑的只有一件事。」馬西咕噥道。但他的回應似乎沒有在蘿蔓身上起作用。她轉身走開。

總是這樣！假裝自己什麼都沒聽到！馬西抱怨在心裡。

一位馬戲團團員此時正在替馬西戴上變裝用的帽子和拐杖，接著一位教師前來找他。

「是馬西嗎？您好，很高興認識您。向您介紹，這是史黛拉、林、莫莫還有阿齊。您能陪他們參加今天的各種活動嗎？」

我能說不要嗎？

四雙充滿希望和期待參加活動的眼睛同時一起注視著他，馬西只好盡全力把笑容延展到最開，讓自己可以用充滿熱情的語氣來回答孩子們，即便他一點也不覺得自己活力滿滿。

「出發吧！孩子們！」

除了阿齊表現得似乎有所保留以外，其他孩子們都高興地拍拍手。

四個孩子首先想嘗試高空盪鞦韆。太陽馬戲團的表演者先爲大家示範了動作，接著一個個讓他們練習。孩子們因為彼此無可避免的跌倒而笑成一團。幸好鞦韆的高度不是很高……

小史黛拉因為圓滾滾的身材而面臨窘境。馬西感覺到眼淚在她的眼眶裡打轉。

「嘿，史黛拉！就跟妳說不要再吃糖果了吧！」莫莫出言嘲笑她。

馬西只好站出來為小史黛拉辯護：「大家都會成功的！」他充滿活力且堅定地說。

馬西迅速站到史黛拉身邊，幫助她勇敢地站上鋼條，並且讓她牽著自己的手慢慢找到平衡，他同時也注意到站在不遠處的蘿蔓正用慈愛的目光看著這一切。但他這麼做可跟蘿蔓沒有關係！他對蘿蔓皺了皺眉頭示意她走開，蘿蔓露出一個悲傷的神情。馬西無奈地聳聳肩。他還能做些什麼呢？畢竟他們兩人之間關係的短暫可不是他的錯。

小史黛拉相當高興，但馬西很快就注意到阿齊仍然遠遠地站在一旁，因此朝他走了過去。

「你要不要試試看當空中飛人？」

「不了……我不會。」

阿齊想趕快逃開。馬西當然也可以就這麼讓他跑走，但既然自己都接下任務了，就還是試著做些努力吧……只是這個小淘氣可能會讓人很棘手。

「我看看。可是你看起來很強壯呢，對嗎？」

「真的嗎？」小男孩看著自己的二頭肌。

馬西覺得自己成功了一步。

「來吧！試一次給我看看。」

「那你先試給我看！」

「可是……那個……我太老了！」馬西試著閃避這個挑戰。但阿齊沒放過他，用一雙黑色的眼珠子直愣愣地注視著他。

太陽馬戲團的表演者幫他把兩個鞦韆並排在一起。光是站上鞦韆就已經相當不容易了，更何況要停留在上面！馬西跌了一個狗吃屎，逗得阿齊哈哈大笑。從那張燦笑的臉上可以看得出來，阿齊已經開始喜歡這位努力娛樂他們的先生。馬西覺得自己像極了一隻腳吊在單槓上的豬，但他試圖讓自己看起來不要那麼窘迫，在表演員的帶領下把自己盪出去。在此同時，他也贏得史黛拉的芳心，其他人也都爲他熱烈鼓掌。馬西完成了他的挑戰，現在換到阿齊履行承諾了。多虧年輕又輕盈的身形，阿齊完美地成功達成任務。

馬西幫助阿齊走下鞦韆，然後用力地讚賞他。彆扭的小男孩高興地扭動身體，他並不是每一天都能收到這樣的禮物。

蘿蔓說的很有道理，讚美的美德是無價的！人們應該要常記於心才是！

接著馬西爲四個孩子買了棉花糖，一起坐在看臺上津津有味地吃了起來。

「你有小孩了嗎？」阿齊問他。

「沒有呢……」

「你應該要有小孩的，你一定會是個好爸爸。」阿齊一邊說，一邊大口咬下整團棉花糖。他的話擊中了馬西的內心。

「我不知道自己會不會是……我爸爸沒有為我樹立一個好榜樣。」

「他會帶你去看馬戲團嗎？你爸爸？」

「啊，不會。他完全不是那種人……」

為了不讓自己的祕密都被挖掘出來，馬西鼓吹孩子們去玩一個大型的彈跳床。大家在這裡玩得不亦樂乎。

「怎麼樣，好玩嗎？」阿齊再度回到他身邊時，馬西問道。

「酷斃了！」

此外，阿齊還教了他「擊掌」，這是年輕人最流行的打招呼方式。很快地，這一天又要結束了。馬西已經筋疲力盡（開股東大會恐怕都比帶小孩還要來得輕鬆），但他盡量沒在孩子面前表現出來。太陽馬戲團的表演者和難搞防治公司的成員都聚集在校車前，史黛拉、林和莫莫熱切地和馬西道別。

至於阿齊，他的提問立刻就讓馬西心頭一軟：

「你覺得，我們能不能有天再一起做些什麼事呢？」

馬西激動地望著他，無法控制自己感動的情緒：「當然！當然！……我保證一定可以的！」他喃喃自語，同時也被自己的回答嚇了一跳。

阿齊一把抱住蹲在他面前的馬西。這一幕看得大家和蘿蔓都目瞪口呆。

馬西搔了搔小男孩的頭髮，把他抱上公車，深怕他看到自己被淚水浸濕的眼眶。過去這段時間以來，馬西確實變得多愁善感……

坐在難搞防治公司小巴的回程路上，馬西陷入沉思。當初加入這個課程是爲了改變自己，但如今卻意外發現，在改變自己的過程中，他也可能改變了其他人的人生……這個發現比他原本預計的更上一層樓。他閉上雙眼，今天下午所發生的一切在腦海中一幕幕地播放，當他再度睜開雙眼時，竟看見蘿蔓正望著自己。他嚇了一跳。

除了那天晚上的拒絕之外，蘿蔓的眼神解釋了馬西心裡的所有疑問。

46 一個人真的會改變嗎？

那天晚上在門廊下的一吻，讓蘿蔓始終覺得不安和沮喪。這件事一直縈繞在她心頭。今天中午，她和父親在難搞防治公司附近一間餐廳用餐時，又發生了點不愉快。看著她這些日子以來憂愁和疲累的面容，父親決定插手這件事。

「是因爲馬西吧，對不對？」

蘿蔓起先否認，卻讓父親大爲受傷並生起氣來，板著面孔冷冰冰地回應。

「我知道了。妳不想再跟我說妳的事……我覺得我們已經不再是無話不談的父女，對吧？不過這也是妳的選擇，我也不能強迫妳……」

蘿蔓終於對這樣的情緒勒索忍無可忍，乾脆全盤托出。

「那你到底想要我跟你說什麼？他哪裡吸引我嗎？我是不是想要和他約會嗎？那我老實告訴你：對！我是想要跟他約會！如果你真的還想知道的話，我可以告訴你，我沒有跟他約會！這個解釋你滿意了嗎？」

蘿蔓迅速抓起東西轉身離開，把整間餐廳裡震驚的人們都拋在身後。

當然，她馬上就後悔了。她一點都不想惹父親生氣，特別是在這個非常需要他的時候。她試圖打了兩通電話給他，不過都直接進了語音信箱。她最討厭冷戰！幸好，和珍妮的會面幾乎拯救了她。

不久前，珍妮和蘿蔓聯繫上並且似乎急著想找她聊聊。當然，這都是因爲珍妮看了派迪寫的信。派迪的贖罪日終於來了……或許這場會面能改變珍妮的一些想法也說不定。或至少可以讓我暫時不要想起爸爸或馬西，讓亂成一團的腦袋稍微喘口氣……當她來到派迪這位前妻家時，房子裡充滿烤蘋果的香味。

「謝謝妳願意跑這一趟，我眞的必須和妳談談這件事。」

珍妮指了指被磁鐵固定在冰箱上的信。精緻的磁鐵是她上個週末去布魯塞爾時帶回來的，而布魯塞爾之行是自從她和丈夫（好吧……前夫）分開的這段時間以來，唯一一次的旅行。是丈夫還是前夫，是個值得思考的問題！蘿蔓立刻把莎士比亞的名句拿來套用。

珍妮說，關於派迪的問題她已經思來想去好一段時間，把心思全花在這上面。就在她以爲事情即將落幕……這個消除難搞行爲課程的出現又再次掀起波瀾！

「妳知道嗎，我已經開始習慣沒有伴侶的新生活了，幾乎都已經甘願接受沒有他的日子。但課程卻在這個時候出現，改變了我的丈夫。我曾以爲這幾乎是不可能發生的事，幾週前的我更是根本連想都不敢想。雖然說，我承認自己還是有點想念過去的生活。」

她抬起磁鐵取下信紙，交到蘿蔓手中。

「妳自己看！」珍妮提高音量說。蘿蔓讀起了信。

珍妮：

我每一天的太陽是妳
我每一個夜晚的星星也是妳
我的良知因妳殘酷的缺席而甦醒
愛妳的心和榮耀的情，為了妳，我都願意努力
妳不在的生活，我真的做不到……
如果我承諾在妳的心裡種下花朵，
妳是否願意為我再次開放心窩？
成為栽種我倆愛的園丁，
才是我餘生最大的渴求……

妳的派迪

ps. 盧梭說過，事情不會改變，改變的是我們。我改變了，珍妮，如果妳願意給我第二次機會的話，我可以向妳證明這件事……

蘿蔓看得出珍妮的感動。雖然說這首詩是有點青澀，而且比喻也運用得有點幼稚……但最讓珍妮感動的，是派迪爲了寫出這段文字而付出的努力，畢竟平常的他根本不通文墨……

「妳看到了嗎，中間還有一個『我愛妳』！」珍妮的眼神中閃爍著光芒。

蘿蔓想起上一堂課教派迪藏頭詩原理時的自己。

「蘿蔓，妳怎麼看？」

「我怎麼想完全不重要……我只能跟妳說，派迪的確是用了極大的誠意和努力來寫這封信。如果我是妳的話……」

「嗯？」

「……我會聽從自己內心的聲音。」

珍妮收下了這份建議，走到窗前冷靜了一會兒。蘿蔓靜靜地等待。

「但是，蘿蔓，告訴我，在致力消除難搞行爲這麼多年之後，妳眞的認爲這件事是有可能發生的嗎？」

蘿蔓不知道該不該告訴珍妮，自己也曾經在另一個男人身上問過自己同樣的問題。如今這個男人還日漸占據她的心。她試著盡可能地誠實回答。

「親愛的珍妮，我們恐怕無法在違背對方意願的情況下改變他。然而，一個眞正決定改變自己的人，確實能夠帶來令人印象深刻的結果。我也很誠心地說，你的丈夫就是其中一個例子……妳的離去對他來說，眞的是個不小的打擊，無可避免地喚醒了他的意識。所以，是的，我覺得妳可以再相信他一次。沒什麼能比之前更糟了，更何況他實在太害怕再度失去妳。」

珍妮露出了燦爛的笑容，看來她是聽到自己想聽的話。蘿蔓也該是時候離開了，任務已經圓滿達成。回到車上的蘿蔓心裡想著，珍妮眞是幸運，畢竟對她來說一切都將逐漸明朗……至於自己就沒那麼幸運了，距離撥雲見日還差得遠呢……尤其是父親仍然沒有回覆任何訊息。

47 醋勁大發

馬西正在仔細審視衣櫥裡的各件精品服飾。今天他特別想展現出自己的優勢。蘿蔓邀請學員們一同前往「廚師實習生」的拍攝現場。顯然她成功舉薦了艾蜜莉的兒子湯瑪斯參加選拔，這位男孩似乎在廚藝上相當有天賦。但蘿蔓坦承她其實是透過另一層關係才獲得這份恩典，那就是製作人盧卡．莫里尼的首肯。他過去也是難搞防治公司課程的學員之一，同時也是個會抓住機會知恩圖報的人。

自從上次在「禪室」會面後，艾蜜莉如今再度和兒子同住在一個屋簷下，準備好以嶄新的心態和彼此重新建立關係。上次馬西無意間聽到蘿蔓提議和艾蜜莉進行一對一的課程，幫助她了解青少年情緒，並協助她和兒子一起制定適當的行動方案。

當馬西準備好正要出門時，球球突然跑了過來。

「啊！妳在這裡呀？」

自從這隻小貓咪出爪抓傷他父親之後，馬西便對牠刮目相看，好像他們已經變成盟友。他抓起一個捲成球狀的襪子扔向球球，笑著看牠自得其樂地玩耍好一會兒。

門鈴在此時響起，想必是貓咪褓姆到了。像馬西這樣沒什麼要求的飼主實在不多見，因此他很快地就得到貓咪祿姆對他的忠誠，於是放心地出發前往拍攝地點。

馬西非常喜歡攝影棚內的環境，工作人員在場內奔走，繁忙熱鬧的氛圍讓他想起自己帶領的奢侈品王國而非常興奮，同時也很驚訝原來一部節目的拍攝需要這麼多工作人員！

蘿蔓和大家都站在外頭等待，一位助理前去通報盧卡。當這位大製作人現身時，馬西看出他的出現只是爲了蘿蔓，立刻對這位製作人產生敵意，嫉妒地看著他牽起蘿蔓玉手的方式，還把她抱進懷中。依他看，這個擁抱根本不適當。

直到盧卡終於意識到蘿蔓原來不是隻身前往，才一一和其他學員握手。馬西勉爲其難地握了他的手，假裝愉悅的寒暄讓他覺得噁心。

接著蘿蔓愉快地用小碎步跟在她的前學員身邊，在錯綜複雜的攝影棚內，被他的小玩笑逗得哈哈大笑，一副因他津津樂道的發言而開心的感覺。

馬西惡狠狠地瞪著眼前的畫面，娜塔麗像個累贅似的跟在他腳邊。

她就不能給我一點喘息的空間嗎？即便他很同情娜塔麗，但還是爲此惱怒。今天他一直在自己難搞的行爲和想法之間來來回回打轉……

「你看起來有點不在狀態內，一切都還好嗎？」娜塔麗冒險問道。

「還好啊……」但他回答的語氣卻好像看到鬼。

噴火龍燃燒著熊熊怒火的形象再次回到馬西腦海。他知道自己這樣的行爲是錯誤的，但他沒辦法抑制自己的憤怒和沮喪。尤其是他竟然感到恐懼，害怕他的寶藏會離開、害怕蘿蔓不愛他……畢竟，他是值得被愛的嗎？他母親帶給他的影響，讓他對這個問題的答案從來都沒有把握。他覺得那些不會疼痛的童年傷口，在過去幾天來一直在復發，揪著他的心，就像拍打非洲鼓那樣用力打擊。

一行人此時來到化妝間。要上螢幕的臉蛋總是無可避免地被化成如蠟像一般，即使是男性也難逃一劫。在專業人士的巧手下，湯瑪斯的臉現在多了些底妝。看見他們之後，他立刻從座位上跳起來和大家打招呼。他先是擁抱他的母親，再和其他學員們寒暄。盧卡拍了拍他的背。

「還好嗎？不會太緊張吧？會嗎？別擔心啦！一回生二回熟啦！哈哈哈！」

老、油、條！馬西在心裡暗暗咒罵。

蘿蔓倒是笑得很開心。隨便她！她到底爲什麼一直關注這位大製作人，眞是讓人煩得要命！還是她就喜歡這種調調？想到這裡，馬西嚇出一身冷汗。說實話，這男人的條件是眞的不錯，頗有魅力的……看來女人喜歡這種油嘴滑頭的男人。

總算來到拍攝的時間。攝影棚內的紅色警示燈亮起。現場維持肅靜。開拍！

工作人員爲觀衆們安排了旁邊的座位。在一片黑暗之中，馬西覺得心煩意亂，很希望自己能把蘿蔓叫到一邊，告訴她一切，把所有事都向她坦白……但剛才盧卡一屁股就坐在她旁邊那個空出來的位置。接下來的半小時，馬西都像在地獄遊蕩，尤其是當盧卡湊到蘿蔓耳邊和她耳語的時候，他覺得自己好像在一片漆黑當中看到美麗的蘿蔓那雀躍的表情，讓馬西使盡全力地揉爛了口袋裡的紙巾。

來到午餐休息時間，一群人被安排去享用早午餐。艾蜜莉渾身散發著驕傲，因爲她兒子的表現相當亮眼。餐廳裡很快就洋溢著生動有趣的對話交談。馬西坐在蘿蔓對面，而盧卡則坐在蘿蔓旁邊。眼前兩人似乎有說不完的話題，讓馬西醋勁大發。

被負面情緒淹沒的馬西決定給這名討人厭的男子一點顏色瞧瞧。他決定假裝無害地從盧卡的職業生涯開始問起，然後巧妙地暗示製作人的工作其實也不過就是「跟風」，用全世界都通用的點子去取悅觀衆。這樣是不是缺了點大膽嘗試或創新的精神呢？盧卡抬起眉毛，不明白這些尖銳的問題都是打哪來的，卻也不屑和他做無謂的爭執，這讓一直希望正面交鋒的馬西敗下陣來。

來到甜點時間，馬西起身往咖啡機的方向走去，蘿蔓立刻跟上來。

「我能知道你到底在發什麼神經嗎？」她生氣了。

馬西聳聳肩，沒有回答，下定決心當個討厭鬼。

「老實說，我覺得你的態度很不可取！」她繼續說道。

「跟妳比起來還差一點……」馬西低聲地發脾氣。

「什麼？我的態度怎麼了？等一下，我好像明白了什麼……你別跟我說，是我和盧卡的同袍情誼讓你不高興啊！」

馬西轉身看著蘿蔓。

「恐怕就是！」

蘿蔓看起來是氣到極點了。

「你現在可以走了！」

馬西一臉震驚，用力放下咖啡之後頭也不回地轉身離開。全都下地獄吧！她，還有那個老滑頭盧卡！馬西衝向出口，兩手在口袋裡攢緊成拳頭，氣得快要發狂。然後他大力撞上一位朝他反方向走來的男子。是派迪。他看起來容光煥發。

「馬西？你還好嗎？」

馬西皮笑肉不笑地看著派迪。他來的還眞是時候！

「我該走了。你看起來很開心。」

「是珍妮！」派迪大聲地說，「她同意再和我見面了！她約了我！」

「我爲你感到高興……」

眞諷刺！悲傷小丑遇見快樂小丑。馬西用最快的速度離開了攝影棚。

悲傷的小丑在街道上浪跡天涯。

48 坦承一切

蘿蔓剛剛和盧卡道別，答應很快再約他見面，盧卡也表示自己很期待那一天快點到來。在盧卡面前，蘿蔓盡可能掩飾自己，儘管現在她因爲馬西的緣故而把失望、悲傷和憤怒的情緒統統攪和在一起。

她走到大街上讓自己冷靜下來時，不斷反省自己是不是做錯了？難道不是因爲馬西仍然死抓著那些難搞的人格特質嗎？嫉妒、強烈的占有欲和過度反應，就是她想要愛的男人樣貌嗎？因爲無論蘿蔓願意或不願意，都必須承認自己對他是有感覺的。但今天馬西眞的讓她非常生氣和失望。無論如何，他都霸占了蘿蔓所有的思緒，而且最糟糕的是，被他偷走的那個吻，一直縈繞在她心頭揮之不去。她還能舉著以道德爲名的盾牌多久呢？如果他再吻她一次的話，她有辦法抗拒嗎？

事實是，蘿蔓一直在馬西帶給自己的吸引力，以及她對他善變個性的恐懼之間拉拉扯扯。蘿蔓害怕他強烈的情緒、害怕和他這樣的男人開始一段關係、害怕被吸引、害怕失望、害怕又要再一次感受到痛苦……一切全都出於害怕！她現在唯一能想到的事就是打電話給她父親。她需要他，需要他的建議和支持。蘿蔓暗自希望他不會再對自己冷言相向。

約翰答應現在立刻出發，接她到他家，也眞的在極短時間就趕到了。當父親打開公寓大門時，蘿蔓激動地撲進他的懷裡。他還爲她準備了好吃的點心，讓蘿蔓終於可以談談自己的沮喪、馬西的嫉妒如何讓她大失所望，並且讓她對兩人之間的可能性產生懷疑。父親耐心地聆聽，很高興蘿蔓又再次對他敞開心房，這讓他甚至願意提起自己過去的失敗個性。

「妳記得嗎？我以前也是這樣嫉妒妳媽媽。嫉妒是種毒藥。但某種程度上來說，這也代表馬西確實對妳有感覺……如果妳願意幫助他的話，也不排除他可能在這件事上會有所進步……」

父親對馬西的看法是不是也在進步呢？話說回來，這也是蘿蔓所希望的。她的疑慮終於煙消雲散，讓她變得更加樂觀。這次的談心讓她終於放下心來回家。

隔天蘿蔓幾乎睡到中午，接著在家度過無所事事的一整天。她已經好久不曾擁有這樣的時光。傍晚，她正準備開始觀賞一部電影，門鈴在這時響起。蘿蔓打開大門，一名紙箱人站在她面前。不對。在撥開巨大的紙箱後，終於露出一張氣喘吁吁且滿臉通紅的臉龐。

「您家的電梯壞了。」

「這樣啊……」

「請問是蘿蔓．嘉登尼女士嗎？」

「是的。」

「這是您的包裹，請在這裡簽名。」

蘿蔓一邊簽下自己的名字，一邊想這個大包裏可能會是誰寄給她的。在給送貨員小費以示感謝後，她迅速把箱子搬到桌上，帶著期待的心情用剪刀割開密封紙板的透明膠帶。她首先看到的是一封白色的信。蘿蔓立刻打開它，是馬西寄來的。蘿蔓的心撲通撲通地跳動。

請原諒我昨天糟糕又衝動的行為（我發誓，以後再也不會發生），因為妳是我森林裡最美的一朵花……

馬西

蘿蔓笑了出來，承認自己非常感動。她小心地打開絲質外包裝，一朵美麗的蘭花出現在她眼前。她高興地將手伸到箱子底部想拿起花盆，卻突然感覺到有某個東西爬上自己的手臂。她迅速將手從箱子裡取出，驚聲尖叫且粗暴地把箱子推落在地。一隻長得像蟑螂的可怕黑色蟲子迅速地以入侵者的姿態沿著她的手臂往上竄。蘿蔓發出第二聲慘叫，用力地甩動手臂來保護自己。

她顫抖著往後退了兩步，試圖在狼狽的狀態下集中自己的精神。她的心臟劇烈跳動，就像在檢查敵軍地雷區似一絲不漏地查看周遭，小心翼翼地脫下右腳的鞋子當做武器，假裝自己是全副武裝的銀河戰士。

她悄悄地靠近眼前的重災區。箱子攤在地板上，泥土灑了一地，夾雜著花盆的碎片和蘭花的屍體。然後！她看見躲在陶瓷花盆後的敵人！驚慌失措的蘿蔓，幻想自己被非常巨大的五隻蟑螂包圍！

「救命啊！救命啊！」蘿蔓再一次失控尖叫，放棄進攻，直接逃回自己的房間將門關上，一邊覺得噁心一邊顫抖，但又不得不面對現實。要她去客廳扮演除蟲大隊，那是不可能的……蘿蔓試著讓自己急躁的呼吸平靜下來，認知到自己不可能拿下這場戰爭的勝利之後，靜靜地坐在床邊思索下一步。

妳自己看看！是馬西送花給妳的！他必須給妳一個解釋才行！

蘿蔓拿起電話撥給馬西，忍不住顫抖。

「是我，蘿蔓……」聲音聽起來很痛苦。

「蘿蔓？怎麼了？發生什麼事？……妳……妳有收到我送的花嗎？」馬西小心翼翼地問。

「有……有！只是……我剛剛打開包裝的時候……那個……裡面有蟑螂！」蘿蔓尖叫道。

「什麼？我沒聽懂！那是什麼意思？」

「我超怕蟑螂！」

「蘿蔓？」

「幹嘛？」

「不要動，我馬上到。」

馬西進到小公寓時，發現蘿蔓依然還在發抖，他看了一眼四周後就立刻明白發生了什麼事。蘿蔓在戰鬥中弄倒了包裹還有裝蘭花的精緻花盆，泥土散落各處，馬西馬上就看到仍聚集在一起的幾隻蟑螂。

「站到上面去！」他命令蘿蔓爬到沙發上面，才不會又和討厭的蟑螂正面衝突。

馬西在廚房找到一把鏟子和大垃圾袋，接著把殘骸收拾進袋子裡。他的表情看起來很古怪，蘿蔓不得不猜想，這男人是不是爲了她才逼迫自己做這件事。不到兩分鐘的時間，馬西就收拾好殘局，把滿滿的垃圾丟進垃圾桶裡，並迅速洗好手，走向正蹲在沙發上的蘿蔓。

「妳還好嗎？好點了嗎？」

蘿蔓微微地點頭，還沒從驚恐的情緒中平復過來。

「我四處檢查一下，看看是不是還有漏掉的蟑螂好嗎？」

「謝……謝謝……」

蘿蔓看著馬西細心地跪下來趴在地板上查看每個角落，找尋六腳妖怪的蹤跡，傢俱下方、椅墊背後也都沒有遺漏。當他終於殺死最後一隻蟑螂時，蘿蔓嚇得跳了起來。

「好啦，大功告成！」

馬西覺得這時候應該來點提神的東西，於是走進廚房拿了兩個高腳杯，和一瓶掛在壁掛式酒瓶架的波爾多紅酒。

蘿蔓終於在她盤踞的沙發上坐了下來，等待她的救命恩人。

「喝吧！會讓妳好一些。」

他們坐在小圓桌旁，小口地啜飲這杯深色的瓊漿玉液。蘿蔓終於恢復了精神，也才終於意識到：馬西正在她家，坐在她身邊。她把玻璃杯高舉到鼻子前，視線穿越玻璃堡壘看著他，試圖忽略越漸沉重的呼吸和迷亂的氣氛。

「所以，到底是發生了什麼事？」馬西試著說些什麼，「我是不是該打個電話給花店老闆？這實在是太誇張了……我只是想彌補我昨天的行爲！不過還是失敗了……」

「對！不是……好吧……你沒有失敗……我其實……滿開心的！」

然而他提起昨天的事，還是喚起蘿蔓一絲不開心的記憶。爲了中斷她和馬西的眼神交流，蘿蔓站起身來，在客廳裡走來走去，她需要把這些思緒好好整理一遍。千萬別以爲自己拯救我於蟑螂之亂中，我就會不計前嫌地忘記一切。

「馬西，我很感謝你幫我解決這些噁心的小蟲子。但一碼歸一碼……昨天，你的行爲……確實讓我很受傷！」

「我知道。可是我……」他試圖站起身來解釋。

「你先坐著吧！」蘿蔓以命令的口吻說道，「我不認爲你知道自己做了些什麼！問題就在這裡！你不明白事情的嚴重性，不明白……一個我們所欣賞的人（蘿蔓非常注意自己的措辭，充分運用委婉的演說技巧）……一個我們所欣賞的人可能帶來的影響！」

「我眞的知道……」

「請先讓我說完！」她再次下達命令。馬西的臉色變得有些蒼白，他不習慣有人以這樣的語調和他說話。蘿蔓做好心理準備等待他激烈的反擊，然而他卻沒有。於是蘿蔓繼續說道：

「自從那個晚上……我們從諾曼第回來……你……好吧……我們……」

「……接了吻。」

「對！」蘿蔓幾乎又要生起氣來，「然後你可能下定決心要把我弄到手，就像你其他的東西一樣，這都只是輕而易舉的事……」

「沒有，不是這樣的……」

馬西再次站起身來靠近蘿蔓。靠得有點太近了！蘿蔓的眼睛閃耀著光芒，她把他再次推開。

「別動！你那些小動作對我來說沒用！」

「到底是什麼小動作，蘿蔓？」馬西也開始感到不悅。

要不要告訴他，這幾日來我的心裡都在想些什麼呢？還是算了吧……

「你覺得我看不出來你是情場高手嗎？還是你覺得我沒看見你和娜塔麗或其他人調情？」

「什麼？妳在做夢嗎？」

現在換馬西生氣了，他在客廳的窗戶和桌子之間來回踱步。蘿蔓有點擔心自己是不是太超過了。馬西轉身對著她發火。

「所以是因爲我昨天嫉妒妳和妳親愛的製作人，妳今天才對我說這些話嗎？妳怎麼不聽聽看自己都說了些什麼！」

「跟他沒有關係！」蘿蔓大吼。

「是嗎？差別在哪裡？」

兩人現在面對面，被困在各自的憤怒裡。

蘿蔓舉起雙手投降，決定對他坦承一切。

「差別就在於，我不想只是你獵物名單裡的其中一個名字，就這樣！」

她的招認似乎讓馬西有點軟化，雖然他的表情和肢體看起來仍然很僵硬。馬西過了一會兒才回答她。

「這件事不會發生。」

「是嗎，爲什麼？」

馬西往蘿蔓的方向更靠近一步，抓著她的肩膀。

「妳明明就知道答案。」

蘿蔓緊張地搜索他臉上的表情，答案全寫在馬西的眼神裡。蘿蔓試圖逃跑，但馬西不給她機會，他給了她深深一吻，蘿蔓毫無招架之力，只能任由他這麼做。兩人緊貼的雙唇很快地變得炙熱，馬西肯定感受到蘿蔓放棄掙扎的心思，所以更纏綿地擁吻著她。

我的老天！他怎麼能夠在短短不到兩分鐘的時間之內有這麼多面貌呢？

當蘿蔓感受到兩人的呼吸開始交疊，腦海中浮現了所有美好的畫面。她對馬西又堅定又溫柔的手勢感到驚豔。他溫暖的手不安分地滑過蘿蔓的肌膚，充滿愛意地撫摸著她。她在他的懷裡輕輕顫抖，這讓他變得更加放肆大膽。

兩人探索著對方身段的每一吋，一場雙人舞從客廳慢慢跳往臥室。粉紅色的迷霧籠罩在四周，蘿蔓再也抵擋不住令人心醉忘神的感官刺激，任由彼此的身體逐漸交融。

49 一連串的怪事

馬西一早就來到辦公室，連續幾個小時都沒有離開過電腦前，試圖追趕積壓了好幾天的工作。他按下對講機呼叫克蕾，不一會兒，她就出現在他眼前。

「韋格先生，您叫我？」

「克蕾，我午餐時間會外出一陣子，我要去橙水診所看一下我妹妹，想帶點禮物給她。妳能幫我準備一下禮物嗎？謝謝妳！」

「關於禮物，您有什麼特別的想法嗎？」

「妳決定吧！我相信妳！」

馬西對克蕾露出微笑，就像他今天早上來到公司時對每個遇見的人都露出微笑一樣，接著就繼續埋首在他的文件檔案裡。他想起蘿蔓，早上離開的時候她還在睡，裹在床單裡像顆珍珠般美麗、姣好……事實上，他每一分鐘都要想她一千次。如果他想讓工作有點進度，便不得不盡快找到一個可以專注的方法！

他必須去檢查建築物二樓的施工進度，預計在那裡設立一間午睡休息室，讓員工們有一個可以放鬆的空間。仰賴過去幾週在難搞防治公司的課程，他開始留意起公司職員以及一些創新的想法，讓大家都能在更舒適的環境中工作，少一點疲勞和壓力。這當然是影響績效的關鍵，但不只如此，馬西終於也意識到，猶如搭乘在同一艘船上的歸屬感，也能是成功完成合作計畫的重要因素。只是，必須得確保這艘船並不是奴役勞工的鬼盜船，而是能網羅金銀財寶的武裝商船！

午睡休息室的進度相當順利，馬西為此相當高興。廠商送來一張可以消滅壓力的按摩椅，配有各種力道和按壓程式，幫助員工消除日積月累的工作疲勞。另外，首屈一指結合了紅外線療程和玉石的幾張指壓按摩床，也非常受到歡迎！可絲美堤化妝品集團的每位員工都會拿到「禪修點數」來進入休息室，可以選擇在午餐時間自由運用，每個月則有兩個小時的額度。

馬西對目前的進度相當滿意，在感謝過現場監工的經理之後便返回辦公室。此時，克蕾已經買好禮物在等他。

「謝謝妳，克蕾！真的好有效率！」他笑著說，生疏地運用蘿蔓指導的重要原則來表示感謝。「另外想請問妳，能不能幫我在『遊記餐廳』預訂今晚兩個人的座位呢？」

他的助理停頓了一會兒便點點頭。

「太好了，謝謝妳。」

克蕾離開辦公室前做了一個古怪的表情。馬西雖然注意到了，但很快就又投入他繁雜的工作項目之中。

當他抵達橙水診所時，發現茱莉的氣色好多了。不僅恢復了精神，而且表訂八天後就可以出院。他熱情地親吻她的臉頰。

「現在覺得怎麼樣？」

「滿好的。好多了！我好高興能看到你！」

「我也是！」

「你知道嗎？我很想跟你說，很抱歉之前對你態度這麼差……」

「別這麼說……」

「我一定得說！我把所有事情都攪和在一起了，把我的憤怒和恐懼都丟到你身上……畢竟如果我能不這麼迷茫，你就也不會受這些苦。」

「那些都過去了，最重要的是妳的現在！妳這麼有才華！我相信妳很快就會再站起來……別擔心！花些時間慢慢振作起來，然後再慢慢思考妳想發展的人生計畫。如果妳有需要，我都會幫助妳。我覺得在過去這段時間，讓妳最難熬的就是和華特分手……我很抱歉，但我始終對他有點戒心。」

「我也應該要更小心的！過去這幾個月他都在敷衍我，老實說，他從來沒有對我有任何認眞的打算……尤其是當他爲了那個輕浮的女人而拋棄我的時候！」

「是他配不上妳！妳等著吧！妳會找到一個眞正愛妳的人！」

茱莉仔細端詳哥哥的臉，鼓起勇氣問了這個冒昧的問題：「那你呢？你的愛人呢？我覺得好像跟蘿蔓有關……」

「妳怎麼會想到她？」

「就是，當她來找我的時候……有些跡象是騙不了人的！譬如她提到你的時候，那種閃閃發光的眼神，或是微微湛紅的雙頰……」

「這樣啊……」

畢竟在雙胞胎妹妹面前，還能藏得住什麼祕密呢？馬西對妹妹笑了笑，像極了承認自己初戀的青澀男孩。

「我們最近確實走得滿近的……」

「馬西！不只是走得滿近而已吧……」

茱莉取笑他才萌芽的戀情，馬西則很高興自己又找回和妹妹之間的默契。他們接著又聊了一下子生活中的大小事，直到馬西該離開了。

「如果需要什麼就打給我好嗎？」

茱莉點點頭。馬西很高興她終於重新接受自己，走出大門之後又從窗戶洞口探出頭來，重申一次他的問句：「……不管需要什麼都打給我哦！知道吧？」

可愛的小伎倆逗得妹妹笑了出來。

馬西心情輕鬆地回到車上，現在他要趕去赴約翰．菲利浦先生的約，雖然他沒有太多時間，但他曾經答應會協助約翰處理有爭議的文件。除此之外，馬西也希望積攢一些印象分數。自從上次諾曼第週末之後，他就知道約翰對自己有所顧忌。畢竟如果有這樣的女兒，怎麼能不好好保護她呢？

馬西敲了敲會議室的門，約翰邀請他進入，他正專注地研讀一些內容，而且幾乎快被桌面上大量淩亂的文件給淹沒。

「我來的好像正是時候！」馬西開了個小玩笑。

約翰似乎因爲幫手的到來而鬆了一口氣。他們花了一個半小時頭也沒抬起地專注工作，馬西覺得自己的協助非常有價值。當事情告了一段落而準備離去時，約翰叫住他。

「馬西？我女兒……」

馬西從他的語氣中聽出，接下來的對話大概會涉及個人問題。

「是的？」

「她讓你很開心，對吧？」

馬西愣了一下，以爲問題應該會更謹愼一些。

「對。」

「和我想的一樣。好吧，那我只有一個要求……」

「是的。」

「別玩弄她。」

「我從不曾這樣想過。」

「希望如此。」

約翰陪著他走到大門口，親切地拍了拍他的背。

「謝謝你的幫忙！……也別忘了好好照顧我女兒！我以前犯過的錯對她造成的影響，如果也發生在你身上，那就太可惜了……」

約翰的言下之意再清楚不過了，馬西非常明白。

他回到車上，仍然對這番建言感到苦惱。他和蘿蔓的關係是全新的，他也不認爲這段關係會像過去其他的故事那樣發展。

發動車子後，他花了點力氣才離開車位，因爲一輛賓士車緊黏著他的車屁股停在後面。馬西駛離幾公尺後才發覺有些古怪，車子好像往一側傾斜。

這是什麼奇怪的聲音！

他趕緊停下車來看看到底是哪裡不對勁。直到檢查了輪胎，他才發現其中一個爆了胎。事情來的還眞的時候！他趕緊打電話給保險公司，請他們派一部拖吊車過來，接著再打去辦公室想找克蕾，告訴她下一場會議自己將會遲到。奇怪的是，他的助理並沒有接電話。馬西只好打到她的私人手機。克蕾連忙道歉，說她正在樓下的藥局，因爲身體實在太不舒服了。馬西再三向她保證可以早些下班沒問題。電話掛上時，馬西忍不住覺得連他也要愛上自己這個正在蛻變中的老闆了！最後他打電話給私人司機，才順利回到可絲美堤化妝品集團。

傍晚的時候，他接到修車廠師傅的來電。

「韋格先生嗎？我們只是要通知您，車子明天就會修好了。不過我們得換一個新的輪胎，原本那個已經不能用了……」

「怎麼回事？」

「是被刀子割開的。這眞的很不可原諒。」

「什麼？怎麼可能？我不相信有這種事……」

「是的……就是蓄意破壞……眞是世風日下……」

掛上電話後，馬西又沉思了一會兒。「眞是倒楣，」他心想，「爲什麼是他遇到這種事呢？好吧！大概就是正在談戀愛的他太幸福了吧，不得不付出一點不幸做爲代價！」他很快又回到工作狀態，因爲今晚他計畫帶蘿蔓去吃晚餐……約會地點就在遊記餐廳。馬西覺得非常完美，因爲餐廳的概念非常原創，廚師提供的菜色也都是以精美花瓣爲基底，並帶著各式細緻的香味，還有幾乎可說是餐盤上畫作的擺盤，能讓饕客經歷一場色香味俱全的饗宴。馬西非常希望能讓蘿蔓開心，並且滿足她的感官體驗，這是約會必要的條件……

他在晚上八點半時抵達餐廳。蘿蔓已經在等他。兩人以深情的法式甜吻親吻對方。一位調皮的路人在經過時嬉鬧地扔了一句：「哈囉，戀人們！」

馬西抬起頭來看他，卻好像看見停在這條街另一側的汽車車窗上有個奇怪的倒影。但仔細一看，除了方向盤以外什麼都沒有。

大概只是他看走眼吧……

50 吉明尼小蟋蟀

難搞防治公司的課程即將結束，同時也到了五位學員進行彙報的時刻。蘿蔓和大家預告了一場意想不到的畢業典禮：埋葬難搞行爲人生的葬禮！

用這個方式來終結課程再完美不過。她的團隊成員挑選了一個美輪美奐的地點：一間位於蒙馬特中心的三層樓建築，房子裡整面的落地窗正好可以欣賞整個巴黎絕美的景色。蘿蔓希望這個超時髦且具有設計感的改建別墅，可以營造出歡樂的氛圍，而且絕對難忘……

前置作業的準備相當順利。蘿蔓要求馬西，在課程還沒結束之前都必須謹慎小心，不可以向其他學員透露兩人剛萌芽的戀情。自從他們經歷了親密關係之後，蘿蔓個人則體驗了一系列矛盾的情緒：愉快和興奮，懷疑和恐懼……她那可憐的大腦每天都淪爲正負面情緒殘酷廝殺的戰場。

爲什麼要有這麼多內心的矛盾呢？蘿蔓非常生自己的氣。我應該活在粉紅泡泡的世界裡就好！這樣就好！

然而現實總是事與願違，質疑不斷湧入她的腦海，大舉入侵她的思維！這麼快就陷入他的懷抱是不是個錯誤？這段感情會不會只是她一時的意亂情迷？抑或她也只是像馬西這樣的情場高手，所搜集的其中一段輕浮愛情故事？她有辦法在兩人超載的日程裡找到自己的位置嗎？

最後幾堂課程裡，蘿蔓很驚訝自己竟然在監視馬西的行動：觀察他看芳婷的眼神（她是難搞防治公司最漂亮的助理），或是留意他和娜塔麗疑似狼狽為奸的舉止。她發現自己時不時就會感覺到嫉妒。她難道要放任自己變得越來越棘手嗎？當然不能！必須要盡快找到調適的方法。蘿蔓知道該怎麼做，她立刻請來自己的私人教練協助整理想法。

蘿蔓稱呼他為吉明尼，是為了向《小木偶奇遇記》裡的「吉明尼小蟋蟀」致意，在故事裡他是皮諾丘最聰明也最要好的夥伴。蘿蔓從小就非常愛他、也依賴他，還養成了一個習慣：每天都會和這位教練對談幾次，幫助她將事情看得更清楚，也撫平內心的恐懼。

不過，他們的對話看起來可能有點詭異：

蘿蔓：吉明尼！如果馬西對另一個女人感興趣，我該怎麼辦？

吉明尼：要有自信哪！小蘿蔓！如果妳能保持自己的特質，那些讓他傾心於妳的特質：笑容滿面、大方、充滿活力……那麼這件事就不會發生！我和妳說過多少次了，這種妳自己幻想出來的負面想法是精神上的毒藥，最終可能會毒害妳的愛情！

蘿蔓（哭哭臉）：那我該怎麼辦？

吉明尼（非常有耐心地）：親愛的蘿蔓，為什麼不重複告訴自己那些甜言蜜語呢？像是「我對自己有信心，也對我們彼此有信心，我們之間的愛情比金堅……」

蘿蔓（依然固執地在負面情緒裡打轉）：但要是我錯估自己呢？也許我並沒有自己想得那麼好？

吉明尼（立刻出言不贊同蘿蔓）：呸、呸、呸！美麗的蘿蔓！別再自怨自艾！在一段愛情關係裡，沒有人會要求妳完美。妳只要相信自己，並且讓對方進到妳的內心世界……一切就會順其自然啦。

蘿蔓（緊緊抓住頑石不肯放手）：說比做容易啊，吉明尼！我很怕因此受傷……萬一他背叛了我，我會受不了的……

吉明尼（既溫柔又堅定）：別再錯下去了，蘿蔓！妳知道人不能一直和恐懼作伴……相信自己，放手去做，一切都會很順利的。對自己好一點吧！去照照鏡子，把手放在心上，看著自己說：「儘管有些害怕和疑慮，但我愛自己，也能接受自己的模樣……」試試看吧，會有幫助的……

蘿蔓（終於稍微放寬了心）：好吧，吉明尼，謝謝你！你真是我的天使……

吉明尼：哈哈！不是天使，我只是一隻蟋蟀！妳知道的！

「妳在和誰說話？」約翰走進廚房時問道。蘿蔓剛剛就在這裡舉行雲端會議。

「呃，沒有啦！沒有……」

蘿蔓：快走、快走！吉明尼！別人看到可能會以為我是瘋子！

吉明尼：唧唧唧！（在蟋蟀的語言中，這句話代表沒問題。）

在接下來幾天裡，仍然有其他外力來介入她和馬西的愛情。有時候她的確能放下這些容易因馬西而起的新感覺或情緒，但偶爾也會爲此而心煩意亂，必須強迫自己踩煞車。

51 埋葬難搞行為葬禮

難搞行爲的葬禮終於就在今晚。

蘿蔓有高興的理由，因爲每個人都給了她將會出席的正面回覆。學員們的參與是當然的，但另外還有他們身邊的人：艾蜜莉的兒子湯瑪斯、派迪的妻子珍妮、馬西的助理克蕾。

爲了這個場合，大家也都盛裝打扮出席。蘿蔓穿著一襲覆盆莓果紅色的絲綢洋裝，腰上繫著一條珊瑚色的薄紗，輕柔的顏色像極了她細白的皮膚。當然，她也是希望讓馬西爲自己傾倒。然而當他見到蘿蔓時，卻沒有和她打招呼，逕自躲在酒吧櫃檯裡。

蘿蔓：救命啊！吉明尼！他完全忽略我！

吉明尼：冷靜點，蘿蔓！不是妳要求他要謹慎行事的嗎？

的確，當她終於迎上馬西炙熱的目光時，她才明白自己的擔心是多餘的！可惜的是，她的鬆一口氣眞的只有一口氣的時間，在看見克蕾之後就宣告落幕。

身材姣好的克蕾穿著一身華麗的黑色緊身皮裙，正在靠近馬西。當她親暱地碰觸馬西的臉頰向他道晚安時，蘿蔓才眞正明白什麼叫做目瞪口呆！親吻臉頰！和她的老闆！馬西拉著克蕾的手，仔細地從頭到腳欣賞她的美豔！蘿蔓幾乎可以從他的唇語中讀出：「妳看起來眞是光彩奪目……」蘿蔓剛剛的喜悅瞬間灰飛煙滅，再多其他賓客的道賀和讚美都對她起不了作用。

蘿蔓覺得自己有必要立刻先將自己關進廁所。這個世界現在太過喧囂！她突然間對今晚感到無比厭惡！要是今晚只有她和馬西兩人該多好！要是那些圍繞著他的美麗女子們都不曾出席，那該多好！蘿蔓看著鏡子裡自己楚楚可憐的模樣，淚珠已經掛在她萎靡的臉龐。

吉明尼（試圖在蘿蔓的腦海裡大吼）：噢，別這樣，我的蘿蔓！快振作起來！

蘿蔓（什麼也聽不進去）：閉嘴！吉明尼！你讓我冷靜一下……這一切都搞砸了……

吉明尼：我要生氣了！不要亂說話！妳是最棒的！快看看妳自己！快照照鏡子！快！

蘿蔓再次抬起頭看著鏡子裡的自己，不得不承認這身衣裳確實讓自己看起來相當迷人。

吉明尼（不肯放棄）：他愛的人是妳！把這件事牢牢記在妳心裡。現在破壞所有事情的只有一個人……那就是妳自己！

蘿蔓大力地吸了吸鼻子，同時敏銳地察覺到似乎有人正要進入廁所。喔！拜託！別是她！

美麗的克蕾優雅又從容地站在那兒，看起來容光煥發。蘿蔓連忙重新拾起自信，調整好自己的表情。

「蘿蔓！妳好嗎？」

不需要對我噓寒問暖，親愛的，我無論如何都不會被妳的小伎倆給收買……

「不錯呀！……謝謝妳的關心，克蕾。」

「嗯……不過妳看起來有點疲倦……組織這些招待會應該很累吧！」

蘿蔓決定冷處理這個帶刺的評論。

「是有一點，但沒事的。待會見囉！克蕾。玩得愉快呀……」

到底為什麼要把這個女人當對手呢？蘿蔓對自己這些非理性的反應非常氣憤……然而，當馬西終於走向她，在她耳邊輕聲呢喃讚美之詞的時候，她卻表現出一副高高在上的模樣，冰冷地向他致謝。這讓馬西覺得莫名其妙，索性離開她的身邊往娜塔麗的方向走去。娜塔麗正扯開嗓子燦爛大笑來歡迎身邊的人。是絕對的歡迎！

吉明尼提醒蘿蔓不要忘了正事：她還得讓今晚順利進行。她是儀式的主持人，必須扮演好自己的角色！

蘿蔓回過神來，重新召回她的正面能量，接著用小刀輕輕敲打在香檳杯上發出叮噹聲響，以集中賓客們的注意力。

「各位晚安！謝謝大家今晚的蒞臨！我很高興能與你們一起完成這項計畫，一路陪伴著大家。我必須說：你們眞的讓我非常驕傲！在短短幾個月之內有了令人難以置信的改變。在大多數人選擇保持原樣的時候，你們有勇氣和決心挑戰自己……我想，我可以說，你們確實已經親手埋葬了那些難搞的自己！」

蘿蔓眞誠的讚美使賓客們大力鼓掌，並且為之動容。蘿蔓舉起手來示意大家保持安靜。

「因此，我很榮幸要為大家頒發一張結業證書，以及一份小禮物……」

禮物目前被一塊黑布覆蓋著。蘿蔓在做好準備之後，以戲劇性的姿勢掀開黑布。所有賓客此時都靠上前去，想看得更仔細。

每個透明的發光底座上都擺了一個三面的透明樹脂，而學員們的肖像被唯妙唯肖地凍結在裡面。看起來美極了！學員們無不對這個創意十足的獎品愛不釋手！他們的熱情溫暖了蘿蔓的心，讓她重新找回自己的活力。

「為了使大家不忘記『逝去的自己』曾經讓身邊人頭疼、也讓自己吃盡苦頭，今天我們就把他們都凍結在樹脂裡，象徵性地送他們上路吧！我希望這個小禮物能指引你們走向未來的道路，而不會忘記我們曾經一起完成的任務……」

聽眾的反應相當激動。

「不會的，蘿蔓！」

「蘿蔓，謝謝妳！」

「幹得好！」

現場的掌聲不絕於耳。

終於在親眼目睹來賓們排山倒海而來的認同和讚美之後，蘿蔓在幸福與微笑之中逐一頒發畢業證書和小雕像給每位學員。每一次的交付，學員們的情緒都寫在臉上：艾蜜莉將頭埋在自己的手臂裡，不時擦去眼淚；派迪哽咽的語氣彷彿是喉嚨裡塞了一顆棉球；向來很嚴謹的布魯諾向蘿蔓張開雙臂，在衆人做夢也想不到的情況下給了她兩個大大的親吻；娜塔麗也表露出自己的感激。

最後，終於輪到馬西。方才不愉快的小插曲似乎已被他拋在腦後，他深情款款地看著蘿蔓。

「謝謝妳，蘿蔓。妳……改變了我的生活。」

在場沒有人聽出這句話的弦外之音。馬西在蘿蔓的右臉頰輕輕一吻，蘿蔓也以同樣炙熱的眼神凝望著他。他難道是在等待蘿蔓針對這句話來回覆嗎？

蘿蔓望了一眼看起來眞的很感動又似乎是喜憂參半的父親。他是不是在擔心自己和我的關係，會因爲我和馬西的事而有所改變？有可能吧！也許該做些什麼讓他安心……

在此同時，派迪爲蘿蔓發起歡呼，結尾還加了一個「喔耶！」來向蘿蔓的付出致意。聽話的大夥都準備好要進行這個歡呼。

蘿蔓因爲突然見不到馬西而擔心了一下，但他很快就又重新出現在人群當中，手裡還抱著一個巨大的盒子，是學員們一起送的，要給這位一直幫助他們的人。蘿蔓既感動又興奮，滿懷期待地撕開包裝紙，一個精緻的水晶雕像躍然眼前：那是名伴隨著飛翔鳥兒的女子。蘿蔓開心極了，向學員們道謝、擁抱。

約翰暗示服務生現在可以開始爲各位提供酒水。是時候乾杯了！蘿蔓最愛香檳裡細小氣泡的口感，她喝了一大口，在大家要求拍照留念時，便將酒杯放在吧檯後面。當她取回杯子時，克蕾滿臉笑意地將酒杯遞給她。

「來吧，表現得客氣一點！這女孩其實相當可愛的！」吉明尼小聲地說話。因此蘿蔓只得強迫自己和克蕾寒暄幾句，同時盡力克制自己不要在那過於刻意的低胸乳溝前，擺出作嘔的鬼臉。由於太過緊張的關係，她只花三口就將杯子裡的香檳一飲而盡……

緊接著，服務員們便開始端送擺滿美味點心的盤子。氣氛很融洽，背景音樂都是精挑細選來使氣氛變得更柔和與放鬆的。蘿蔓在小團體間四處走動，沒有留意到自己的頭暈目眩，最後她賴在馬西和娜塔麗的談話間不肯離去。娜塔麗又再一次地和馬西進行深入討論，雖然很明顯是她占據大部分的話語權。

眞煩！談戀愛果然不是一件容易的事！但馬西偷偷給了她一個確認的眼神，這才使她放心下來。談戀愛也許沒有那麼容易，但卻也讓人愛不釋手！蘿蔓滿腦子想的都是立刻伸手環抱並擁吻馬西，但她現在卻因爲突然的間歇性胃痛而不得不靠在他的手臂上。

馬西看著她，眉頭深鎖，看起來憂心匆匆。

「蘿蔓？妳還好嗎？妳臉色很蒼白啊。」

「還好，還好。」但蘿蔓心裡也不太確定，只覺得兩腿軟得像棉花，瑟瑟發抖。

「我……我馬上回來。」她用顫抖的聲音說道。

蘿蔓感到一陣噁心，用手摀住接連作嘔的嘴衝向馬桶。她從來沒有這樣過。

馬西在走廊上重新找到她。

有人停止了音樂，氣氛現在降到冰點。

52 一定是搞錯了什麼

今天晚上馬西陪在蘿蔓床頭旁，好不容易才入睡。第二天，他貼心地與她待在一起，午餐時還從一間熟識的餐廳訂購口味清淡香甜的湯，希望讓可憐的蘿蔓仍不時翻攪的胃能舒服一些。約翰下午過來探望女兒，馬西趁這段時間趕緊回辦公室取回一份緊急文件。

在約翰的陪伴下，蘿蔓現在是安全的，他安心地離開，並將以最快的速度再回到她身邊。

馬西將車子停在公司的停車場，快速衝進電梯，同時不忘面帶笑容。悅耳的叮咚聲響起，提醒電梯已抵達樓層。電梯門開啓，辦公室空無一人。今天是星期六。馬西開始在各處搜尋他急著處理的文件，卻都找不著，咕噥著打開一個又一個抽屜，就是沒看見文件的蹤跡。他對著克蕾辦公室的門咒罵了一聲。

「又把文件放到哪裡去了？」

他是很喜歡克蕾，但有時她會太過熱心，自作主張弄出一些他不喜歡的事，例如收納。

說不定放在她的辦公室了？馬西心想，一邊往隔壁的辦公室走去。他一張又一張地翻閱克蕾辦公桌上堆疊的文件，依然徒勞無功。他打開抽屜，其中一個並沒有上鎖，但另外一個則被鎖住了。

對了！那份我要找的文件被歸類爲機密檔案。

馬西尋思著，說不定出於謹慎的考量，她把文件放在這裡了。是的，肯定是這麼回事！現在他必須想辦法打開那個抽屜……他依稀記得克蕾的桌上有個藏鑰匙的筆筒。他會不會那麼幸運呢？他把筆筒裡的東西都倒了出來，桌上一團混亂。然後，看見鑰匙的蹤跡時他鬆了一口氣，快速打開抽屜，翻箱倒櫃後終於看見放置機密文件的黃色專用信封，不過現在被一堆雜七雜八的東西給壓住。鉛筆、一盒迴紋針、加拿大血根草滴劑、螢光筆……

「等等，加拿大血根草？這是什麼奇怪的東西？是要做什麼用的？」馬西喃喃自語。

接著他把所有雜物都推到一邊，終於拿出他想要的文件。他鬆了一口氣，開始將所有東西歸位。當他把小鑰匙再度放回去的時候，突然覺得自己隨意翻找克蕾的物品似乎有點不太道德。希望自己向她坦承的時候，不會讓她太不舒服。但話說回來，有必要讓她知道嗎？

馬西坐回自己的辦公桌，準備處理和機密檔案有關的緊急電子郵件。正當他輸入訊息時，那瓶加拿大血根草滴劑突然出現在腦海裡。

這到底是什麼東西？

好奇心的驅使下，他在搜尋引擎輸入這個名字，但很快就傻住了。衆多資料跑出來，第一個網頁標題竟然是「如何嘔吐？」他快速瀏覽頁面。克蕾爲什麼會需要嘔吐呢？還是她對我隱瞞暴食症的病情？克蕾穿著黑色洋裝的畫面飄過馬西的腦海，接著他想到那天吐了整個晚上的蘿蔓……一個可怕的想法出現。不會的……這不可能。一定是搞錯了什麼……他試著把注意力集中在文件上，不去思考這件事，但無濟於事。他必須釐清心裡的疑問。於是他決定打給克蕾。

「哈囉，克蕾。不好意思在星期六打擾妳，要不是眞的有緊急的事……我現在非常需要那份春天商城的文件，但我到處都找不到。妳有辦法現在來辦公室一趟嗎？禮拜一早上妳可以因此放個假。」

「沒問題，韋格先生。反正我沒有什麼特別的行程。我大概一個小時後抵達……」

她竟然這麼快就答應了！是因爲她很敬業呢，還是……？掛上電話的時候，馬西苦惱地伸手抓了抓頭，被矛盾的情緒弄得不知如何是好：克蕾不一直都是模範助理嗎？他竟然懷疑她會做出這麼惡劣的事，應該要對自己感到羞恥。但反正他很快就可以得到答案。只是想到即將到來的一場對質，馬西的手心緊張地被汗水浸濕了。

他仔細將文件重新放回克蕾的抽屜後上鎖。他知道克蕾待會兒也將帶他到那個地方，如此一來，他就可以藉機詢問關於那瓶藥劑的事，順便觀察她的反應……

時間變得異常漫長。終於，熟悉的電梯鈴聲顯示有人正在上樓。馬西屏住呼吸。片刻之後，克蕾出現在門口。

53 全盤托出

就如同過去每次看到馬西一樣，克蕾懷著滿腹思緒，興奮地朝他走去。多麼令人激動呀！他的老闆以急著找那份春天商城文件的藉口，只好在星期六緊急將她召回辦公室。克蕾連片刻的猶豫都不曾有過，便決定放下手邊的事來滿足老闆的要求。

我已經成功地讓自己變得無比重要。

她驕傲地想著，這段時間以來，馬西在工作上非常依賴她。她也注意到，他終於開始不只把她視爲助理，而是女人！就像在那天的聚會上，她注意到馬西看著穿黑色洋裝的自己。他不僅稱讚了她，還第一次親吻了她！那當然是一個吻……情況太樂觀了！而今天這通電話正是她多年來等待的機會，馬西說不定會放下他那套不可親近的老闆模樣，允許自己跨越親密的界線……屬於他們的時刻終於來了！故事的轉折點就要來了！她必須嚴陣以待。

克蕾遮不住嘴角幸福的笑意，往馬西的方向走去，微微地搖擺著婀娜多姿的步伐。現在，他該注意到克蕾身上那條「致命牛仔褲」下包覆的匀稱曲線，以及她身上那件「容易讓人搞錯重點」的上衣了吧？

「我馬上幫您找。」克蕾笑著說，洋洋得意的模樣無疑是在說：我就知道你離不開我。

他們往克蕾的辦公室走去。她感覺到馬西故意放慢的步伐，笨拙地伸手整理頭髮檢查自己的儀容。當她想到老闆正在欣賞自己細白的後頸線條時，不禁感到一陣甜蜜的負擔。兩人走進她的辦公室，克蕾有點焦急地翻找鉛筆筒，找到存放機密文件抽屜的祕密鑰匙。

「找到了！」她驚呼一聲，彷彿剛剛表演了一場魔術。

當她打開抽屜時，克蕾看見馬西也俯身觀察裡面的東西。她暗自希望他不要因爲這個幾週前她就答應會整理好，卻因爲找不到時間所以仍擱置的散亂物品而生氣。突然間，馬西伸出手抓住一個物品：她的加拿大血根草滴劑。

「這是什麼？」馬西輕聲問道，把冰冷的棕色眼睛轉向她。

克蕾瞬間冷汗直流。

「沒什麼。」克蕾企圖掩藏恐懼，有點粗暴地從馬西手上搶過那個瓶子。

「應該是妳的私人用品……」

「對啊，是很私人的東西！韋格先生，您不知道男士們不該查看女人的私人物品嗎？」她用一種溫柔的責備語氣說道，發出銀鈴般的笑聲。但俗豔的表情也沒能遮住她的局促不安。

他在玩什麼把戲？克蕾不安地想，急忙將罐子塞進她的口袋。

「我想知道，克蕾……爲什麼妳會需要……『嘔吐』？」

那兩個字像炸彈一樣在她的腦袋裡爆開來。克蕾的臉一片慘白。

他是怎麼猜到的？不可能呀……她仔細地端詳他的眼神。

「我……不知道您哪來這種想法……」她被困住了。試著閃避他的目光卻失敗，不得不與馬西四目交接。而從他那炯炯的目光中，她知道他已經全都明白了。

克蕾感覺自己的胸口劇烈起伏，現在否認的話還有什麼意義呢？事到如今，她再也克制不住自己將事情全盤托出的衝動。畢竟如果他能明白她之所以這麼做的原因，這也可能是個轉機？再說，這些話已經憋在她心裡很長一段時間，她再也忍不住了，不如就說出來吧！

「喔，馬西！你知道我這麼做，都是……是因為我愛你！是的，馬西！我愛你！我從來沒有這樣愛過一個人！先是幾個月，然後年過一年，我一直在你身邊。你沒發現嗎？我們是這間公司最完美的合作夥伴。你和我……沒有人能阻擋我們……」

克蕾多希望此刻的自己精通讀心術，如此一來便可以知道在這番告白之後，馬西在想些什麼！他露出一副難以捉摸的表情，但仍然沒有將視線移開。克蕾決定打破沉默，勇敢地繼續前進。

「你知道我們之間的那種默契、那種特殊關係……這都是一個信號，不是嗎？而且……我親眼看見在聚會上，你看我的眼神和看別人不同……」克蕾覺得自己已經跨越藩籬了，未來一片光明。

「可是，克蕾，這眞的太瘋狂了！我從不認爲自己給過妳任何和愛情有關的暗示。」

「你覺得我不漂亮嗎？」

「冷靜點，克蕾，我從來沒這麼說過！妳先坐下！」

他對她下令……克蕾再次覺得這麼冷酷無情的他非常英俊。她一直都被馬西性格裡的強勢所吸引，儘管他有必要削減一些糟糕的部分。

「妳是很美麗的女人，但這並不是重點！」馬西接著說，「妳對蘿蔓下毒，我的老天！因為妳的緣故，她現在病得很重！」

馬西現在就像一頭關在籠子裡的獅子，在房間裡來回踱步，怒氣全寫在臉上。

「讓我猜猜，克蕾。蘭花花盆裡的蟑螂，不會也是妳做的吧？」

克蕾沉默不語。

「去妳的！」馬西哭了，氣得發狂，「那……割破我車子輪胎的人？該不會也是妳？」

克蕾驟然低下頭，淚水奪眶而出，哭得快喘不過氣來。她要如何為自己無法辯解的行為說明？當她敢抬起頭來看看馬西時，看見激動的他和臉上斗大的淚珠。這是她這麼多年來，第一次看見馬西真情流露。

「對不起！對不起！我從來不想傷害你。我愛你。我太愛你了。」克蕾沒能阻止淚水不停滑落。

她看見馬西離她越來越近。

「克蕾、克蕾，別哭了。」他輕聲說道，把手放在她的肩膀上。

克蕾將馬西的舉動理解為寬恕。滿懷強烈的感激之情，克蕾朝他撲了過去，激動地親吻馬西。

54 該不會你也很難搞？

蘿蔓奔出電梯，希望從腦海中拿掉剛剛在克蕾辦公室裡突如其來見到的那一幕：馬西的助理熱情且毫不含糊地摟著他。

他怎麼可以這樣對我？克蕾怎麼敢？

蘿蔓按住依然疼痛的胃，整個人都被非理性的恐懼給占領，害怕自己只是馬西花名冊裡的其中一組電話號碼……蘿蔓沒辦法控制劇烈跳動的心臟。電話響起，是馬西打來的。她現在有力氣聽他說話嗎？但無論如何，她都想知道馬西怎麼辯解。

「你想說什麼？」蘿蔓勉強裝出冷漠的語調。

「蘿蔓！不是妳想的那樣！是克蕾，她已經失去理智了！妳必須聽我說！妳在哪？」

「……大廳的接待處……」

「別動！我馬上過去！」

蘿蔓掛上電話，將手機放入包包，心裡滿是疑惑。

看到克蕾靠在馬西懷裡，用手勾住她的男人，親吻他，這一切讓蘿蔓難以忍受。這是不是也證明了，我這一路走來選擇了馬西，根本是個錯誤的決定？她雙手忍不住顫抖，覺得自己全身的血液都像在逆流，不耐煩地等待馬西前來向她解釋。

電梯門在這時突然開啓。走出來的卻不是馬西，而是克蕾。

兩個女人面對面站著，瞪大雙眼打量對方，動也不動。雙眼剛剛哭紅的克蕾首先發起攻勢。

「這一切全都是因爲妳！自從妳出現之後，就把一切都搞砸了……」

「我搞砸了什麼，克蕾？」蘿蔓低沉地說。

「妳覺得還會是什麼？我認識他這麼多年了！我才是最了解他的人，我明白他微笑的意思、懂得分擔他的憂慮、尊重他的沉默、成爲他在陰影處的支柱……而妳呢？妳覺得自己可以憑空出現，然後搶走我擁有的一切嗎？更何況你們會認識，也是因爲我！」

「妳完全神智不清了，克蕾！」

「相信我，他身邊的女人來來去去，我見得可多了。妳嚇不倒我的……」

「我不同意！」蘿蔓直接打斷她，努力克制自己不要口出惡言。

「我才不同意妳從我身邊偷走他！我知道自己就快要成功征服他了！我知道我們之間那種美好又親密的特別關係，每天都在增強……我們都是爲了對方，再明顯不過了！」

蘿蔓覺得自己的耳朵嗡嗡作響，奇怪的是，這番話反而讓她更確信自己堅定不移的決心。她內心眞實的想法變得無比清澈，她愛馬西，也準備好捍衛他！

「我很抱歉，克蕾，但妳絕對是弄錯了！馬西愛的是我，而我也愛他。我們找到了彼此，妳必須接受這件事。」

「不！我不會接受的！在我這麼多年來爲他的犧牲奉獻之後，馬西已經準備好要愛我了。而妳！妳用妳該死的課程把他迷得暈頭轉向，無恥的……」

克蕾還沒說完她的句子，蘿蔓就再也聽不下去，上前甩了她一記辛辣的耳光。克蕾尖叫了一聲，愣在原地，一隻手僵硬地放在發紅的臉頰上。

完蛋了！

蘿蔓心想她的義大利火爆基因又甦醒了！不過她卻感到前所未有的快活，好像這一記耳刮子完全彰顯出她對馬西的深切情感，還有她對他許下承諾的重量。她深深吸了一口氣，瞧見馬西吃驚地往他們倆的方向走來。時間就像被按下暫停，沒有人說話或是有任何動作……直到馬西打破沉默，向蘿蔓伸出手。

「蘿蔓……妳剛剛看到的不是妳所想的那樣……是克蕾執意靠進我的懷裡。我今天叫她來，是因爲我發現一件可怕的眞相——她就是那天在聚會下毒害妳吐不停的人！」

這個消息嚇得蘿蔓說不出話，轉身鄙視著克蕾。馬西再次發話。

「克蕾，我很感謝妳這些年來都是一位盡責的好助理，所以我們不會訴諸法律。但我也不得不解雇妳了。我希望妳能意識到自己行爲的嚴重性……」

克蕾臉色變得蒼白，不敢再說多半個字。她瞧了瞧蘿蔓，再看了看馬西，眼前這兩個人讓她知道自己再也不能做些什麼。她轉身，走出大樓的玻璃旋轉門……

蘿蔓心裡刺痛了一下，多麼悲傷的故事！這些日子以來，她自己不也是落入嫉妒情緒的受害者嗎？當然，她沒有做出猶如克蕾那樣過分的事，但嫉妒的心仍完全支配了她還有她的行爲。但話說回來……還有什麼比單戀更難過的事呢？她真心同情克蕾，設身處地理解她的痛苦。接著她把思緒繞回馬西身上，緊緊擁抱他，明白自己有多麼幸運。馬西以充滿愛戀的眼神看著她。

「我等不及要跟妳說整件事情的經過……妳還好嗎？還很不舒服嗎？但是，妳爲什麼會來這裡？妳不是應該在家休息嗎？」

「爸爸沒有待很久就離開了。我覺得很無聊，便想過來陪陪你，給你一個驚喜！」

「還眞是個大驚喜，而且力道還不小……」

馬西瞇起眼睛來調侃蘿蔓。

「親愛的蘿蔓，我想問，妳該不會也有難搞的行爲吧？我實在不敢相信妳會出手賞給我的助理一記永生難忘的耳光……」

蘿蔓不明白這句話的意思，但馬西用一隻手抬起她的下巴，溫柔地看著她。

「但這並不會讓我不高興……」

蘿蔓鬆了一大口氣。

「整件事都太瘋狂了……」

「對！但是呢，這位小姐……再怎麼瘋狂也比不上我對妳的愛。」馬西輕聲在蘿蔓耳邊呢喃。

蘿蔓覺得自己快要融化了。馬西緊緊摟住她的腰，把她帶向出口。

「來！走吧！」

「你要帶我去哪裡？」

「祕密……」

終章

又過了兩年六個月二十五天。

六月的一個美麗午後，蘿蔓和馬西在巴黎四區的迷人小巷裡漫步，身後的巴黎聖母院沐浴在陽光下，巴黎的天空藍得有如超現實情節，兩人像是在重溫學生時代翹課約會的青澀戀愛。

蘿蔓突然好想吃塊脆脆的鬆餅。這段時間以來，她什麼都想吃。馬西看著她心滿意足地咬下酥脆的糕點，忍不住充滿柔情蜜意地俯身品嘗這位女子嘴唇上殘留的冰糖。蘿蔓像個愛吃的小女孩，舔了舔手指。她特別喜歡見到馬西為她傾心而混亂的眼神。他們一路走到瑪利橋，在橋上駐足片刻，靜靜欣賞塞納河水倒映出的波光粼粼，讓這條河岸無比令人心醉。馬西緊緊攬著蘿蔓的腰，小心呵護她日漸豐腴的腰身，調皮地瘋狂親吻她的脖子，直到她忍不住笑出聲來。

蘿蔓從未感受過如此真實的存在，特別是今天，她得知肚子裡的寶寶將是個小男孩。

「一個難搞的寶寶！」蘿蔓離開超音波室時開了個玩笑。

欣喜若狂的兩人仔細端詳醫生給的那張超音波照片，至今仍難以置信，還未出生的寶寶臉龐已經清晰可見！圓滾滾的小臉蛋，看起來那麼安然，讓他的爸爸和媽媽覺得非常驕傲……

接著兩人穿過聖路易島，想像自己就是魯賓遜們，於島上遺世獨立。只是這時的他們並非被世界遺棄，而是放下了全世界，去往只有相戀之人才能找到的原始森林，慢慢挖掘對彼此最純粹的愛戀。即便他們手上的藏寶圖已經再也沒有十字記號，該問世的寶藏也都已被揭開。

他們坐在咖啡館的露天座位上，蘿蔓回想過去兩年半的點點滴滴。

克蕾自從瘋狂的背叛行徑之後便被解雇了。一直都杳無音訊的她，直到最近才捎來一封信，讓他們嚇了一跳。信中提到：她目前定居在蔚藍海岸，自己也成立了一間公司，和一群在情場上失意的人們共同經營，似乎也運作得有聲有色……隨信還附上兩個她自己製作的幸運手鍊，希望他們有一天能夠原諒她過去的種種，也祝福他們未來的日子能夠幸福美滿。

茱莉和馬西的感情也比以前更加牢固了，大概也只有雙胞胎才能有如此深厚的情感連結。在經過幾個禮拜的思考之後，尤其是意識到過去身處多年的時尚產業如此膚淺，加上終於正視自己內心的嚮往，茱莉的人生有了一百八十度的大轉變：在馬西的幫助下，她決定遵從內心喜愛動物的初心，開始接受動物行爲學的培訓。

難搞防治公司課程結束後的幾個月，馬西爲蘿蔓舉辦了一場非典型的婚禮。已經結過一次婚的蘿蔓覺得，實在不須再來一場儀式化的活動。

那是風和日麗的一天，過去參加課程的學員們也都出席，甚至是蘿蔓的前夫彼得．嘉登尼。他終於找到一位適合他的靈魂伴侶，願意一起過著和諧的日子，蘿蔓非常替他開心。彼得也和馬西眞誠地擁抱對方，確認彼此深厚的友誼。

蘿蔓很懷念她和馬西另類的誓言交換。在擔任司儀角色的派迪面前，兩人並沒有交換戒指，而是和彼此交換一個墜子：兩顆金色的心交織在一起，上面繫著一條精緻美麗的繩圈，象徵他們的連結並不是委屈地妥協或是同化對方，而是兩個愛人的同盟。

課程學員們的後續發展也都令人值得高興：

珍妮最終還是不願意和派迪同住一個屋簷下。她相當享受自己新的獨立生活方式，再加上受到美國「分開同居」潮流的啓發（又名「分開生活」，意旨和伴侶保持牢固的關係，但不必同住在一起，每個人都有各自的住所，但是共同分享生活在一起時的高品質美好時光），她與派迪建立了一種分居的新婚姻關係。新的生活型態讓兩人能持續保有愛的火花。除此之外，這個方法能絕對有效，也要歸因於派迪不再是從前的那個他！現在的他比過去瘦了五公斤，並且正在和一位年輕小夥子學習如何「日復一日勾引他心愛的妻子」。

布魯諾也有長足的進步。在團隊管理方面，他和女性成員們的相處氣氛有了很大的改善。除此之外，他也致力於創造團隊裡信任和團結的精神，這在過去可是聞所未聞。如今在公司，「布魯諾和他風趣的女士們」已經成爲一個等級制度的代名詞，表示團隊溝通和成果都在水準之上。至於他的私人生活，布魯諾也信守諾言，挑選一個溫暖的日子扮成餅乾送貨員，敲了敲愛絲翠阿姨的家門……從那天之後，他就成爲這位老太太每日生活的小太陽。儘管到目前爲止，布魯諾仍未找到眞愛伴侶，但他也不因此感到沮喪。他相信憑著自己不再讓人厭惡的特質，總會有吸引到美麗佳人的一天。

艾蜜莉的兒子湯瑪斯在「廚師實習生」的實境節目裡大受關注，目前正在巴黎一所著名的餐飲學校接受培訓。一間大型的米其林餐廳已經鎖定他，預計在他完成學位之後，就要立刻聘請湯瑪斯進到他們的餐飲團隊。艾蜜莉為此非常驕傲。然而在發生許多事之後，她也已經意識到最寶貴的東西，其實是能和兒子保持美好而幸福的關係。

娜塔麗最後終於找到一份內部公關的工作，並且妥善運用了她在課程中學習到的技巧而變得大受歡迎，融洽地和新團隊相處在一起並獲得認可……甚至還以「善於傾聽」而名聞遐邇！她花了一些時間從暗戀馬西的情傷中走了出來，之後在新朋友邀約的一個劇場之夜，認識一位風度翩翩同時又動感十足的演員。演出結束之後，兩人在小酒館裡經歷了一場關於文藝作品的激辯，娜塔麗從此知道自己終於找到興趣相投又可以對話的愛人。

馬西也遵守承諾，常常去找小阿齊，帶他到處去冒險。對於馬西來說，他現在非常明白「授與幸福會帶來幸福」的道理。他之所以能和小阿齊如此投緣，也許是因為他在相處的過程中，意外地找到了父愛的感覺。

至於球球，最後當然贏得了馬西的心。當然，要是蘿蔓在場的話，馬西就會稱呼她為骯髒的小野獸，假裝不想聽見牠的任何消息，但蘿蔓還是親眼見著他溫柔撫摸球球好幾次……

在非典型婚禮之後，蘿蔓很快就搬進了馬西的公寓，並在每個週末都進行一次又一次的裝修，直到這間房子迄今缺少的靈魂終於被填補起來，成為「一個完美的愛巢」。

蘿蔓舉起杯子，甜甜地笑在心裡。

此時，蘿蔓正想索取新的檸檬片，馬西便立刻舉起手來示意服務生，這位騎士的唯一任務就是不讓公主有任何不適。但在他們桌子旁邊，一位魁梧的男子正抽著煙，濃濃的一口二手菸往兩人的方向直直吐了過來，臭氣熏天。好像這個世界為他一個人所獨有。

「先生，不好意思！我太太懷孕了……能不能請您不要往這個方向吐二手菸？」

男子聳了聳肩，露出毫不在乎的眼神。

「露天座位還很空，你們也可以坐過去。」語氣中盡是不屑，繼續吞雲吐霧。

蘿蔓感受到馬西就快動怒，在他手臂上溫柔地壓了壓，示意他冷靜下來。

「來，我們走吧！」蘿蔓輕聲說道，甜美的笑容一掃馬西的怒氣。

不過在離開之前，她還是忍不住掏出難搞防治公司的傳單。

她知道自己無法改變這世界上的所有人，尤其是當難搞行為像眼前男子一樣極端和明顯的時候，但蘿蔓不放棄每次嘗試的機會！也許每一個消除難搞行為的活動都只是滄海一粟，但說不定能夠產生蝴蝶效應，減緩世界上僅只有那麼一點的負面影響。

這就是她把傳單放到男子桌上的原因。

「考慮一下吧！」蘿蔓眨了眨眼。

男子看著這對戀人漸漸走遠，嘴裡喃喃抱怨著些什麼，同時瞅了一眼傳單。

消除難搞行為？這是什麼鬼東西？

他把傳單揉成一團，隨便丟到街道上。片刻之後，紙團意外地被一名路人撿了起來。

他看了一眼傳單上的內容，順手把紙團塞進口袋……

〈特別收錄〉

人生從此不難搞的關鍵解方

・**難搞行為（定義）**：

如：「針對感受性的小攻擊」（沒有掌握好分寸、缺乏傾聽、缺乏同情心、斤斤計較）、容易或無端表露出侵略性、以怨報德、輕率下定論，或是不公正、不合理、不適當的「三不」偏見思考、任性地施加不必要的壓力或是強詞奪理……所有偶發性或長期的難搞行為，都會對職場或私人生活範圍的親信造成負面影響。

——**難搞行為的外顯特徵（經常而且以不同程度出現在生活當中）**：自我膨脹、自戀、自我中心主義、下意識想支配、或多或少有些極端的優越感、熱衷權力遊戲或鬥爭、缺乏開明的思想、難以自我反省。

——**十個難搞行為所留下的創傷**：驕傲、批評、自我中心主義、缺乏聆聽、優越感、控制狂、具有攻擊性、沒耐心、刻薄、缺乏同情心和博愛精神。

・**三種生活的型態**：

難搞型：有優越感的傾向，像是覺得「我比其他人優秀」「我做得比其他人更好」……或者在壓力、責備、批評和誹謗的情況下強迫自己進步。

難搞行爲的受難者型：有自卑的傾向，像是覺得「別人比較優秀」「別人做得比我好」，時常自我鞭笞、低估自己的能力、自我懷疑、自我批評。也常常有受苦與消極的傾向。

勝利者型：有自信、善於傾聽、願意溝通、尊重他人，以建立健康又和諧的關係！

・**難搞行爲解毒劑**：

不須停止發展或不須停止提升品質的價值觀：謙卑、寬容、仁慈、同理心、傾聽、拿捏分寸、敏銳度、慷慨、愛心、博愛……

・**面對（難搞行爲）**：

——三種對侵略性難搞行爲的反應：

一、**逃跑**。屬於「恐懼」的情緒管轄範圍，有助確保你安全無虞。讓自己就像廚房裡的蒸氣一樣逸散開來吧。

二、**反擊**。屬於「憤怒」的情緒管轄範圍。就像壓力鍋一樣，在壓力之下的你已經又熱又沸騰，必須當心爆炸的後果。此刻的重點在非暴力的情況下，表達出健康而且適當的憤怒情緒。

三、**壓抑**。不屬於任何情緒的管轄範圍，因為情緒仍然還像一碗湯似停留在壓力鍋內。因此你快要窒息、相當難受，更讓自己變得無奈、悲傷、沮喪、精疲力竭……這是最傷害你的方法，最好盡快擺脫它。

——**三種抵制難搞行為的方法**：

一、**知道如何設限**。如果你沒有言明自己的底線，別人也不知道該如何尊重你。因此，在進行溝通時首先說明「可以接受與不行」的部分，並且與周遭的親人朋友，甚至是職場的同事建立起遵守這個底線的默契。

二、**學習說不**。練習果斷堅決卻不帶侵略性地說「不」。採取跳針的模式，不帶侵略性但堅定地重申立場：「我知道你可能會為此不開心，但是就我而言，我也不接受這樣的瑕疵。」直到對方接受為止。

三、**培養自信**。增強自信的技巧在於修練你的內涵、鞏固自己的成果和累積人脈，並且善加利用這些珍貴的資源！

——**創造自己的寶藏！**：利用珍珠或鑽石來創造，或為自己提供一些寶藏，並讓它成為你的最愛，藉此強化自信心。這些珠寶或鑽石可以是你的人格特質、生活中收穫的成果，或陶冶性情的時刻（例如跳舞、聽音樂或其他感覺良好的時刻）。每天都要提醒自己寶藏的存在！

・運用三猿的智慧

手放耳朵上的猴子：「非禮勿聽」，同時也提供其他人良好的聆聽品質、用心地傾聽。

手放嘴巴上的猴子：「非禮勿言」，訓練自己言簡意賅、用詞精準，避免不適當或帶有惡意的言論。

手放眼睛上的猴子：「非禮勿視」，當心自己扭曲的過濾器：批評、偏見、誤解……試著對現實和他人懷有最公正的看法。

・溝通（成爲善於溝通的人）：

把握以下技巧，能讓你的人際關係大加分！

一、**傾聽**：以眞誠的同理心積極地傾聽。

二、**理解**：歡迎並理解對方的訊息或情感。

三、**重整**：重新組織對方的資訊，使對方感覺獲得理解和認可。

四、**邀請**：邀請對方尋找有利的解決方案或妥協方式。

五、**醞釀**：給予對方其他有助益的認可信號，使交流產生積極和具建設性的結果。

——溫和勸言的三個技巧：

技巧一：以簡明扼要的方式表達事實。

技巧二：以「我」做爲句子的開頭來取代「你」，後者開頭的句子容易讓人覺得受到指責到自己的位置。

而產生防禦心。

技巧三：表達你的需求和期待，並找到能和對話者一起達成的協議或妥協。每個人都要找到自己的位置。

．**感謝（表達）**：

眞誠感謝遠遠大過點到爲止的禮貌，時時保有這樣心態的人，也能保有良好且健康的情緒。每天都爲生活帶給你的一切說聲謝謝吧（甚至是那些你覺得瑣碎或理所當然的事，例如有個遮風避雨的住所、平靜地吃一頓飯、親吻愛人……），這是個「增進幸福」與「鍛鍊有助益又正向心理狀態」的好方法！

．**寬恕（懂得請求）**：

在「寬恕」的概念裡，你也可以將之視爲一個禮物。懂得請求寬恕，實際上是爲自己、也爲別人送了一份禮物，也是一個非常有力量、勇敢且有益的行爲。有助於修復關係，同時證明這段關係相當成熟且理性。請求寬恕同時也是表明自己願意接受檢視，願意認識自己的錯誤並且做出修正。也因此，不會有人不願意對你伸出援手或是給予回報。

負責。

有如塵埃。我們雖然不是宇宙的中心，卻與萬物緊密相連。因此重要的是，必須替自己的行爲

離遠一點來獲得看待事物的不同視角：若我們把自己放進宇宙之中，便會知道自己微小的

‧**在宇宙中的位置（查看）**：

試著利用幾顆不同大小的保麗龍球來建立你自己的宇宙，把周圍的人放在相對的位置上。

‧**自己的宇宙（學習）**：

（就像太陽系，你周圍的人就是行星）是不是有些人占據太多的空間？是不是有些人被你遺忘？你是否透過這個宇宙看見了一些失衡或是想改變的事情？

‧**太陽（成爲某人生命中的太陽）**：

將優質的愛和時間給予他人、孩童、動物，甚至是植物！這就是幸福的關鍵！

‧**換位思考**：

勇於改變自己的觀點，眞正讓自己爲別人設身處地思考，了解對方正在經歷的事情，整合不同於自己的價值觀與感知系統。對不同的觀點保持開放的態度，但不須非得找到合理解釋的理由。接受差異，甚至是在必要的時候謙虛地質疑自己……這樣做的好處就是避免發生對牛彈

琴或各說各話的情況。從差異中學習，鍛鍊自己的靈活度、寬容和同理心。了解他者，並使其成爲力量。

・**不難搞人格特質的範本**：
　標誌出自己認爲一點都不難搞的模範人物，也許是和平主義者、提倡非暴力或博愛的人物。閱讀他們的傳記，並且想像他們的模樣。在某些情況下讓自己以他們的角度來思考事情。問問自己，在這個情況下，這位模範人物會怎麼做？會怎麼反應？會說些什麼？

・**內心頻率（連接）**：
　就像選擇無線電頻率一樣，你也可以選擇自己內心的頻率，建立起和平、友善、寬容和善良的心理狀態。自此，你釋放的頻率便無可避免地改變了你和這個世界的關係。這種新的振動頻率也影響了「受你吸引」和「吸引你」的東西（不管是人還是事件），這與吸引力法則完全是正相關。

・**積極的意圖（透過笑容和眼神流露）**：
　學習在笑容和眼神之中表現出積極的意圖，並且將它當做禮物，送給日常生活中的對話者。讓善良、美好和慷慨占據你對他人的每個凝視和微笑。透過這樣的表情來告訴他，你將對方視爲獨一無二且具有影響力。

・行動的方針（給予自己）：

每個人都需要一個指導方針，既能有鼓舞的作用，也能帶領和改進行爲模式。在日常的每一天努力養成眞善美的態度，便是有益的生活哲學，能夠幫助你和周圍的人創造幸福。

・小丑博佐（本能反應）：

當你覺得自己開始變得太過認眞時（這往往不會對你帶來任何好處），輕輕碰一下你的鼻子然後說：「博佐」（就好像你眞的戴上小丑的紅鼻子），提醒自己最好暫時抽離，或是在任何情況下都要保持幽默感和懂得自嘲。

・筆記本（書寫）：

思考一下自己的難搞行徑，並寫在一本漂亮的筆記本中。標記出這些行爲，並分析觸發的原因，同時想像解決的方案，以免自己和周圍的人再度受到難搞行爲的傷害。

・心靈教練（獨創）：

當你對自己感到懷疑、陷入沉思、開始自我鞭笞的時候，在心裡想像一位心靈教練（並給他一個名字）。他會像是你最好的朋友和仁慈的指導員，問問自己，在這個情況下，這個最好的朋友會跟你說什麼？他會和你說些什麼安慰或鼓勵的話？雖然我們都知道，幫助自己要比幫助別人困難多了。但是心靈教練就像母親、心靈啓發者或是摯友，可以讓你聆聽自己心裡正面的聲音，幫助自己甩開煩惱。

・**光碟（汰舊換新）**：

存有「不良紀錄」的舊光碟，往往是收納了自孩童時期以來的故事，且至今仍然不斷地被重複播放，對生活產生負面的影響。例如：「我從來不知道……」「我怎麼總是這樣糟糕」「我做不到……」，這些都是錯誤的訊息、受到局限的思想、古板的行爲模式、自我否定的小劇場。必須要能意識到這些壞掉的光碟片，著手進行處理（做出思想引導或是治療），汰換成嶄新的光碟片，將正面和積極的想法儲存在裡面。像是：「我做得到！」「我是有能力的。」「我有信心。」

・**開明專制（練習）**：

古諺有云：「爲身體帶來快樂，讓靈魂想要留在那裡。」所以你在各種層面上都要照顧好自己的身體和心理，這就是你能爲周圍的人帶來的最棒服務！你所散發出的正面能量可以讓自己和周圍的人光芒四射。

・**女性與男性（平衡）**：找到和諧的祕密在於：在「女性」和「男性」之間取得平衡。也就是力量的平衡，像是陰和陽、日與夜、冷與熱的概念。提升自己的女性特質，例如在諸多稜角的環境下保持圓潤、在太多批判的情況下保有同理心和寬容、在太過暴力的狀況裡保持冷靜與溫柔……

・**關店（懂得暫停）**：

太多事要做了，太多工作待完成了。汲汲營營完成太多的工作和計畫只會讓你更加疲憊，最終卻徒勞無功。必須學習設下停損點，放手並花點時間來讓自己恢復精力。

・**放手**：

對於達到目標，如果你總是想要「不惜一切代價」「以最快速度取得」「立刻」或「強迫達標」，往往只會欲速則不達或適得其反。緩解的方式就是：放手！首先，轉移自己的注意力和焦點，做些其他事。可能的話，盡可能做些體力訓練。其次，練習讓內心回歸平靜和耐心，試試靜心、瑜伽、太極拳、專心走路或任何能使已然超速的大腦冷靜下來的方法。

・**精實毒藥（擺脫）**：

所有被汙染的大腦所製造出來的思想，都是精神上的毒藥：嫉妒、欲望、易怒、自我貶低、不健康的比較……能夠拯救自己於這些精神毒藥的辦法就是：保持意識！當你發現自己正被破壞性的思想侵蝕時，必須告訴自己停下來！做些基礎功課，去了解這些思想的來龍去脈，才能眞正克服精神毒藥的產出！

・**存在（活在當下）**：

練習擁有完全的意識，就是關閉胡思亂想的模式，並打開五種感官的開關。讓自己活在當下，專注自己的呼吸，留心觀察周圍正在發生的事。

・**他人的注視（擺脫）**：

對你來說重要的事，其實對別人來說並不是那麼重要。因此，當你意識到所有人都在「盯著你瞧」的時候，便後退一步吧！如果你越能確認自己是怎麼樣的人，別人對你的接受度就會越高。自我懷疑和猶豫才是個裂縫，給了愛說三道四的人批評的機會。

・**責任感（分擔）**：

衝突、分歧和委屈通常來自於把錯都歸咎給別人，而沒有考慮到事件的有關人物都應該負起責任。如果每個人都能向對方邁進一步以釋出善意、釐清錯誤和責任的歸屬，那麼彼此之間的不協調也就能很快地獲得校正。很神奇吧！

- **細緻的差別（分辨）**：避免以非黑即白的二元觀點來評斷一個人或一件事，藉此來提升自己的情商。並且爲了避免自己小題大作，試著培養自己的敏銳度，用適當的話語來表達想法和感受。同時也學習觀察、標誌與提醒自己不可以無限放大不合理與不合適的情緒。

www.booklife.com.tw reader@mail.eurasian.com.tw

心理 055

獅子吃素的那一天：如何搞定強勢的人？

Le jour où les lions mangeront de la salade verte

作　　者／拉斐爾．喬丹奴（Raphaëlle Giordano）
譯　　者／黃奕菱
發 行 人／簡志忠
出 版 者／究竟出版社股份有限公司
地　　址／台北市南京東路四段50號6樓之1
電　　話／（02）2579-6600．2579-8800．2570-3939
傳　　真／（02）2579-0338．2577-3220．2570-3636
總 編 輯／陳秋月
副總編輯／賴良珠
責任編輯／蔡緯蓉
校　　對／蔡緯蓉．林雅萩
美術編輯／林雅錚
行銷企畫／詹怡慧．陳禹伶
印務統籌／劉鳳剛．高榮祥
監　　印／高榮祥
排　　版／陳采淇
經 銷 商／叩應股份有限公司
郵撥帳號／18707239
法律顧問／圓神出版事業機構法律顧問　蕭雄淋律師
印　　刷／祥峰印刷廠
2020年6月 初版

定價 380 元　ISBN 978-986-137-296-9

明明有許多不滿，卻仍然待在目前的人際關係，
或許只是為自己沒有勇氣脫離現狀找藉口罷了。
再這樣下去，說不定我們連他人展翅高飛的可能性都會一併剝奪。
我們的人生不是某人的錯誤，也不是為了誰而存有，
請靠自己好好活下去，也請抱著界線的概念，
讓自己置身於單純的關係中。

——自凝心平，《不生病的人際關係》

國家圖書館出版品預行編目資料

獅子吃素的那一天：如何搞定強勢的人？／拉斐爾．喬丹奴（Raphaëlle Giordano）作；黃奕菱 譯. -- 初版. -- 臺北市：究竟，2020.06
352面；14.8×20.8公分. --（心理；55）
譯自：Le jour où les lions mangeront de la salade verte
ISBN 978-986-137-296-9（平裝）

876.57　　109004883